El enredo de la bolsa y la vida

Seix Barral Biblioteca Breve

Eduardo Mendoza
El enredo de la bolsa y la vida

Diseño original de la colección:
Josep Bagà Associats

Primera edición: abril 2012
Segunda impresión: abril 2012
Tercera impresión: abril 2012
Cuarta impresión: abril 2012
Quinta impresión: mayo 2012
Sexta impresión: mayo 2012
Séptima impresión: junio 2012

© Eduardo Mendoza, 2012

Derechos exclusivos de edición en español
reservados para todo el mundo:
© EDITORIAL SEIX BARRAL, S. A., 2012
Avda. Diagonal, 662-664 - 08034 Barcelona
www.seix-barral.es
www.planetadelibros.com

ISBN: 978-84-322-1000-6
Depósito legal: B. 8.733 - 2012
Impreso en España
Dédalo Offset, S. L., Madrid

El papel utilizado para la impresión de este libro
es cien por cien libre de cloro
y está calificado como **papel ecológico**.

1

UNA ACTUACIÓN ESTELAR

Llamaron. Abrí. Nunca lo hiciera. En el rellano, con la mirada fiera y el gesto intrépido adquiridos tras largos años de férreo adiestramiento bajo la férula de inhumanos sargentos, un funcionario de correos blandía una carta certificada dirigida a mi nombre y domicilio. Antes de coger el sobre, acreditar mi identidad y firmar el volante, traté de zafarme alegando que allí no vivía tal persona, que si hubiera vivido allí, ahora estaría muerta y que, por si eso fuera poco, el difunto se había ido de vacaciones la semana anterior. Ni por ésas.

De modo que firmé, fuese el cartero, abriose el sobre (con mi ayuda) y pasmome hallar en su interior una lustrosa cartulina mediante la cual el Rector Magnífico de la Universidad de Barcelona me invitaba a la solemne investidura del doctor Sugrañes como doctor honoris causa, acto que tendría lugar el día 4 de febrero del año en curso, en el paraninfo de tan prestigiosa institución docente. Bajo la letra impresa una nota manuscrita aclaraba que la invitación me era cursada por deseo expreso del doctorando.

Que el doctor Sugrañes se acordara de mí, pese al tiempo transcurrido desde nuestro último encuentro, era meritorio por partida doble. En primer lugar, porque, a su edad, la memoria del doctor Sugrañes presentaba ocasionales lagunas y algún despeñadero. Y en segundo lugar porque, de recordarme, era notable que lo hiciera con cariño. A decir verdad, pocas personas podían dar testimonio más fiel que yo de su dilatada vida profesional, pues lo cierto es, por si algún lector se incorpora al recuento de estas andanzas sin conocimiento previo de mis antecedentes, que en el pasado estuve recluido injustamente, aunque esto ahora no venga a cuento, en un centro penitenciario para delincuentes con trastornos mentales y que dicho centro lo regentaba con carácter vitalicio y métodos poco gentiles el doctor Sugrañes, razón por la cual surgieron entre él y yo, como es de suponer, pequeños malentendidos, ligeras discrepancias y unas cuantas agresiones físicas en las que yo llevé casi siempre la peor parte, aunque en una ocasión le rompí las gafas, en otra le desgarré el pantalón y en otra le partí dos dientes.

Pero lo más probable, me dije después de leer y releer la invitación, era que el doctor Sugrañes deseara coronar su carrera sin guardar rencor hacia alguien con quien había convivido tanto tiempo y a quien había dedicado tantos esfuerzos profesionales, emocionales y hasta físicos. Respondí, pues, aceptando agradecido la invitación y confirmando mi asistencia al acto. Y como éste era solemne y el lugar, por así decir, de campanillas, pedí prestado un traje de franela gris más o menos de mi talla y lo complementé con una corbata de color carmín y un clavel reventón en la solapa. Con este atuendo creía haber dado en el clavo, pero no fue así. Apenas comparecí, en el día y hora indicados, a la puerta del augusto coliseo y presenté la invitación, unos ujieres me separaron del resto de los asistentes, me condujeron a un cuartucho destartalado y en un tono que no admitía réplica me hicieron desvestir. Cuando sólo conservaba sobre mi persona los calcetines, me pusieron una bata de hospital de nilón verde, cerrada por delante y sujeta por detrás mediante unas cintillas, que dejaba al descubierto los glúteos y sus concomitancias. De esta guisa me llevaron más por fuerza que de grado a un salón amplio y suntuoso abarrotado de público, y me hicieron subir a una tarima, junto a la cual, revestido de toga y birrete, peroraba el doctor Sugrañes. A mi aparición siguió un silencio expectante, que rompió el conferenciante para presentarme como uno de los casos más difíciles a los que había debido enfrentarse a lo largo de una vida enteramente dedicada a la ciencia. Señalándome con un puntero describió mi etiología con profusión de tergiversaciones. Repetidas veces traté de defenderme de sus acusaciones, pero fue en vano: en cuanto abría la boca, las risas del público ahogaban mi voz y con ella mis fundadas razones. El doctorando, por el contrario, era escuchado con respeto. Los más aplicados tomaban apuntes. Por fortuna, la ponencia acabó pronto: tras referir algunos episodios, vergonzosos para mí, que hicieron las delicias de la concurrencia, el doctor Sugrañes remató la faena persiguiéndome por todo el paraninfo con una lavativa.

Concluido este segmento del acto académico entre grandes aplausos y mientras agraciadas alumnas de máster arrojaban pétalos de rosa sobre el nuevo doctor, me devolvieron al cuartucho donde había dejado mi ropa. Cuál no sería mi sorpresa al encontrarme allí con un antiguo compañero de sanatorio, a quien no había vuelto a ver en muchos años, pero cuyo recuerdo había permanecido indeleble: Rómulo el Guapo.

Cuando ingresé en la institución médico-penitenciaria antes mencionada, Rómulo el Guapo llevaba allí poco más de medio año y ya se había ganado el respeto de los demás internos y la animadversión del doctor Sugrañes. Yo me gané pronto lo segundo y nunca lo primero. Rómulo el Guapo era joven y de facciones muy agraciadas, pues guardaba un asombroso parecido con Tony Curtis, a la sazón en lo más alto de su arte y su hermosura. Parecerse a Tony Curtis puede ser bueno o malo, según se mire. Ahora bien, en un manicomio resulta irrelevante, pero Rómulo el Guapo no sólo era agraciado de rostro y atlético de constitución, sino elegante de porte, suave de trato, inteligente y muy reservado. De sus antecedentes nadie sabía nada, aunque rumores le atribuían fechorías extraordinarias. Al principio evitó mi compañía y yo no busqué la suya. Una tarde, Luis Mariano Moreno Barracuda, un rufián de la sala B que decía ser el Zorro, Chu En-lai y la Enciclopedia Espasa, sin que nada justificara estas atribuciones y menos el acaparamiento, trató de afanarme la merienda. Tuvimos unas palabras y por causa de un trozo de pan duro sin nada dentro, el otro me arreó una tunda. Rómulo el Guapo intervino para poner paz. Cuando la hubo puesto, Luis Mariano Moreno Barracuda tenía un brazo roto, le faltaba media oreja y sangraba por la nariz. Nos metieron en la celda de castigo a los dos y a Barracuda en la enfermería, de la que salió convencido de ser los antedichos y además Jessye Norman. Cuando íbamos camino de la celda, Rómulo el Guapo me susurró: *Homo homini lupus*. Pensé que me estaba dando la absolución.

En un manicomio estas cosas pasan. Luego supe que era hombre leído. A raíz del encierro y los consiguientes manguerazos, surgió una sólida amistad entre ambos. A pesar de la diferencia de carácter y de cultura, nos unía el hecho de estar encerrados por sendas arbitrariedades judiciales. Por aquel entonces, Rómulo el Guapo estaba casado con una mujer de gran belleza que le visitaba con frecuencia y le llevaba comida, tabaco (antes se fumaba), libros y revistas. La comida y las revistas las compartía conmigo a sabiendas de que no habría reciprocidad, porque a mí no me visitaba nadie. En alguna ocasión en que por tirria fue acusado sin motivo, yo salí garante de su buena conducta. De resultas de ello volvimos a compartir la celda de castigo. La precipitación con que nos hicieron abandonar el sanatorio y el poco interés de todos por prolongar la estancia en él nos impidió despedirnos como habría sido preceptivo entre compañeros. La última vez que nos vimos íbamos en paños menores. Ahora nos reencontrábamos, muchos años más tarde, y yo seguía en paños menores. Él, en cambio, vestía un traje bien cortado de paño azul, corbata a rayas y loden verde bosque y calzaba mocasines bien lustrados. También conservaba su antigua apostura, incluso se seguía pareciendo a Tony Curtis, pero, igual que a éste, se le notaba el esfuerzo que había de hacer para seguir siendo como era.

Nos fundimos en un cálido abrazo y se le cayó el bisoñé. Superado este embarazoso trance, y tras informarme él de que había sido convocado a la ceremonia de investidura en calidad de suplente, me preguntó qué había sido de mi vida desde la última vez en que nos habíamos visto. Antes de responder, por pura cortesía, me interesé yo por la suya. Como para entonces ya había acabado de vestirme, suspiró y dijo:

—Ay, amigo mío, mi historia no puede relatarse en unos minutos. Pero si dispones de tiempo, tienes el deseo o la bondad de escucharla y aceptas que te invite a un tentempié, te la contaré en detalle.

Acepté encantado la proposición, pues nada me complacía tanto como la posibilidad de reanudar nuestra antigua camaradería, salimos del docto recinto sin que nadie reparara en nosotros y entramos en un figón cercano. Rómulo pidió una ración de boquerones, una copa de vino blanco para él y una Pepsi-Cola para mí. Me conmovió que todavía recordara mis preferencias. Una vez servidos, procedió Rómulo a referirme el último tramo de su accidentada biografía.

2

LO QUE CONTÓ RÓMULO EL GUAPO

La clausura del centro había dejado a Rómulo el Guapo en una situación tan precaria como al resto de los asilados, incluido quien transcribe este relato, oral en sus orígenes. Quisieron, sin embargo, sus buenas prendas, el azar y la caridad ajena que pese a sus antecedentes no tardara en encontrar un empleo no ya honrado, sino honorable, como conserje de un edificio suntuoso en el no menos suntuoso barrio de la Bonanova. Allí los contactos diarios con la gente fina acabaron de pulir sus modales; donativos ocasionales mejoraron su ajuar. A los tres años fue despedido por decisión de la comunidad de propietarios, empeñada en reducir gastos. Sin dinero ni modo de obtenerlo, pero no desalentado, decidió pedir un crédito en una entidad bancaria con el que iniciar un negocio. Buen traje y buenos modales abren puertas principales, reza el dicho: de inmediato fue recibido cordialmente por el señor Villegas, director de la sucursal bancaria de su elección. Los servicios prestados en la conserjería le habían permitido conocer las firmas de los próceres que habitaban el inmueble.

Falsificando las de los más preclaros, presentó avales y pidió un préstamo, cuya tramitación requirió reiteradas visitas a la sucursal. Cuando finalmente le concedieron el préstamo, Rómulo el Guapo conocía al detalle la disposición del local y el modo de ser y actuar del personal. Con el dinero del crédito adquirió dos pistolas, dos carteras voluminosas y dos pasamontañas. Lo compró todo por duplicado porque necesitaba un ayudante para llevar a cabo la operación. En la elección cometió un error.

El elegido se llamaba o se hacía llamar Johnny Pox, era de origen extranjero, nuevo en la localidad y sin antecedentes, serio, metódico y bien dispuesto. Practicaba el culturismo, no bebía, no consumía drogas y no fumaba. Aceptó sin rechistar la propuesta, el plan de acciones y las condiciones porcentuales en el reparto del botín. La noche anterior al día señalado robaron una moto de 125 cc. y la estacionaron a la puerta de la sucursal bancaria con objeto de darse a la fuga al concluir el golpe. Rómulo el Guapo no sabía conducir, y menos una moto, pero su cómplice era un experto motorista.

Al llegar a este punto interrumpí el relato para expresar mi sorpresa: no me cabía en la cabeza que incluso impelido por circunstancias adversas, Rómulo el Guapo se hubiera atrevido a una fechoría de semejante envergadura.

—Bah —dijo—, hoy en día robar un banco es un juego de niños. —Y divertido y halagado por mi expresión de admiración y pasmo, agregó—: En el mundo moderno el dinero contante y sonante es una reliquia. Todas las transacciones, desde las más abultadas a las más insignificantes, se hacen por medio de tarjeta o de transferencia online. Salvo las operaciones en negro, claro, pero éstas no pasan por los bancos o, al menos, no pasan por las sucursales de barrio. Total, que los bancos sólo tienen en sus arcas una cantidad mínima de dinero en efectivo y, en consecuencia, ya no vale la pena asaltar un banco. Los ladrones prefieren desvalijar joyerías o domicilios particulares. Por su parte, los bancos han descuidado la vigilancia: no les sale a cuenta contratar guardias armados; la caja fuerte está siempre abierta y la alarma, desconectada; las cámaras de televisión apuntan al techo, y a los empleados, convencidos de que una reducción de plantilla los dejará en la calle el día menos pensado, ni se les pasa por la cabeza jugarse el tipo ofreciendo resistencia.

Volví a interrumpirle para preguntar qué sentido tenía robar un banco para obtener un magro botín.

—Todo es relativo —respondió—. En un buen día, con poco esfuerzo y ningún riesgo, te puedes sacar dos mil euritos. Con un par de atracos al mes, vas tirando.

Todo había salido según Rómulo el Guapo lo había planeado, pero en el último momento el atraco fracasó por un imprevisto tan ligero como habitual, dijo: el factor humano.

Cubiertas sus respectivas facciones con los pasamontañas, con la moto estacionada ante la puerta de la sucursal bancaria, Rómulo el Guapo y Johnny Pox hicieron su entrada en el local cuando no había ningún cliente, empuñando en una mano una bolsa de plástico y en la otra la pistola. Sin mediar palabra, los empleados llenaron las bolsas de billetes y monedas, mientras el director de la sucursal (el señor Villegas) instaba a sus subordinados a cooperar para evitar una matanza. En menos de un minuto, el atraco se había consumado. Estaban saliendo cuando Johnny Pox se detuvo ante el anuncio de una vajilla de seis servicios y preguntó si no se la iban a llevar.

—No —dijo Rómulo el Guapo—, el plan consiste en darse a la fuga sin tardanza.

—Pero, hombre, Rómulo, ¿tú has visto qué vajilla? ¡Es divina!, ¡divina!

—Johnny, éste no es momento para salir del armario.

En este punto intervino el señor Villegas para explicar que la vajilla era un obsequio destinado a quien constituyera un depósito a seis meses por una suma superior a dos mil euros.

—Vaya —suspiró Johnny Pox—, ¿y de dónde saco yo tanto dinero?

—Si me permite la sugerencia, señor Pox —dijo el señor Villegas—, puede sacarlo de la bolsa de plástico. Y piense que dentro de seis meses podrá retirar el dinero con acrecidos intereses. El único problema es que la operación requiere de ciertas formalidades. Aquí no trabajamos de cualquier manera. Aquí personalizamos el trato con nuestros clientes. Pregúnteselo a don Rómulo, a quien concedimos un préstamo hace poco, o pregúnteselo a la gente que en este mismo momento se agolpa a la puerta de la sucursal para contemplar el atraco.

Al cabo de una hora, Rómulo el Guapo y Johnny Pox comparecían ante el juez. Johnny Pox fue condenado por pertenencia a banda armada, se le aplicó la atenuante de no haber hecho nada malo y salió a la calle. A Rómulo el Guapo le cayó una pena de reclusión mayor. Considerando que ya había estado ingresado anteriormente en un manicomio, el tribunal dispuso que volviera a ingresar en una institución de las mismas características. Como tales instituciones pertenecían a la seguridad social, Rómulo el Guapo llevaba varios meses esperando a que hubiera una plaza libre.

—En cualquier momento me pueden llamar —dijo a modo de conclusión— y, francamente, se me hace muy cuesta arriba. Estaba acostumbrado a la libertad, tú ya me entiendes. Si tuviera un poco de dinero, me largaba a cualquier parte. Pero estoy sin blanca. —Suspiró, guardó un breve silencio y, cambiando de tono, dijo—: En fin, no quiero agobiarte con mis aflicciones. Háblame de ti. ¿Cómo te van las cosas?

—Muy bien —respondí.

La realidad, sin embargo, era muy otra, pero me había entristecido la historia de mi pobre amigo y no quería aumentar su desazón contándole mis penurias. Pues desde hacía años, y tras unos inicios algo accidentados, de los que en su día dejé constancia escrita, regentaba una peluquería de señoras a la que, de un tiempo a esta parte, sólo acudía con admirable regularidad un empleado de la Caixa para reclamar las cuotas atrasadas de mis sucesivos créditos. La crisis se había cebado en la hacendosa clase social a la que iba orientado el negocio, es decir, los pelanas, y para colmo de males, las pocas mujeres que no se habían quedado calvas y aún disponían de dinero, se lo gastaban en un bazar oriental recién abierto frente a la peluquería, donde vendían abalorios, quincalla y fruslerías a precios reventados. Como, por añadidura, este bazar era el mejor cliente de la Caixa, de nada servía culpabilizarlo para pedir una moratoria en el pago de unos créditos que a duras penas me permitían mantener abierto el establecimiento y comer de higos a brevas.

—Sí —dijo Rómulo el Guapo—, no hay más que verte.

A continuación se concentró en los boquerones, como si con aquel comentario hubiese concluido la puesta al día de nuestras respectivas existencias y estuviéramos en puertas de abordar un nuevo tema. Pero yo conocía bien a Rómulo el Guapo y estaba convencido de que sólo estaba ganando tiempo para entrar en materia. En efecto, al cabo de un rato dio por concluida su ruidosa deglución, apuró el vino, se enjugó los labios y los dedos con la servilleta y, clavando en mí los ojos entornados, dijo:

—Lo que te he contado antes, lo del atraco y todo eso, es de dominio público: salió en la prensa y en la tele. Lo que te voy a decir ahora ha de quedar entre nosotros. Tengo plena confianza en tu discreción.

—Preferiría no verme obligado a ejercerla, Rómulo, no me cuentes secretos.

—Venga, hombre, hazlo por nuestra antigua amistad —atajó—. Con alguien he de hablar de estas cosas y sé que puedo contar contigo, como antes. Escucha, hace un momento te he dicho que no quiero ir preso. A mi edad, no lo resistiría. Así que he planeado fugarme. Brasil parece un buen sitio: buen clima, tías y fútbol. Pero no me puedo ir sin dinero. Por eso te preguntaba… No, no, tranquilo, no te voy a sablear. Intuyo cuál es tu situación financiera. En realidad…

Bajó la voz, adelantó el cuerpo, hizo señas para que yo le imitara y, cuando hubimos juntado las cabezas sobre el plato vacío, prosiguió con un susurro:

—He planeado un golpe. Algo sensacional. Sin riesgo, sin mucho trabajo, sin contingencias. Todo está a punto. Sólo me falta el equipo. ¿Cómo lo ves?

—¿Me estás proponiendo algo?

—Pues claro —exclamó alegremente.

—Te equivocas de persona, Rómulo. Yo para estas cosas no valgo: sólo soy un peluquero de señoras; y encima sin clientela.

—Vamos, hombre —replicó él—, ¿a quién quieres engañar? ¿Nos acabamos de conocer? Tú eres la rata más astuta de esta maldita ciudad. Siempre fuiste un maestro: sigiloso, penetrante, letal. En el manicomio te llamaban «el pedito ponzoñoso», ¿lo has olvidado?

La mención de este honorífico alias me llenó por un instante de orgullo teñido de nostalgia. Pero la experiencia me ha enseñado a temer más los halagos que las amenazas, de modo que regresé al presente y dije:

—Gracias, Rómulo, pero sigo declinando la invitación. No me guardes rencor. Por supuesto, no he oído nada de lo que me has dicho. Ni siquiera hemos estado aquí, tapeando y bebiendo. Eso si me lo preguntan. Para mis adentros, siempre recordaré con cariño este encuentro. Te deseo lo mejor.

Del perchero recogimos mi tabardo y su loden y Rómulo se llevó además la bufanda de un parroquiano confiado. Era noche cerrada y soplaba un viento frío cuando nos abrazamos en la calle y cada cual se fue por caminos divergentes.

El encuentro me dejó confuso y preocupado. Me preguntaba si no debía haber actuado de un modo más decidido, bien tratando de disuadir a Rómulo el Guapo de un proyecto que intuía inviable y erizado de peligros, bien ofreciéndole mi ayuda en la apurada situación en que se encontraba. Pero, ¿qué podía hacer yo? En mis años mozos, como ya he dicho, fui un maleante del montón: torpe, pusilánime y sin imaginación; con el tiempo añadí a estas dotes la vileza de ser confidente de la policía en un vano intento de evitar mayores males. Rómulo el Guapo era todo lo contrario: tenía talento, ambición, valentía y orgullo profesional. No se limitaba, como tantos otros, a soñar con dar un gran golpe en el futuro; él lo planeaba hasta el mínimo detalle y lo llevaba a cabo sin arredrarse ante el peligro ni flaquear ante el esfuerzo. Que le saliera bien o mal es otro asunto.

Una vez, años ha, en el sanatorio, me contó cómo había intentado y casi conseguido realizar lo que debería haber sido su, por así decir, *capolavoro*. Sin ser un forofo del fútbol como yo, no ignoraba la devoción que concita este deporte y se le ocurrió que si secuestraba a la plantilla del Barça podría exigir a cada socio un rescate de diez pesetas, con lo cual él vendría a ganar más de un millón sin causar a nadie un quebranto económico. El plan consistía en apoderarse del avión en el que viajaban los jugadores y el equipo técnico en alguno de sus desplazamientos. Como además de ingenio poseía una considerable destreza manual, diseñó y construyó con madera, plástico y metal un camión de la basura de juguete que se podía desmontar y convertir en un revólver Smith & Wesson modelo 67 del calibre 38, también de juguete, pero muy resultón. Cuando después de varios meses de trabajo tuvo listo el artefacto, averiguó la fecha en que el equipo titular de F. C. Barcelona había de viajar, adquirió un billete para ese mismo vuelo y embarcó con el camión-pistola sin despertar sospechas. En cuanto el avión hubo despegado y el comandante hubo apagado la señal luminosa, bajó la bandeja y empezó a manipular el camión. El vuelo resultó algo movido y el nerviosismo hizo el resto: cuando estaban iniciando el descenso para tomar tierra en el aeropuerto de Santander, adonde precisamente se dirigía el Barça para enfrentarse al equipo de dicha ciudad (el Racing), muchos componentes del camión aún estaban desperdigados por la bandeja y algunos rodaban entre los zapatos de los pasajeros. La azafata le conminó a plegar la bandeja y colocar el respaldo de su asiento en posición vertical y Rómulo apenas si tuvo tiempo de meterse en los bolsillos las piezas sueltas.

El percance no le disuadió de su propósito: durante las horas que mediaban entre la llegada y el regreso de los jugadores, se sentó en un banco público, frente a El Sardinero, y estuvo practicando el ensamblaje del arma hasta adquirir un completo dominio de las operaciones. Por fortuna pudo conseguir plaza en el mismo avión en que regresaba el equipo después del partido. Ya era noche cerrada, la luz interior de la cabina no era demasiado buena y, al igual que en el viaje de ida, el avión iba dando bandazos. No obstante, logró desmontar el camión y montar el revólver con tiempo suficiente. Las sacudidas del aparato no le permitieron hacer un trabajo muy fino: el cañón de la pistola se torcía hacia arriba, faltaba el gatillo y el conjunto parecía más una regadera que otra cosa, pero en manos de un hombre resuelto podía surtir el efecto apetecido. Rómulo el Guapo no vaciló: sacó del bolsillo un pañuelo, se desabrochó el cinturón de seguridad y se puso en pie. Como había olvidado plegar la mesita, se dio un golpazo en el estómago. Encorvado, sujetando con una mano el pañuelo sobre la parte inferior del rostro y con la otra el revólver, avanzó decididamente por el pasillo gritando:

—¡Abran paso! ¡Abran paso! ¡No se interpongan y no les ocurrirá nada!

Con gestos y gritos de terror, los pasajeros se encogían en sus asientos y se tapaban la cara con las manos o con la revista *Ronda Iberia*. En un abrir y cerrar de ojos alcanzó la puerta de la cabina, la abrió, entró lanzando un rugido y la cerró a sus espaldas. Entonces se dio cuenta de que, en su precipitación, se había equivocado de dirección y se había metido en el retrete de cola. Por los altavoces el comandante impartía las oportunas instrucciones previas al aterrizaje en el aeropuerto del Prat. Con rabia y mano trémula desmontó la pistola, ocultó una vez más las piezas en los bolsillos y abandonó su encierro. En el pasillo se topó nada menos que con Andoni Zubizarreta, que, en nombre de todo el equipo, le preguntó si ya se encontraba mejor. Respondió afirmativamente, le dio las gracias, se excusó ante los pasajeros y las azafatas alegando una repentina indisposición causada por las turbulencias y decidió postergar la realización del plan para más adelante. Otros contratiempos, como ser detenido y juzgado por un delito anterior y ser encerrado en el sanatorio, le obligaron a postergarlo indefinidamente, pero no menguaron su decisión ni la convicción de que, de no haber sido por uno o dos detalles nimios, fáciles de corregir a la luz de la experiencia, el secuestro habría funcionado a la perfección y lo habría convertido en un hombre rico y célebre. Para cuando recobró la libertad, las medidas de seguridad en los aeropuertos se habían vuelto mucho más estrictas y el Barça viajaba en otras condiciones. De aquel proyecto épico sólo quedó la frustración de su autor y la admiración de quienes, como yo, escuchamos el relato de sus labios.

Al llegar a casa ya había decidido que mi actitud respecto de la proposición que acababa de hacerme Rómulo el Guapo era la correcta. A decir verdad, la idea de delinquir no se me había ocurrido en los muchos años transcurridos desde que mis malos pasos dieron conmigo en el sanatorio. No sólo me había rehabilitado y había pagado mi deuda con la sociedad, sino que tenía a gala ser un ciudadano ejemplar. Por nada del mundo me habría jugado la libertad y quién sabe si el pellejo. Por nada del mundo salvo por Rómulo el Guapo.

3

LA MISIVA

El clima de Barcelona, constante, temperado, húmedo y penetrado de efluvios salinos, goza de merecida fama entre los virus y las bacterias. El resto de los seres vivos lo soportamos como podemos, pero hay consenso en que, de todo el insalubre discurrir de las estaciones, el verano es con mucho la más ignominiosa y despiadada. Y aquél estaba siendo un verano especialmente malo. El que podía despegar los zapatos del asfalto se había largado a otros parajes y si por las zonas céntricas o pintorescas de la ciudad deambulaban algunos turistas andrajosos y deshidratados, ninguno venía a desparramar sus fofas nalgas por el vandalizado mobiliario urbano del barrio donde habito y trabajo. De lo que cabe inferir que mi negocio iba de mal en peor. En vano me ponía a la puerta del establecimiento exhibiendo mi más falsa sonrisa y haciendo juegos malabares con el instrumental propio de mi oficio; en vano pregonaba en vistosos rótulos descuentos y ofertas, obsequios y sorteos. Monótonas pasaban las horas y los días y en la peluquería sólo se personaba de tanto en tanto un empleado de la

Caixa reclamando pagos y profiriendo insultos y amenazas. Por eso aquel mediodía achicharrado, cuando el susurro de unos pasos turbó mi modorra y en la entrada se perfiló una figura, me limité a mascullar:

—Dígale al jefe que pasaré a pagar el lunes sin falta.

Estas promesas nunca convencen, pero suelen surtir un efecto dilatorio. Sólo una vez un meritorio deseoso de ascender sacó un espray y pintó en la fachada: cerdo moroso. Pero en aquella ocasión la figura siguió adentrándose en el local y escudriñando la penumbra.

—¿Está usted ahí? —preguntó una voz femenina e infantil.

—Sí, ¿qué se le ofrece?

Sus ojos se habían acostumbrado a la oscuridad y distinguió mi bulto en el rincón donde me había estirado en busca de un frescor inexistente.

—Se lo diré si me presta un poco de atención. No le haré perder mucho tiempo. Y si viene algún cliente, me esperaré tanto rato como haga falta. —Hizo una pausa y luego, como si percibiera mis dudas, añadió—: Vengo de parte de Rómulo el Guapo.

Había en su dicción un deje de humildad y de angustia que ahuyentó mi sopor. Me levanté, fui al lavabo, me remojé la cara y mientras me pasaba un peine por las greñas la observé con detención en el espejo. No debía de contar más de trece años de edad ni era muy alta, ni en exceso flaca. Sin ser de facciones regulares, tenía una cara simpática, con los ojos muy juntos, como predispuestos al estrabismo. Los dientes, más grandes que la boca, la obligaban a adoptar una sonrisa perpetua, aunque en aquel momento su mirada reflejara inseguridad y turbación. Llevaba un vestido veraniego muy sencillo, probablemente comprado en un bazar oriental.

—¿Qué le pasa a Rómulo el Guapo? —pregunté.

—No lo sé —repuso—, pero me temo lo peor. Por eso he venido a buscarle. Usted es su amigo. Y él le tenía mucho aprecio. Me hablaba a menudo de los tiempos en que compartieron alojamiento. Siempre elogiaba sus virtudes, encomiaba su ingenio y celebraba su valor. Muchas noches, de pequeña, me dormí oyendo a Rómulo el Guapo referir las fascinantes historias que usted había protagonizado y que él recordaba con detalle y narraba con entusiasmo. De este modo aprendí a conocerle sin haberle visto y en mi imaginación me lo representaba como Batman o como el Increíble Hulk. Recuerdo vivamente algunos casos extraordinarios, como el de la cripta embrujada o el laberinto de las aceitunas. Y me emocioné al oír cómo había resuelto el asesinato en el comité central.

—Sí, ahí me lucí. ¿Dices que Rómulo el Guapo te contaba historias antes de dormir?

—Sí, señor. Rómulo el Guapo fue como un padre para mí. Yo nunca conocí al mío, ¿sabe?

—Vayamos por partes. ¿Quién eres?

—Es verdad, no me he presentado. Son los nervios. Hace días que le busco. No me ha sido fácil localizarle. Ni siquiera sabía que trabajaba en una peluquería. ¿Es suya?

—Tengo un socio. Absentista. ¿Cómo te llamas?

—Todos me llaman Quesito.

—Es ridículo. ¿Cuál es tu verdadero nombre?

—Marigladys.

—Bueno, después de todo, Quesito no está tan mal. Continúa.

Trece años atrás, la madre de Quesito, según me contó ésta, había tenido una fugaz aventura amorosa con un desaprensivo que desapareció sin dejar rastro y del que ella quedó embarazada de Quesito. Sin familia ni medios de fortuna y con escasos estudios y aptitudes, ambas sobrevivieron con el magro producto de los trabajos ocasionales de la madre de Quesito, el último de los cuales, como empleada en una empresa de limpieza de inmuebles, le permitió conocer a Rómulo el Guapo, a la sazón conserje del edificio de cuya limpieza se encargaba la madre de Quesito. Pese a la diferencia de rango entre un conserje uniformado y una simple fregona, entre ésta y aquél surgió una buena relación de camaradería. Rómulo el Guapo estaba casado con una mujer muy hermosa que, sin embargo, no colmaba sus anhelos. Por su parte, ella, la madre de Quesito, le hizo partícipe de sus dificultades materiales y Rómulo el Guapo, conmovido y solidario, la socorrió en la medida de sus posibilidades, bien ayudándola a abrillantar metales, cambiar bombillas fundidas, llevar la basura a su correspondiente contenedor y otras labores compatibles con la dignidad de un conserje, bien mediante ocasionales aportaciones en efectivo. Por todo ello, Rómulo el Guapo nunca pidió ninguna compensación, salvo la satisfacción de haber hecho el bien y de haber ayudado a una madre soltera en apuros. Como en aquella época, dada su posición y su nivel de ingresos, Rómulo el Guapo poseía un automóvil, muchas tardes acompañaba a la madre de Quesito al domicilio de ésta, no sin antes pasar a recoger a la pequeña por la puerta de la escuela pública donde cursaba sus estudios. De este modo surgió entre Quesito y Rómulo el Guapo un tierno afecto que duraba hasta el presente. Cuando Rómulo el Guapo se quedó sin empleo, siguió visitando a la madre y a la hija y, no obstante la precariedad de su situación económica, nunca aceptó la ayuda que la madre de Quesito le ofrecía con insistencia; por el contrario, siempre acompañaba las visitas de pequeños y delicados obsequios, como revistas femeninas, golosinas, frutas de temporada y complementos, sin duda adquiridos en algún bazar oriental del tres al cuarto.

Al concluir este relato, los ojos de Quesito estaban empañados y yo luchaba inútilmente contra la modorra.

—Pero todo esto ha cambiado inesperada y repentinamente —dije para reconducir la conversación a sus orígenes.

Las incipientes lágrimas que empañaban los ojos de Quesito se convirtieron en copioso llanto. Esperé un rato, le tendí un trozo de papel higiénico para que se sonara y la insté a seguir, preguntando con afectado desinterés:

—¿Qué le pasa a Rómulo el Guapo?

—No lo sé —dijo ella—, pero me temo lo peor. Hace unos días encontré en el buzón una carta de Rómulo dirigida a mi nombre. Al principio pensé que me enviaba algo: una foto, un recorte, quizá entradas para un musical. Antes nunca se había comunicado conmigo por este medio tan antiguo. Pero al abrir el sobre… —Rebuscó en una bolsita que llevaba colgada en bandolera, sacó un sobre y me lo tendió—. Léala usted mismo.

Dentro del sobre había una hoja doblada. La desdoblé: estaba escrita a mano por una sola cara, con renglones irregulares y letra temblorosa. Busqué las gafas, me las puse y leí:

Quesito: ésta será con certeza la última noticia que tendrás de mí, quiero decir de mi puño y letra, porque es muy probable que en breve mi nombre circule por los medios de difusión con vilipendio. No hagas caso, y menos de lo que digan en la televisión. Ya sabes cómo les gusta criticar y chinchar, especialmente al que tienen delante, a veces de un modo soez y desconsiderado. No sé cómo lo aguantan, aunque me han dicho que en estos programas hay mucho teatro y que los participantes cobran por zaherir y ser zaheridos. Lo único que te pido es que me recuerdes siempre con tanto cariño como el que ahora me profesas. Yo también te quiero como si fueras mi propia hija. Pero no sufras por mí. Nunca te oculté que tenía un pasado violento. Creía haberlo dejado atrás, pero tarde o temprano el pasado vuelve a presentarnos su factura. Y lo mismo cabe decir de los programas deportivos, llenos de gritos, insultos y mala educación, ¡y qué vocabulario, madre mía! Cada minuto que pasa siento acercarse el peligro, a cada ruido que oigo se me para el corazón. Ojalá tenga tiempo de terminar esta carta y de echarla al buzón. Si la recibes, no se la enseñes a tu madre. Adiós, Quesito. Tú no sabes quién era Franco, con él no había libertades ni justicia social, pero daba gusto ver la televisión. Te quiere

Rómulo el Guapo

Volví a leer la carta con detenimiento, la doblé, la metí en el sobre y se la devolví a Quesito.

—En efecto, da que pensar —reconocí—. ¿Cuándo recibiste la carta?

—El lunes.

—¿Y cuándo viste a Rómulo el Guapo por última vez?

—Hace dos semanas.

—La última vez que le viste, ¿dijo o hizo algo inusual, remarcable o revelador? ¿Parecía preocupado, nervioso o impaciente?

—Ninguna de estas cosas. Claro que, en la difícil etapa de la preadolescencia, sólo estoy pendiente de mí misma.

—¿Quién más ha leído la carta?

—Aparte de usted y yo, nadie. Rómulo pedía expresamente que no se la enseñara a mi madre y no lo he hecho. ¿Debo enseñársela? No me gusta tener secretos con mi madre. Estamos muy compenetradas.

—No. De momento es mejor mantener el secreto. Ahora te haré una pregunta indiscreta. Has de contestarme la verdad. ¿Qué tipo de relación había entre tu madre y Rómulo el Guapo?

—¿Qué tiene que ver eso con la carta? —respondió enrojeciendo y frunciendo los labios a la par que el ceño.

—No lo sé, pero no me parece que debamos pasar por alto este aspecto de la cuestión. Lo que pueda haber habido entre ellos no me incumbe, pero si he de ayudarte, he de saber todo lo posible sobre las circunstancias del caso. Y la pregunta no es baladí: Rómulo el Guapo es un hombre muy atractivo y tu madre es ligera de cascos, o no estarías tú en el mundo.

—Eso ocurrió hace muchos años —repuso ella con firmeza—. Ahora mi madre es una mujer muy mayor. No tanto como usted, pero sí lo suficiente como para comportarse con cordura. No, mi madre y Rómulo sólo eran buenos amigos. Si hubiera habido algo más, yo lo habría advertido. No soy tan ingenua. Rómulo solía venir a casa de vez en cuando, a última hora de la tarde, pero nunca se quedaba mucho rato. Antes de cenar se iba, porque seguía viviendo con su mujer.

—¿Y sabe ésta de la amistad de su marido con vosotras?

Se encogió de hombros. Nunca le había parecido importante este detalle y se estaba aburriendo del interrogatorio. Miró su reloj de pulsera.

—He de irme —dijo—. Encontrará a Rómulo, ¿verdad? No puede abandonarlo: son amigos.

Reflexioné con rapidez y tomé una determinación.

—Antes —respondí—. Ahora ya no. Además, tengo mis propios problemas y no quiero líos. Y tú habrías de hacer como yo. Te voy a dar un consejo, Quesito. No soy quién para dártelo y acabamos de conocernos, pero no tienes padre y alguien te lo ha de dar. Estudia, sé aplicada y obediente, no te metas en líos, ve a la universidad, saca buenas notas y no te preocupes de los demás. Y menos de los mayores. Tu madre friega suelos por culpa de una calentura, Rómulo el Guapo es un delincuente y a mí no hay más que verme. Tómanos como ejemplo de lo que no hay que hacer. Y si acabamos mal, no es asunto tuyo. Nosotros nos lo hemos buscado. ¿Lo has entendido? En cuanto a la carta, llévasela a la policía. No te harán ni caso, pero si luego pasa algo, tú habrás cumplido. Y ahora, si no tienes nada más que decirme, me voy a comer.

Me miró de hito en hito. Por un momento pensé que se iba a poner a llorar, pero en el último momento se contuvo, se levantó de la silla y fue hacia la puerta. Allí se dio media vuelta.

—Oyendo a Rómulo hablar de usted, yo le hacía más altruista —susurró.

—Uno se cansa —respondí.

Salió. Al cabo de unos segundos volvió a entrar.

—¿Hay algo abierto por aquí? —preguntó—. Me muero de hambre y me gustaría comprarme un Magnum.

—Saliendo a la derecha hay un bar. Pero tendrías que comer algo más saludable y nutritivo.

—Eso mismo dice mi madre. En cambio Rómulo me daba todos los caprichos. Mire, por si cambia de opinión, le daré mi número de móvil. O dígame el suyo y yo le llamaré.

—Lo siento —respondí—. Sigo usando las cabinas.

Sin desalentarse sacó del bolso un bolígrafo y una agenda, arrancó una página, anotó un número, dejó el papel sobre la repisa y abandonó la peluquería sin despedirse ni volver la vista atrás.

Al cabo de unos segundos salí a la calle y la estuve siguiendo con la mirada. Era una simple medida de precaución, pero al verla alejarse con paso lento por el calor y desgarbado por su edad y complexión, un vago sentimiento de conmiseración me impulsó a llamarla. No me costó mucho vencer la tentación y, cuando se metió en el bar que yo le había recomendado, decidí dar por zanjado el incidente. Antes de entrar de nuevo en la peluquería, advertí que en la acera de enfrente, a unos cuantos metros a la izquierda, el propietario, gerente o encargado del bazar oriental había salido a la puerta de su establecimiento y se abanicaba con un paipái. Nos conocíamos de vista únicamente pero como en aquel momento no había nadie más en la calle, se sintió obligado a saludarme y a esbozar una sonrisa que venía a significar: vaya calda, ¿eh? Era un hombre de mediana estatura, delgado, debía de frisar la treintena. Sabía, por chismes oídos aquí y allá, que se llamaba Bling Siau, o algo por el estilo, y que tenía una mujer y un hijo. El bazar tenía una puerta estrecha de cristal y un escaparate minúsculo abarrotado de objetos de diversos tamaños, materiales y colorines que competían entre sí en fealdad, inutilidad y baratura. Sobre la puerta y el escaparate un gran cartel rezaba así:

BAZAR LA BAMBA
TODO PARA EL HOGAR - ARTÍCULOS DE OFICINA
MATERIAL ESCOLAR
MODA FASHION DE MUJER
OBJETOS PRENSILES (PARA LLEVAR) Y MÁS
¡AY, ARRIBA Y ARRIBA!

Respondí al mudo comentario de mi vecino con un ademán de asentimiento y levanté las cejas en señal de resignación frente al clima. En realidad oteaba el firmamento para ver si caía un rayo y lo fulminaba a él y reducía el bazar a escombros, pero las nubes se habían ido a descargar a otra parte dejándonos a merced de la canícula. Irritado por este aciago encuentro entré en la peluquería, me quité la ropa, me tendí en el suelo y esperando la llegada de la eventual clientela me quedé roque.

4

EL VIGÍA

Me desperté sediento, inquieto y sudoroso. Había pasado poco tiempo. Salí a la calle por si el calor remitía, pero todo seguía igual. En la acera de enfrente, el señor Siau hacía ejercicios de tai-chi a la puerta del bazar. Por distraerme estuve imitando sus movimientos hasta que reparé en que iba desnudo y que algunos vecinos se asomaban a los balcones a contemplar el espectáculo. Volví a entrar y reanudé la espera. Si en aquel momento hubiera entrado una señora a hacerse una mise-en-plis o un crepado o incluso un sin-techo a despiojarse, no habría pasado nada de lo que pasó después. Pero como no vino nadie, me puse a pensar para aliviar el tedio en lo que me había dicho y mostrado Quesito. Desde luego, había algo extraño en aquella carta. Su autenticidad no ofrecía duda: el hecho mismo de haber sido escrita a mano denotaba un claro deseo de dejar bien clara la identidad de su autor. Pero, ¿se trataba realmente de una despedida o contenía alguna clave para quien supiera entenderla? ¿Y por qué se la había enviado a Quesito? ¿Pensaba Rómulo el Guapo que ella vendría a pedir mi ayuda y la carta, bajo su tierna apariencia, ocultaba un mensaje para mí? Si el peligro era tan grave e inminente, ¿por qué no acudía Rómulo el Guapo a la policía? ¿En qué lío andaría metido? Recordé nuestra conversación en el bar, a raíz de nuestro encuentro casual, su confidencia acerca de un golpe aparentemente sencillo y lucrativo para el que me había pedido colaboración. ¿Habría intentado llevarlo a cabo y las cosas se habían torcido? ¿Se habrían torcido si yo no me hubiera negado rotundamente a colaborar?

A eso de las siete me vestí, fui a la cabina telefónica y marqué el número que había dejado anotado Quesito. De inmediato respondió alborozada.

—¡Ya sabía yo que llamaría!

—Mira qué listilla.

—Oh, no. Rómulo me contaba que usted siempre empieza diciendo a todo que no y acaba pasando por el aro.

—¿También te dijo Rómulo el Guapo cuál era su domicilio legal?

—No de un modo expreso. Pero en algún momento lo averigüé. ¿Para qué quiere saberlo?

—Tú dame las señas. Si tengo un rato libre y ganas, igual hago una visita a la casa. En el pasado tuve algún contacto con la mujer de Rómulo el Guapo. No creo que ella me recuerde, pero yo a ella sí, porque nos traía embutidos y galletas.

Anoté la calle y el número y me ahorré prometer que la mantendría al corriente del resultado de mis pesquisas porque se acabó el dinero y se cortó la comunicación. Antes metía un alambre y hablaba gratis hasta quedarme afónico, pero la molicie me había enmohecido el ingenio y la habilidad y la última vez que lo intenté por poco me saco un ojo con el alambre. Por lo demás, no es difícil encontrar calderilla si uno camina a cuatro patas, al menos para mantener una conversación expeditiva, y yo me he vuelto de lo más lacónico.

Llegó la hora de cerrar y hacer arqueo. Como la cuenta de pérdidas y ganancias del día no me ocupó mucho rato, aún lucía el sol cuando llegué frente a la casa de Rómulo el Guapo. Era un inmueble vulgar, ni nuevo ni antiguo, sito en una confluencia de la calle del Olvido con un ensanchamiento de la calzada que, en vísperas de unas elecciones municipales, había sido sucesiva y solemnemente inaugurado por todos los candidatos tras haberlo dotado de tres escuálidos arbolitos, un banco y un parterre donde los perros hacían concursos de excrementos y los niños gateaban y se pinchaban con jeringas desechadas. Al otro lado de esta placita recoleta, en diagonal con el edificio donde Rómulo el Guapo tenía su domicilio, había un bar abierto con este sugestivo reclamo:

EL RINCÓN DEL GORDO SOPLAGAITAS

Di dos vueltas a la manzana a paso cansino para reconocer el terreno, volví al edificio en cuestión y pulsé un timbre cualquiera del interfono. No contestó nadie y pulsé otro. Al cuarto intento se oyó una voz cascada.

—Un certificado para Rómulo el Guapo —dije.

—No es este piso.

—Aquí dice tercero quinta.

—Pues está equivocado. El que usted dice vive en el sexto primera.

—Disculpe la molestia.

En el sexto primera contestó una voz femenina algo rasposa.

—¿Quién es?

—¿Está Rómulo?

—¿Rómulo?

—El Guapo.

—No está.

—¿Y la señora?

—¿Qué señora?

—La de Rómulo el Guapo.

—¿Quién la llama?

—Un amigo.

—¿Un qué?

—¿Es usted la mucama?

—¿La qué?

—Da igual. Abra. Traigo un certificado.

—¿No era un amigo?

—Antes sí. Ahora traigo un certificado. Ha de firmar el señor. O la señora. O usted. Alguien ha de firmar, ¿me entiende?

—No.

—Pues abra y se lo explicaré cara a cara.

Con el chasquido áspero y petulante propio de estos mecanismos, se abrió un resquicio y me colé en la portería. Era exigua y sombría y olía a puchero rancio. En la etiqueta adherida al buzón del sexto primera constaba el nombre de los miembros del hogar: Rómulo el Guapo y Lavinia Torrada. Subí en un ascensor pequeño y desconchado. Llamé.

De inmediato abrió una mujer joven, fornida, de brazos rollizos, mandíbula cuadrada y ojos azules.

—¿Dónde firmo? —preguntó apuntándome con un bolígrafo.

Ni siquiera se me había ocurrido improvisar un simulacro de documento oficial y me vi en un apuro.

—Antes de mostrar el espécimen he de ver su documentación —dije para salir del paso.

Al oír la palabra documentación torció el gesto. La tranquilicé con una sonrisa displicente.

—No temer. Yo no policía. Yo servicio postal: rápido, solícito, cumplidor. ¿Está la señora?

—¿La señora?

—Papeles en regla. Ella puede firmar.

Era una mujer dura pero se dejaba liar con facilidad. Se fue dejando la puerta abierta y yo me metí en el recibidor y cerré la puerta a mis espaldas. La pieza era minúscula y de ella salían en ángulo recto dos corredores cortos y oscuros. En ninguno de ellos se apreciaba presencia humana o animal. Colgado de la pared, a la altura de la vista, había un armarito que ocultaba el contador de la luz. Lo abrí. A veces la gente deja ahí las llaves, no en este caso. De uno de los pasillos llegaba el ruido monótono de una lavadora cumpliendo su cometido. Transcurrieron lentamente unos minutos. Con los nervios y la espera me dio pis. El sonido de unos pasos firmes me sorprendió saltando ora sobre un pie ora sobre el otro.

—¿Qué lío es éste de un certificado? —dijo una voz femenina y, pese a lo prosaico de lo dicho, cantarina y sensual.

Lavinia Torrada era en mi recuerdo una mujer de belleza provocativa, sinuosa de formas, grande de ojos, larga de pestañas. El propio Rómulo el Guapo me había contado que en los tiempos felices, cuando iban por la calle cogiditos del brazo se paraba el tráfico rodado y los peatones trastabillaban. Luego a él lo encerraron donde yo estaba y ella nunca dejó de visitarlo con regularidad. En tales ocasiones, cuando corría la voz de que venía, no era yo el único interno que se jugaba el físico para verla avanzar contoneándose por el sendero de grava, con una blusa sutil o un suéter ceñido según la estación del año, una falda ora estrecha ora vaporosa y siempre breve para realce de unas piernas estilizadas por unos tacones altos cuyo uso, especialmente en la grava, la obligaba a mantener el equilibrio mediante un vaivén incesante de las caderas, hasta la puerta del edificio principal, donde el doctor Sugrañes, relamido y rijoso, acudía en persona a recibirla para darle cuenta del estado de salud de su marido y ofrecerle consuelo en su congoja. Y otro tanto al irse. Cuántas veces no entrecerré los ojos al verla y, llevado por la emoción, no solté los barrotes de la ventana y no me caí del taburete que había colocado sobre la mesilla de noche para atisbar por la angosta abertura aquella fugaz visión, con la consiguiente rotura del taburete y de la mesilla, por no hablar de mis magulladuras y de las represalias que de lo antedicho se seguían, todo lo cual conseguía calmar momentáneamente mis ardores pero no disuadirme de seguir practicando mi deleznable escrutinio a la siguiente ocasión.

Ahora al verla no pude evitar ruborizarme.

—No hay tal lío —balbucí— ni hay certificado. Soy amigo de Rómulo el Guapo, como dije al principio. Y como esta condición no me franqueaba el paso, me inventé lo otro. Lamento la argucia y la intrusión. Pero como he llegado hasta aquí, le daré razón de mi presencia. No creo que usted me viera entonces ni que su esposo le haya hablado de mí, pero Rómulo el Guapo y un servidor compartimos un lugar y una etapa de nuestras vidas que a ninguno de los dos nos gusta rememorar.

De eso hace ya muchos años. Años que en usted no han hecho mella, si no le ofende mi atrevimiento.

Me miró de hito en hito, con los mismos ojos de entonces. Lo que le acababa de decir era exacto: sus formas se habían redondeado y tal vez expandido, su cutis había perdido la tersura, en sus labios carnosos se advertía un rictus y era innegable que se teñía las canas. Pero si hubiera tenido a mano un taburete y una mesilla de noche no habría dudado un solo instante en practicar allí mismo las lujuriosas acrobacias de antaño.

—Si ha venido a ver a mi marido —dijo ella, algo alarmada por mi conducta, pues el rubor se había acentuado hasta dar a mis facciones un color carmesí, y las ganas de orinar me obligaban a danzar como un masái—, no está.

—No importa —dije—, le esperaré.

—Rómulo suele venir tarde —se apresuró a objetar—. A menudo el trabajo lo retiene hasta altas horas de la noche.

—¡Ah, Rómulo el Guapo siempre fue un ejemplo de laboriosidad! —exclamé.

Reinó un instante de silencio hasta que la lavadora emprendió un frenético centrifugado. Al mismo tiempo reapareció la mujer de antes con una escoba en la mano. La cosa se ponía mal.

—Claro que, si no puede ser hoy, será en otra oportunidad —dije tratando de dar aspecto de reverencias a mis brincos—. No la quiero importunar más. Sólo le ruego que le diga a su marido, cuando le vea, que ya tengo la información que me pidió el otro día. Dígale que no haga nada sin haber hablado antes conmigo. Le dejaré mi número de móvil, si tiene la bondad de anotarlo.

Lavinia Torrada me dirigió una mirada de suspicacia y extrañeza. Luego hizo un ademán con la cabeza a la mujer de la escoba. Se fue ésta por un pasillo y regresó habiendo sustituido la escoba por un bloc y un bolígrafo. Como símbolo de paz, cesaron los estertores de la lavadora. Yo saqué del bolsillo la hojita de papel y recité el número de teléfono de Quesito, vi cómo lo anotaba, reiteré mi versallesco saludo, me di un coscorrón con el armarito de los contadores, abrí la puerta y salí.

Para tranquilizar mi conturbado espíritu bajé corriendo las escaleras y no me detuve hasta el segundo piso. Oriné en un felpudo, acabé de bajar, salí a la calle y me alejé caminando con aire tranquilo por si me vigilaban desde la ventana. Al doblar la esquina busqué una cabina telefónica y llamé a Quesito.

—¿Ha resuelto el misterio? —preguntó apenas oyó mi voz.

—No seas tonta. Acabo de hacer una visita a la mujer de Rómulo el Guapo. Él no está en la casa ni se le espera. Antes de irme le he tendido una burda trampa. No creo que pique, pero te llamo por si acaso. Le he dado tu teléfono. Si llama alguien y pregunta por mí, di que eres una empleada de la peluquería. Mejor una aprendiza, no vayas a meter la pata con la terminología propia del oficio. Toma el recado y no hagas preguntas. Las preguntas despiertan recelo. Deja hablar y ofrece mucha información sobre cualquier cosa que no venga a cuento. A veces hablando mucho el otro se anima. Anota todo lo que te digan, sin saltarte una coma. Yo te llamaré mañana. ¿Lo has entendido bien?

—Sí, señor. ¿Y usted qué hará mientras tanto?

—Montar guardia hasta que me canse.

—Puedo ir a reemplazarle —se ofreció—, o a hacerle compañía.

—No. Quédate en casa y haz los deberes.

—No tengo deberes, es verano, estamos de vacaciones.

—Pues repasa.

Colgué y volví sobre mis pasos hasta situarme a prudencial distancia de la casa de Rómulo el Guapo. De una papelera saqué un periódico para taparme la cara, me apoyé en la pared y estuve haciendo como que leía durante un rato. A eso de las ocho y veinte salió del edificio la mujer de la escoba, anduvo hasta la esquina, la dobló y la perdí de vista. No me pareció imprescindible seguirla. Aún esperé media hora más, a sabiendas de que ya no pasaría nada de interés hasta el día siguiente. Finalmente busqué una parada de autobús, me subí al que me convenía y me dejé llevar disfrutando de las delicias del aire acondicionado y planeando el paso siguiente del incierto recorrido que acababa de iniciar contra los dictados de la prudencia más elemental.

Al día siguiente madrugué, salí de casa, esperé el autobús, subí cuando se dignó pasar y al llegar a mi destino era tan temprano que habría cantado el gallo de haber habido alguno fuera del supermercado. A esa hora, las Ramblas estaban vacías de viandantes, cerradas de bares y comercios y transitadas sólo por los empleados municipales que restituían a su forma habitual esta emblemática arteria tras el bullicio de la noche barcelonesa, unos retirando con pulcritud los residuos orgánicos y sus envases, otros; unos, sin miramientos, los beodos, y otros, con el debido respeto, los difuntos. Para no interferir bajé por la acera lateral, arrimado a la pared. Al llegar a la calle de la Portaferrisa, a la sazón desierta, me metí en ella, y a escasos metros, en un oscuro zaguán, donde di con el objeto de mi búsqueda, que en aquel preciso momento se acababa de despojar de su ropa de diario y procedía a revestirse de hopalandas. Le saludé, me reconoció de inmediato y se alegró de verme, porque, pese a no habernos unido nunca una estrecha amistad, era propenso a la nostalgia y acogía con una mezcla de agrado y de tristeza cuanto le recordara tiempos mejores. Durante varias décadas se había ganado la vida holgadamente merced a un variado surtido de timos, que practicaba con una maestría y elegancia que le habían hecho acreedor del sobrenombre que aún ahora conservaba: el Pollo Morgan. A una cierta edad, cuando ya preparaba un tranquilo retiro y hacía planes para abrir una academia de timadores, las cosas cambiaron de forma rápida e inesperada. Para empezar, la afluencia de visitantes extranjeros empezó a plantear problemas lingüísticos irresolubles para un arte que se basa exclusivamente en la verborrea.

—Con todo, lo peor no fue eso —se lamentaba el Pollo Morgan—, sino la nueva mentalidad. Por culpa de los trileros y los carteristas la gente se acostumbró a perder dinero deprisa y sin esfuerzo. Antes, para ser timado, se necesitaba perspicacia, codicia, decisión e inmoralidad. Ahora hasta el más obtuso se deja desplumar sin tener ni idea de lo que está haciendo. A un joven de hoy en día le propones el tocomocho o las misas o la guitarra y te mira como si vinieras de la Luna.

La mengua de ingresos y el desaliento le llevaron a dejar el oficio y hacerse estatua viviente. Al principio le fue más o menos bien. Luego la competencia aumentó y con ella las dificultades. También en este terreno se dejaba sentir la decadencia.

—Cuando empecé —me dijo—, había una cultura iconográfica: cualquiera reconocía a los personajes.

Ahora, la gente no sabe quién es nadie. Hasta Elvis y el Che han de poner un cartel en varios idiomas para identificarse.

—Y tú, ¿de qué vas?

—De doña Leonor de Portugal, ¿no se nota?

Había acabado de aplicarse el carmín y de cubrirse el bigote con purpurina. Le ayudé a sujetar la corona a los bucles con horquillas y clips.

—He venido a pedirte un favor —le dije cuando hubimos acabado.

—No están los tiempos para eso —replicó.

—No es dinero, sino servicios. Retribuidos.

Negociamos una tarifa por horas y llegamos a un acuerdo, por más que yo no supiera de dónde iba a sacar el dinero.

Nos costó bastante meter la peana en el autobús, pero antes de la apertura de las pocas tiendas que no vacaban, la estatua estaba emplazada frente a la casa de Rómulo el Guapo.

—¿No le chocará a nadie que haya elegido este lugar? —dijo el Pollo Morgan antes de adoptar su regia pose—. Por esta plaza no pasa ni Cristo.

—Bah, la gente ni se fija. Y en fin de cuentas, ¿qué más te da? Yo cubro el lucro cesante. Tú preocúpate de mirar fijamente aquel portal. Sin pestañear. Si entra o sale alguien, me avisas. Anota mi móvil.

—No puedo. Yo me debo a la inmovilidad.

—¿Y si tienes pis?

—Llevo dodotis.

—Bueno, pues toma nota mental y yo vendré a la hora de comer a que me des el parte.

A las nueve en punto ya estaba abriendo la peluquería. A las once y cuarto entró un majadero preguntando si había algún bazar oriental en las inmediaciones. Le dirigí hacia La Bamba, no sin antes proponerle, en vano, un lavado, un corte y un rasurado por el precio de un solo servicio. Ya no vino nadie más. A las dos cerré y fui a ver al Pollo Morgan.

—¿Alguna novedad?

Me dio la callada por respuesta. Ni siquiera se dignó bajar los ojos.

—¡Venga, hombre, que no nos ve nadie! —hube de insistir.

Sin apenas despegar los labios, el Pollo Morgan susurró su informe. A lo largo de la mañana pocas personas habían salido del edificio y menos habían entrado. De las que habían entrado, dos eran del grupo de las que previamente habían salido, y cuatro habían entrado sin haber salido antes, pero habían salido al cabo de un rato; una había entrado y todavía no había salido. De las que habían salido sin haber entrado, dos habían vuelto a entrar y los demás todavía no habían entrado.

—Lo has hecho muy bien, hombre —le animé—. Ahora, dime, entre los que han salido, ¿había una señora de inmejorable aspecto?

—Sí —dijo deponiendo su majestuosa arrogancia—. A las diez y media en punto salió una tía de campeonato. Como reina de Portugal, no llevo reloj, pero en el bar que queda a mis espaldas tienen puesta la radio a toda pastilla y cada media hora dan las noticias. Ahora, por ejemplo, deben de ser poco más de las dos. Así no pierdo la noción del tiempo.

—Cuanto más te conozco, más te admiro. Y la señora en cuestión, ¿cómo era?

De la descripción minuciosa e hiperbólica deduje que se trataba de Lavinia Torrada. Estadísticamente era improbable que en aquella birria de inmueble vivieran dos bombonazos. El nuestro había salido a la hora indicada por el Pollo Morgan sin compañía, pero a la puerta la esperaba un caballero que unos minutos antes había llegado en coche, lo había aparcado cerca de la casa, se había apeado, había entrado en el bar y luego había esperado en la acera sin dar muestras de impaciencia. Al salir la mujer de Rómulo el Guapo, ambos se habían saludado con media sonrisa y sendas inclinaciones de cabeza, sin besarse en las mejillas ni otras partes, ni siquiera darse la mano. Tras intercambiar una breve frase, la mujer de Rómulo y su acompañante habían andado en silencio hasta el coche, entrado en él y partido.

—Nada indicaba que fueran amantes —concluyó—, aunque bien podían estar disimulando. En estos casos, nunca se sabe. Además, él era un tipo vulgar. De mediana edad, hortera, con pinta de bobalicón. Nada que ver con ese monumento.

—Cosas más raras se han visto. ¿Pudiste anotar la matrícula del coche?

—Claro, ¿por quién me tomas?

Anoté los datos y entré en *El Rincón del Gordo Soplagaitas*. La radio vociferaba anuncios. Esto era lo más divertido del local, por lo demás aseado de aspecto y con un humarazo ambiental inferior a la media. Tras la barra había un camarero, posiblemente el que daba nombre al establecimiento, a juzgar por su volumen y su expresión. En la barra dos hombres, también gordos, dejaban caer sendas cascadas de sudor sobre sus respectivos platos de albóndigas. Con gusto habría hecho lo mismo, pero el menú costaba seis euros y yo no los tenía. Me dirigí al camarero y le dije:

—Perdone la molestia, pero tal vez usted, o ustedes,

47

podrían ayudarme. Esta mañana, unos minutos antes de las diez y media, mi camioneta de reparto, conducida por un servidor, ha colisionado ligeramente con un Peugeot 206 de color rojo, matrícula de Barcelona 6952. En ese momento no me fue posible detenerme, pero ahora, realizadas mis gestiones y libre de otros compromisos, quisiera ponerme en contacto con el propietario del vehículo siniestrado para asumir la responsabilidad que me concierne. ¿Ustedes no lo conocerán, por un casual?

La pregunta, dirigida por igual al camarero y a los dos comensales, provocó un breve debate. La conclusión fue que el propietario del vehículo era cliente habitual del bar, donde solía tomar un cortado.

—El caso es —dije al término de estas revelaciones— que debo dar parte a la compañía aseguradora para ver si se pueden arreglar los desperfectos o si hay que entregarle un coche nuevo, modelo berlina, con tracción en las cuatro ruedas y elevalunas eléctrico. Nada de lo cual será posible si no nos ponemos en contacto. ¿Serían ustedes tan amables de rogarle encarecidamente que me llame a este teléfono móvil?

Anoté el número de Quesito en una servilleta de papel y la dejé sobre la barra. Al salir pasé junto al Pollo Morgan sin dirigirle siquiera la mirada por si me estaban observando los obesos del bar, tomé el autobús y en media hora me planté en la peluquería. Por el camino me compré un bocadillo de sardinas en salmuera (el más barato) con la intención de zampármelo en mi puesto de trabajo. Anticipando in mente la degustación, por poco me desmayo al ver una figura humana levantarse del sillón en cuanto abrí la puerta del establecimiento.

—¡Perdón, perdón! —exclamó Quesito—. No era mi intención asustarle. Como no estaba, preferí esperarle dentro en vez de esperarle fuera, a pleno sol.

—¿Estaba abierta la puerta?

—No, señor. Rómulo me enseñó a forzar cerraduras. Lo he hecho con mucho cuidado para no estropearla. ¿El olor a sardinas lo despide usted?

—Eso no es de tu incumbencia —repliqué—, y no andes toqueteando: aquí hay instrumental sensible y peligroso —añadí al ver que jugueteaba distraídamente con un peine.

—Perdón, perdón —repitió—. He venido a decirle que hace un rato han llamado al móvil preguntando por usted.

—¿Quién?

—No lo ha dicho.

—¿Y no se lo has preguntado?

—No se me ha ocurrido.

—¿Era un hombre o una mujer?

—No me he fijado.

—¿Y qué ha dicho?

—No me acuerdo.

—¡Por el amor de Dios, Quesito, así no iremos a ninguna parte! Has de poner más atención en lo que haces.

—Perdón, perdón. No volverá a pasar —dijo.

Empezaba a hacer pucheros; los frené con ademán vigoroso.

—No podemos perder tiempo en lamentaciones. Vayamos al aspecto práctico de la cuestión. ¿Tienes dinero?

—Tres euros.

—Dámelos.

—Son para un Magnum de almendras.

—Pues te quedas sin él. He contratado personal subalterno cuyos emolumentos han de ser satisfechos sin demora. Pídele dinero a tu madre.

—Oh, no. No, señor. No es posible. Mi madre no sabe lo nuestro. Se pondría furiosa si lo supiera. No le cuente nada. Por favor, por favor.

—¿Cómo le voy a contar nada si no la conozco ni sé cómo localizarla? De todas formas, has de conseguir algo de dinero como sea. Pídeselo sin revelarle su destino. Para ropa o para salir. Mentir nunca está justificado, pero a veces está menos injustificado, como en la ocasión presente.

Más tranquila y olvidada de sus pasadas torpezas, se fue tras prometerme volver si ocurría algo nuevo y buscar la forma de conseguir dinero. Como no me merecía mucha confianza en este aspecto, me quedé pensando de dónde sacar unos eurillos, al menos para pagar al Pollo Morgan, por no hablar de otros gastos eventuales, incluida mi propia manutención. Esta reflexión me hizo acordar del bocadillo de sardinas, y estaba por desenvolverlo cuando sin previo aviso entró una persona en la peluquería. A contraluz no la reconocí ni supe quién era hasta que no oí su voz meliflua.

—Disculpe la intromisión —dijo—. Soy Lin Siau, el encargado del bazar La Bamba. He venido a pedirle un pequeño favor. No lo haría de no verme apremiado por las circunstancias, pero en estas fechas no puedo recurrir a familiares ni conocidos, y como somos vecinos…

Era la primera vez que manteníamos una relación oral y me sorprendió su dominio de la lengua. Ni en este terreno le llevaba ventaja. Con cautela le pregunté en qué podía servirle.

—Una futesa —respondió con naturalidad, como si

fuéramos viejos amigos—. He de recoger a mi hijo. Le he apuntado a un cursillo de natación. Así se entretiene y no nos hemos de ocupar de él todo el santo día cuando no hay cole. Hasta la semana pasada estuvo de colonias. En Valldoreix. Pero ahora está de vuelta y entretenerlo y ocuparse del bazar es un verdadero problema.

Hizo una pausa y yo no dije nada para no fomentar una camaradería improcedente. Él prosiguió sin necesidad de estímulo.

—Normalmente mi esposa se encarga de traerlo y llevarlo a la piscina, pero hoy está invitada a la despedida de soltera de su prima. Miau. En resumidas cuentas, que me toca ir a recoger al chico y le agradecería mucho si pudiera echarle un vistazo al bazar durante mi ausencia. No tardaré más de diez minutos. Pero me da palo cerrar y en el bazar hay tantas cosas por robar... En cambio aquí...

—Está bien —dije secamente, y luego, haciendo de tripas corazón, añadí con una sonrisa—: Haré lo que me pide con mucho gusto. Los vecinos estamos para ayudarnos en casos de apuro.

—Gracias, colega, eso mismo pienso yo.

Entorné la puerta de la peluquería y los dos cruzamos la calle, nos despedimos con gran prosopopeya a la puerta del bazar, él se alejó con paso ligero y yo entré, en parte para refugiarme del sol, en parte para no ser visto y tachado de colaboracionista por otros comerciantes del barrio, y en parte por curiosidad. Como no me interesan las tiendas si no puedo comprar lo que venden y como mi patrimonio reduce este interés prácticamente a cero, nunca había visitado un establecimiento de aquellas características. Una simple ojeada me dejó anonadado. Allí había de todo: lo que anunciaba el rótulo de la fachada y

mucho más, incluida una variada representación de todas las artes plásticas, así como otros mil artículos, que
mi desentrenado cerebro y mi decaído espíritu no tu-
vieron capacidad de registrar. Aturdido serpenteaba por
los pasillos cuando en la penumbra del fondo llamó mi
atención un curioso objeto aparentemente arrumbado.
Al examinarlo de cerca vi que se trataba de un monigo-
te de regular tamaño, de aspecto tan cómico que a pesar
de mi abatimiento no pude reprimir una carcajada. Ni a
renglón seguido un grito de terror al ver que el monigo-
te venía hacia mí haciendo profundas reverencias.

—Perdone susto —le oí decir con voz cascada y temblorosa—. No era mi intención dar sorpresa. Soy humilde antepasado de señor Siau, gerente de este honorable
local. Usted no me conoce pero yo a usted sí. Usted es
honorable dueño de gran peluquería en acera de enfrente. Un día iré a cortar y peinar coleta.

—Mucho gusto —dije una vez repuesto de la impresión—. No esperaba encontrar a nadie. Y yo creía que,
por definición, los antepasados estaban muertos.

—Tiene razón. Soy viejo, pero vivo y coleando, si
permite chiste malo. Soy antepasado a medio hacer. Mi
hijo Lin, primogénito de dinastía, me trajo de China,
con permiso de General Tat, para tener antepasado en
negocio. ¿Usted tiene antepasado en gran peluquería?

—No. Sólo me faltaría eso —respondí.

—Oh. Descendientes, tal vez.

—Tampoco.

—Le acompaño en sentimiento. Antepasados y descendientes son importantes. Pasado y futuro. Sin pasado
y futuro, todo es presente, y presente es fugaz.

Acabó de cerrar los párpados y adoptó una expresión serena, acompañada de leves ronquidos. Así nos

encontró Lin Siau, que regresaba arrastrando de la mano a un niño de unos diez años de edad, ocupado en repartir un helado de chocolate por toda su ropa.

—Disculpe —susurró Lin Siau—, olvidé advertirle de la presencia de mi padre. Espero que no le haya dado la lata. Tiene sus años y a nadie salvo nosotros con quien hablar. La cabeza se le va a ratos y por eso no quise dejarlo a cargo del bazar.

—De ningún modo —exclamé—, no me ha causado molestia alguna. Al contrario, hemos tenido una conversación de muy alto nivel. A decir verdad, la filosofía oriental está a la altura del resto de su producción.

Con ésta y otras cortesías nos despedimos. Al entrar en la peluquería encontré el bocadillo que había dejado casi entero convertido en un instructivo terrario. No me cupo otro remedio que coger el animado conjunto con unas pinzas y salir a echarlo al contenedor más próximo. Luego regresé y dejé que los minutos transcurrieran a un ritmo cada vez más lento. Al finalizar la jornada, al hambre y el tedio se había unido el pesaroso convencimiento de que nunca conseguiría salir de la grumosa ciénaga en que me hallaba. Estaba por cerrar e ir a ver si todavía quedaba algo del bocata en el contenedor cuando entró en la peluquería el hijo del señor Siau con un envoltorio en las manos. Hizo una profunda reverencia y dijo con voz aflautada:

—Hola, tronco. Soy Quim Siau, hijo de Lin Siau, aplicado estudiante durante el curso y esforzado aprendiz de nadador en época de asueto. Me envían mi padre, mi madre y mi honorable abuelo a entregarle una pequeña muestra de nuestra humilde gratitud.

Me entregó el envoltorio y se fue corriendo. Al abrirlo me encontré con un suculento menú compuesto de pan de gambas, won ton frito, fideos tres delicias y una rodaja de sandía. Antes de tener tiempo de emocionarme ya me lo había zampado todo. Estaba exquisito. Luego, restablecidas las fuerzas y reconfortado el ánimo, cerré la peluquería y decidí, como había hecho tantas veces a lo largo de mi vida, recurrir a mi hermana.

5

EL MISTERIOSO PROPIETARIO DE UN PEUGEOT 206

A despecho de la adversa coyuntura, Cándida y su marido vivían con cierta holgura fiduciaria y espacial, a raíz del fallecimiento de la madre de éste, un luctuoso suceso, ocurrido tres años atrás, que les exoneró de muchas cargas y preocupaciones y les permitió recuperar una alcoba y retirar de la puerta el rótulo que rezaba: cuidado con el perro. Tan dolorosa pérdida no les impedía seguir cobrando la pensión de la difunta, así como el subsidio a personas dependientes y una beca para cursar estudios en la Facultad de Telecomunicaciones al amparo del programa de educación de adultos. Gracias a estas pequeñas artimañas administrativas, mi cuñado no pegaba sello y mi hermana había dejado de hacer la calle.

La jubilación de Cándida debería haber sido para ella una fuente de alegría, pero no lo fue. Con tanta perseverancia como poco éxito, Cándida había ejercido la prostitución callejera desde la niñez, y aunque había cosechado más cuchufletas que piropos y más palos que propinas y había contraído un verdadero catálogo de enfermedades, no sólo venéreas sino de otra índole, como el escorbuto, la cataplexia, la aerofagia, la podagra, el beriberi, el tabardillo, la fiebre aftosa, el cretinismo, el vómito negro y varios hongos, el súbito abandono de lo que había constituido durante décadas su diario quehacer le produjo la depresión que acompaña a muchas jubilaciones. A ello contribuyó no poco el que los habituales del sector en que ella faenaba, al tener noticia de su retiro, organizaron una verbena con cava y cohetes que le dolió en el alma. De la consiguiente postración ni su marido ni yo hicimos nada por sacarla, porque cuando estaba eufórica ya era un trasto inútil, y deprimida, al menos, no decía nada. Con entereza admirable, ella misma salió del trance buscando consuelo en la religión. Iba a misa sin parar, hacía novenas y triduos y no había ceremonia sacra ni procesión a la que no aportara sus desafinados cantos, su fealdad y su peste. La dejamos hacer hasta que el coadjutor de la parroquia, aprovechándose de su reciente fanatismo y su congénita sumisión, empezó a explotarla haciéndole fregar la rectoría, lavar y planchar sus hábitos sacerdotales y su ropa de seglar, incluida la del gimnasio, y prestarle todo tipo de servicios sobre cuya naturaleza ni ella nos informó ni nosotros le preguntamos. Más tarde empezó a sacarle dinero a cambio de estampas y medallitas y acabó vendiéndole una muela de Juan XXIII por la exorbitante suma de cincuenta euros. Al día siguiente, mi cuñado y yo esperamos al coadjutor a la puerta de la parroquia, lo llevamos a un portal oscuro y le dijimos que si volvía a tener tratos con Cándida le meteríamos la lanza de Longinos por el culo. El tipo captó el mensaje y a partir de entonces, sin explicación ni previo aviso, la Iglesia dio a la incauta beata con la puerta en las narices. Sin guía espiritual y sin dinero para obras pías, Cándida se vio obligada a dar rienda suelta a su devoción a su aire y por sus medios, hasta que un día la pillaron en la catedral encendiendo pedos delante del altar de santa Rita y le prohibieron la entrada en todos templos y recintos consagrados de la cristiandad. Creo que ahora, después de probar con los evangelistas y los testigos de Jehová, practicaba el animismo. Huelga decir que estas experiencias no habían aumentado su sensatez, agudizado su inteligencia ni mejorado su carácter.

—Ya he cenado —grité a modo de saludo al ver que enarbolaba una plancha para darme con ella en la cabeza—. Sólo venía a interesarme por ti y a ver a Viriato, mi modelo en la vida.

Atocinado, zafio y sudoroso acudía el aludido al reclamo de mi voz y los denuestos de su consorte.

—¡Adelante! ¡Cuánto bueno! —dijo con mal fingida jovialidad—. ¿Y cómo va el negocio? ¿Eh?, ¿eh?

—Como nunca —respondí ambiguo. La peluquería era de su propiedad y yo, aunque hipotecado el local, pignorados los muebles y utensilios y hundida la razón social en irredimible bancarrota, siempre le presentaba un balance esplendoroso, no fuera a traspasarla y dejarme a mí en la calle—. Ello no obstante —agregué a renglón seguido—, una pequeña ampliación de capital no estaría de más, vista la agresividad de la competencia.

Después de una dura negociación, el miserable me prestó cuarenta euros al veinticinco por ciento de interés semanal. Eran más de las nueve cuando llegué jadeando a donde me esperaba petrificado el Pollo Morgan. Supuse que lo encontraría irritado por la tardanza e intransigente en cuanto al pago, pero con gran sorpresa mía me saludó agitando el cetro, saltó del pedestal y admitió haber recaudado una suma muy superior a las previsiones más optimistas.

—Al principio me miraban con extrañeza —dijo mientras iba guardando sus haldas en un hatillo hasta quedarse en tanga—, pero luego han debido de pensar que me había instalado aquí porque el barrio se está poniendo de moda y les ha dado un subidón. Pobre gente.

—No sabes cuánto me alegro. ¿Ha pasado algo interesante?

—Ca. Como en la mañana. Un poco más de movimiento al ponerse el sol. La tía buena salió y entró un par de veces. A las siete volvió el del Peugeot 206. Tuvo suerte y lo aparcó en la esquina. Ahora está en la casa.

—¿Tú crees que pernocta?

—No lo excluyo. Al entrar se iba tocando los huevos.

—¿Ha pasado por el bar?

—Sí. A tomarse una clara.

—Confío en que le hayan dado el recado. Me gustaría saber quién es. Tú vete a descansar. Mañana te quiero aquí a primera hora. Yo me quedaré un rato de vigilancia.

—Vale, pero no hagas de estatua. El sindicato no admite intrusos, y menos en zonas lucrativas.

—Descuida, Pollo, no tengo talento para el arte escénico.

Se fue y yo entré en *El Rincón del Gordo Soplagaitas*. Como la honradez del Pollo Morgan me había ahorrado el pago de sus servicios, tuve la tentación de pedir una Pepsi-Cola, porque me encanta y porque la comida china me había dado una sed infernal, pero preferí reservar los fondos para el futuro. Pedí agua del grifo y con eso me entretuve un par de horas, vigilando el portal y mirando de reojo videoclips en un televisor gigante colgado sobre la barra. El gordo seguía detrás de la barra pero no dio muestras de reconocerme y yo me abstuve de entablar conversación. Por el momento era mejor pasar inadvertido, cosa fácil toda vez que mis facciones sólo llaman la atención de los primatólogos, lo cual resulta muy ventajoso en ciertos momentos. En otros, francamente, no.

Hacia las once había cesado toda actividad en la calle y en el bar, vacío desde hacía un buen rato, habían apagado la televisión, la cafetera y todas las luces salvo una bombilla de bajo consumo. Dejé veinte céntimos en la barra y me fui. El Peugeot 206 seguía estacionado en el mismo sitio. La temperatura no había bajado, la humedad relativa había aumentado. Llegué a la puerta de casa sudoroso y exhausto. Antes de entrar llamé desde una cabina a Quesito pero su móvil me salió por peteneras diciendo estar apagado o fuera de cobertura. Subí, me lavé los calzoncillos y los calcetines, los tendí en la lámpara del comedor y me metí en la cama.

Conocedor de las costumbres de la juventud de hoy día, no quise volver a llamar a Quesito a primera hora de la mañana siguiente y perder tontamente otra moneda. Por eso me causó muy buena impresión verla entrar bastante temprano en la peluquería para contarme que la víspera, a la hora de cenar, había telefoneado un individuo para un asunto relacionado con un vehículo y una compañía aseguradora.

—¡Qué suerte! —exclamé—. ¿Quién era?

—No lo sé. Le dije que no sabía de qué me estaba hablando y colgó.

—¡Maldición! Hemos perdido el contacto otra vez.

—Bueno, al menos sabemos su número de teléfono.

—¿Te lo dio?

—No, pero quedó registrado en mi móvil.

—¡Admirable invención!

Llamé desde la cabina y respondió una voz femenina sobre una música acariciadora.

—La verdadera paz está en nuestro interior. Si desea meditar en catalán, pulse uno; si desea meditar en castellano, pulse dos; para otros asuntos, manténgase a la espera. —Transcurrido un rato, amenizado con flautas y sonajas, la misma voz dijo en tono agrio—: ¿Qué coño quiere?

—Hablar con el encargado de la entidad —respondí suavemente.

—El swami no puede atenderle en este momento. Está reunido con el Dalai Lama. En el plano espiritual, se entiende. ¿Desea que le dé hora para una primera consulta? Son cien euros.

—El swami bien los vale. Anóteme e indíqueme el lugar adonde debo guiar mis venturosos pasos.

Me dio hora para el lunes siguiente y una dirección en la calle Calabria.

—Es muy caro —exclamó Quesito cuando hube finalizado la llamada y le hube referido lo hablado—. ¿Va usted a ir?

—Como paciente, no. Pero en cuanto pueda le haré una visita de otra índole. Y no estaría de más que te acercaras a esa dirección y echaras un vistazo. Esta tarde vuelves y me das el parte. Pero no metas la pata. Sólo mirar, desde fuera.

Se fue muy decidida. Yo no confiaba mucho en la utilidad de su información, pero me pareció bien hacerla trabajar un poco. Por más que careciera de experiencia en estas lides, no parecía tener un pelo de tonta.

Poco antes del mediodía, cuando las tripas ya llevaban rato haciendo ruido, entró en la peluquería una mujer joven, no muy alta, de constitución maciza, facciones regulares y expresión resuelta. En cuanto me puse a dar chicuelinas con la bata, levantó la mano y en un tono de leve sarcasmo dijo:

—Descansa, maestro. Vengo a otra cosa.

—Podemos hablar mientras le lavo y le marco —insinué para ganar tiempo, porque para entonces ya sabía a quién me enfrentaba. Ella sacó una foto del bolsillo interior de la cazadora y me la mostró. Se trataba del retrato de un hombre cuya identidad me resultaba desconocida, especialmente sin gafas.

—¿Lo conoces? ¿Le has visto?

—Ni una cosa ni otra —dije—. Salgo poco. ¿Quién es?

—Yo pregunto. Tú contestas.

—Lo hacía para ayudar.

—Pues vuelve a mirar la foto y haz memoria. Cuento hasta cinco y luego te arreo. Cuatro y cinco, ¡toma!

Me largó un bofetón. Como conozco la broma de antiguo, me aparté lo justo para no recibir el golpe en plena cara.

—De haberlo visto, se lo diría —dije—. Si revisa mi expediente verá que siempre me mostré cooperativo.

Dejó la foto sobre la repisa y me dirigió una sonrisa torcida.

—He leído lo que dejó escrito sobre ti el comisario Flores, que Dios tenga en su gloria.

—Y allí lo guarde por los siglos de los siglos. Tuve el honor de trabajar con el comisario Flores en varios casos. Eran otros tiempos, claro. Ahora los métodos han cambiado.

—No te hagas ilusiones.

—¿Puedo preguntarle su nombre de usted? Para manifestarle el respeto y la obediencia que en su día derroché con el llorado comisario Flores.

—Para ti, subinspectora Malaspulgas.

—¿Seguro que no quiere que le recorte las puntas, subinspectora? El deber y el coraje no están reñidos con la estética. Y es gratis.

Leí la duda en sus ojos. Pocas personas se resisten a una oferta semejante.

—¿Tardarías mucho en arreglarme las greñas? He quedado para comer a las dos.

—Estaremos listos en un periquete. Tiene usted un cabello muy maleable y de muy buena calidad. No necesita potingues. Póngase cómoda. Si quiere, le guardo la pipa en la trastienda.

Se quitó la cazadora y la colgó del perchero. En camiseta perdía autoridad, pero ganaba atractivo. En vez de sobaquera, llevaba la pistola en la rabadilla, entre la falda y las bragas. La dejó también sobre la repisa, al lado de la foto.

—Si me haces un trasquilón vas a la trena.

—Pierda cuidado. ¿Por qué lo buscan? Al de la foto.

—Eso no te incumbe.

—Sin embargo, usted ha venido directamente a preguntarme si le he visto. ¿Cuál sería, de haberla, la conexión?

—Estamos al comienzo de las pesquisas. No debemos avanzar conclusiones.

—Pero sí trabajar sobre hipótesis, como solía decir el comisario Flores, que ahora nos mira desde el cielo. Vayamos por partes, si me lo permite. Yo soy un honrado peluquero. Y ese tipo, ¿qué es?

—Lo sabrás cuando proceda. Y tu condición la decidimos nosotros. De momento, oído al parche. Te dejaré la foto por si al volverla a ver se te refresca la memoria. Y mi móvil.

Se levantó, descolgó la cazadora de la percha, sacó una tarjeta de visita y me la entregó. Sin tratar de leer su contenido, para no poner de manifiesto mis dioptrías, la dejé en la repisa, junto a la foto. En aquel momento se metió en la peluquería algo parecido a una bolsa de basura en zapatillas y dijo:

—Disculpen molestia. Estaba dando imprudente paseo a pleno sol y sentí mareo. Para no pillar insolación decidí refugiarme en gran peluquería. Ignoraba que tuviera honorable clienta. —Hizo una dificultosa reverencia a la subinspectora y añadió dirigiéndose a ella—: Elegante chaqueta. Hermosa fisonomía. Grandes melones. Ya me voy.

—No hace falta —dijo la subinspectora—. La que toca el pirandó es mi menda.

Se puso la cazadora, se volvió a mirar al espejo, se sonrió a sí misma y, sin dirigirme una mirada, fue hacia la puerta. Al pasar junto al anciano amagó un puntapié mientras decía con gracejo:

—¿Kung fu, abuelete?

—No, señora. Kung fu en películas. En mi pueblo levantábamos piedras, como en Vascongadas.

Cuando se hubo ido, ofrecí asiento y un vaso de agua al abuelo Siau.

—No se moleste —dijo éste—. Insolación es mentira. Estaba delante de puerta de bazar y vi entrar mujer en gran peluquería. Como tardaba en salir, vine para echar mano. Con policía nunca se sabe. ¿Qué venía buscando?

—Información. Nada que ver conmigo. No volverá. Pero le agradezco la buena intención. ¿Cómo adivinó que era policía?

—En todas partes misma jeta. Desconfíe de policía. Siempre esconden algo. Nunca sueltan presa. ¿Le gusta comida oriental? Mi nuera está preparando pollo cantonés. Para chuparse dedos. Será un honor si acepta compartir nuestra humilde mesa. Dos y media en punto. Ciao.

Se marchó con tanto sigilo como había venido y yo me quedé pensando en lo ocurrido. Con ayuda de las gafas leí la tarjeta de visita de la subinspectora

SUBINSPECTORA VICTORIA ARROZALES
SERVICIOS ESPECIALES DE SEGURIDAD DEL ESTADO
NEGOCIADO DE TERRORISMO Y ATENTADOS

y un número de teléfono. A continuación examiné la foto: la calidad no era muy buena, pero se distinguía perfectamente su aspecto rudo, su piel oscura, su cabello ensortijado y, en general, los rasgos de un extranjero, y no precisamente de los que dan vueltas en el bus turístico. Desde luego, algo muy extraño había en todo aquello. A juzgar por la especialidad de la subinspectora, se trataba de un asunto por completo ajeno a mi mundo y a mi experiencia, no sólo actuales, sino pretéritos. Por qué, entonces, después de tantos años, en lugar de venir a preguntarme por los pequeños delitos propios de un barrio como aquél y los chorizos y bandas de jovencitos descarriados con quienes, dicho sea de paso, no tenía ningún contacto, porque a ninguno de ellos se le ocurría venir a cortarse el pelo a mi establecimiento, mi colaboración era solicitada con apremio en relación nada menos que con un presunto terrorista. Todo me sumía en la confusión, incluida la necesidad de poner o no un signo de interrogación al final del párrafo precedente.

Por suerte, con estas cábalas se me pasó el tiempo sin sentir y estaba absorto en ellas, o quizá dormido, cuando me devolvió a la realidad la voz de Quesito, que venía a dar cuenta de sus diligencias matutinas.

Siguiendo mis indicaciones, había acudido a la dirección de la calle Calabria y en ésta a un edificio de pisos, en uno de los cuales tenía su sede un centro de yoga y meditación, según anunciaba un rótulo en el portal que decía:

CENTRO DE YOGA DEL SWAMI PASHMAROTE PANCHA

El rótulo no especificaba el contenido de las actividades que allí se realizaban. Averiguado esto, y como no había portera a la que interrogar, Quesito se había limitado a montar guardia frente al edificio. En ello había invertido la mañana entera, salvo una breve interrupción para ir a comprar un Magnum, que había saboreado en el puesto de observación. Tanto tiempo y tanto desvelo habían dado muy poco rendimiento, porque, dadas las fechas y la temperatura, poca gente había entrado y salido del edificio, prefiriendo todo el mundo postergar cualquier actividad para otra estación más benigna, y los pocos que habían entrado, salido o hecho ambas cosas tenían un aspecto muy normal, por lo que había resultado imposible saber si dichas entradas y salidas guardaban relación con el local objeto de vigilancia.

—Al final —concluyó con abatimiento—, ya no sabía qué estaba haciendo allí. Sólo sabía que, fuera lo que fuese, no tenía el menor sentido.

—Esto que acabas de describir —le dije— se llama trabajar. Conseguirlo requiere estudio, esfuerzo, tesón y mucha suerte. Conservarlo, lo mismo. Confío en que la práctica te haya servido de estímulo. En cuanto a lo de hoy, has hecho lo que has podido. Me gustaría saber si el tipo del Peugeot 206 rojo trabaja en el centro de yoga. Lo cierto es que llamó desde ese número. Ya lo averiguaremos. Ahora vete a tu casa, dúchate, que buena falta te hace, y come lo que te den sin rechistar ni dejar nada en el plato. Te puedo asegurar que yo haré lo mismo, salvo la ducha, pues carezco de ella.

—¿He de volver a montar guardia esta tarde? —preguntó—. Había quedado con una amiga para ir al cine.

—Está bien. Procura ver una película educativa, no una mamarrachada con efectos especiales. Y ten el móvil siempre conectado. Si llaman, no hagas como otras veces y entérate de algo. Si no hay novedad, yo te llamaré mañana por la mañana para darte nuevas instrucciones. Y no te olvides del dinero.

Prometió hacer algo al respecto sin demasiada convicción. No me importó: tras la ominosa incorporación de la subinspectora a la trama, prefería mantener a Quesito alejada del teatro de operaciones. No quería que corriera peligro, de haberlo, y, de todos modos, no me iba a ser de ninguna utilidad. En su lugar, decidí recurrir, como se debe hacer siempre, a profesionales acreditados.

Al bajar del autobús no soplaba una gota de aire y las Ramblas presentaban un aspecto desolado. Apenas media docena de turistas se arrastraban de sombra en sombra, dispuestos a amortizar el costo del forfait. Hice de tripas corazón y emprendí la travesía. Por suerte, no tuve que caminar mucho para dar con el sujeto objeto de mi búsqueda.

—¿Cómo te va, Juli?

Con un gesto imperceptible para una audiencia

inexistente señaló un platillo colocado a sus pies, en cuyo centro relucía una solitaria moneda de un euro, seguramente puesta allí por el propio Juli a modo de incitación. Kiwijuli Kakawa, por todos llamado el Juli, era un hombre sin suerte y lo fue desde el día de su nacimiento, ocurrido en el seno de una tribu del África occidental que no dispensaba un trato preferente a los albinos. Después de una odisea ardua, larga y cara, consiguió ganar a nado la playa de Salou, para regocijo de los bañistas. Sin papeles ni esperanza de obtenerlos, adquirió una licencia falsificada para ejercer de estatua viviente en la Rambla de las Flores sólo por las mañanas. Suponiéndole más prestigio local del que en realidad goza, optó por encarnar a don Santiago Ramón y Cajal. Con dinero prestado compró el vestuario y el equipo. Los profesionales de éxito contratan a uno o varios ayudantes para que persigan a los desalmados que a veces intentan pispar la recaudación prevaliéndose de la inmovilidad de la parte perjudicada. El Juli no podía permitirse pagar a nadie, con lo que no sólo se quedaba casi siempre sin el escaso monto acumulado en el platillo, sino que al cuarto día de trabajo le robaron también el microscopio. Como no podía comprar otro ni cambiar de personaje, puso un cartel que decía:

DON SANTIAGO RAMÓN Y CAJAL EN EL MOMENTO DE DESCUBRIR
LA POLARIZACIÓN DINÁMICA DE LAS NEURONAS
A SIMPLE VISTA.

—Puedes ganar el doble —dije señalando el euro y simulando creer en su legítima procedencia— si haces lo mismo en la calle Calabria.

Durante un rato no modificó el estudiado gesto de

asombro ante el portentoso descubrimiento científico; luego movió los labios para decir:

—¿No podría ser en la calle Villarroel? Cerca del Clínico pasa más gente.

—No. Ha de ser delante de un edificio concreto. Quiero vigilancia ininterrumpida. Y Calabria está muy bien: hay muchas tiendas abiertas. Con la crisis, este verano no se ha ido nadie de vacaciones.

Era mentira, pero no me costó demasiado convencerle, porque se lo creía todo. Lo dejé preparando el traslado y aún tuve tiempo de comprar un cactus de oferta en un tenderete para no presentarme de vacío en casa de la familia Siau.

Desafiando las radiaciones solares, el abuelo, el padre, la madre y el pequeño Quim me esperaban formados a la puerta del bazar y recibieron mi sudorosa aparición con una sincronizada reverencia, salvo el abuelo, que a causa de la artritis ya llevaba la reverencia puesta. Contesté con una inclinación tan profunda que me pinché la cara con el cactus.

—Oh, no debería haberse molestado —dijo el señor Siau—. Aquí tenemos miles de cactus. De plástico. Por sólo 0,99 euros; con olor a fresa 1,19 euros. Pero pase usted, póngase cómodo y tome posesión de nuestro humilde hogar. El honorable pollo está a punto y el arroz lleva apelmazado desde las ocho de la mañana.

No me hice de rogar y, no obstante la dificultad inicial de los palillos, que la señora Siau, alarmada, solventó yendo a buscar un tenedor y una cuchara, al cabo de unos minutos ni el buitre más concienzudo habría podido arrancar un vestigio del reluciente esqueleto. Me deshice en elogios con una vehemencia que provocó un surtidor de granos de arroz y el señor Siau, mientras su mujer y su hijo volvían a doblar las servilletas de papel y las metían en su correspondiente paquete para ponerlo a la venta, me dijo:

—No quisiera pecar de inmodestia, pero yo lo pienso y sus sinceros elogios lo corroboran: mi honorable esposa cocina como los ángeles, según su religión, o como los demonios, según la nuestra. Es una lástima que no pueda hacerlo profesionalmente. Sé que eso la haría feliz: además de llevar los pies vendados, una mujer ha de realizarse ejercitando sus habilidades en otros campos. Por no hablar de las ganancias que se podrían obtener.

—No haga caso de mi humilde marido —dijo la interesada sumándose a la conversación—. Exagera por amor y también por gran codicia.

—¡Kia! —replicó él—. Lo de hoy no ha sido nada. Espere a probar la ternera en salsa de ostras o el pato lacado o...

—¡Las cocletas de la mama! —gritó el pequeño Quim, con muestras de entusiasmo y de ejemplar integración a las costumbres locales.

—Incluso había pensado —prosiguió el emprendedor marido— ampliar el negocio poniendo unas mesas en la acera, con una pérgola de bambú de plástico y por la noche con farolitos a pilas y servir un menú sencillo, barato y nutritivo.

—Con permiso de General Tat —terció el abuelo.

—Pues por mi parte —dije levantándome de la mesa— sólo puedo desearles fortuna en sus proyectos. Ahora, por desgracia, debo volver a mi trabajo. Gran peluquería no admite holganza. Si desean cortarse el cabello y si usted, señora, desea teñirse de rubio o hacerse la permanente para diferenciarse de otras mujeres de su raza, no duden en venir sin necesidad de pedir hora. Les haré descuento.

Reiterando las reverencias, volví al horno donde me esperaban largas horas de inacción, una parte de las cuales invertí provechosamente en una siesta.

De la que desperté poseído de una terrible angustia. A ella contribuía, dejando aparte la temperatura, la humedad, el ruido, las tufaradas procedentes del alcantarillado, los Moskitos (anofeles, tigres y normales), las chinches, las cucarachas y otras alimañas pendientes de clasificación, la opulenta comilona en cuya digestión mi organismo se afanaba acusando lo inusual de los ingredientes y la falta de costumbre. Pero fuere cual fuese el combustible de aquella angustia, su razón principal era muy otra y se me presentaba con una claridad meridiana: Rómulo el Guapo estaba en peligro, sólo mi actuación rápida y certera podía evitar un desenlace fatal y por el momento mis pesquisas no avanzaban en ningún sentido.

Faltaba un rato para la hora del cierre, pero no me vi capaz de acallar el desasosiego. Me vestí, salí y cerré, no sin haber colgado en la puerta este cartel: Horario de verano. Se hacen excepciones por encargo.

Encontré al Juli en su puesto. Al advertir mi presencia con el rabillo del ojo, masculló:

—Cabrón. Me has engañado. Por aquí no pasan ni las ánimas del purgatorio.

—Ya pasarán. Los principios siempre son duros. Por eso he venido. Puedes dejarlo por hoy. ¿El euro es el mismo de la mañana?

—Sí. Está soldado al platillo. En este barrio de gente cabal no hace falta, pero en las Ramblas, ni te cuento. ¿De veras puedo dejarlo?

—Sí. Te daré los dos euros igualmente. Y si vienes

conmigo, recogemos al Pollo Morgan y nos vamos a cenar los tres. Yo invito.

—¿Y ese rumbo?

—Consejo de guerra. No hace falta que te cambies. Hay prisa y así vestido estás muy bien. Por el camino me contarás qué has visto.

—Desde esta posición, poco se puede hacer. Además, los albinos somos cegatos durante el día. En cambio vemos por la noche, como los conejos. Los gatos y los conejos. Las liebres no. De todos modos, el centro de yoga está en la tercera planta. Lo he deducido al ver al swami asomarse a la ventana varias veces. Por el calor, supongo. Pero una vez en la ventana, miraba al cielo y juntaba las manos, como si aplaudiera despacito. Sólo verle quedé edificado y en paz conmigo mismo y con el cosmos.

—¿Cómo sabes que era el swami?

—Por la pinta: un tipo alto, enjuto, con gafas redondas, barba cana hasta la cintura, túnica blanca. O era el swami o era Valle-Inclán saliendo de la ducha.

Por sus orígenes africanos, el calor no afectaba al Juli, ni siquiera vestido con terno de franela y cuello de celuloide. En cambio, el Pollo Morgan había sufrido varias lipotimias a lo largo de la jornada. Estoicamente había recompuesto la figura e integrado los desmayos al personaje exclamando: ¡Muero por defender el honor de Portugal! Aun así, estaba débil y quejumbroso. Ni siquiera la perspectiva del convite le cambió el humor.

El restaurante, situado en las inmediaciones del Paralelo y oculto de la curiosidad de los viandantes por grandes contenedores de basura, se llamaba *Se vende perro* y el origen de este nombre, poco usual en los anales de la hostelería, era el siguiente: cuando su actual dueño, el señor Armengol, arrendó el local para abrir en él su restaurante, encontró en la puerta un rótulo, seguramente puesto por el anterior arrendatario, que decía lo transcrito, y el señor Armengol decidió conservarlo y dar de alta el establecimiento con ese nombre para no tener que pensar ni gastar más dinero. Esta muestra de negligencia, junto con otras, sirvieron para preservar el restaurante de críticas favorables, recomendaciones y modas y lo convirtieron en un lugar tranquilo, de precios muy ajustados y en el que no hacía falta reservar mesa con antelación por estar siempre libres todas.

Como aquella noche no era excepcional y al entrar nosotros no había otros comensales ni los habría cuando nos fuéramos, el señor Armengol nos saludó con deferencia, sin mostrar asombro al verme acompañado de un científico decimonónico y una reina con bigote que caminaba haciendo eses. Nos sentamos y nos presentó el menú del día:

Una zanahoria

— o —

Nada

— o —

Un plátano (mín. dos personas)

Con protestas airadas y un suplemento de 1,50 euros por barba se llegó a un KFC y trajo dos Crispy Strips y un cubilete de salsa. Después del banquete del mediodía yo no tenía hambre, pero quería quedar bien con los muchachos.

En el curso de la cena, el Pollo Morgan, tras maldecir el clima, las condiciones de trabajo y la caída en picado de sus ingresos una vez disipada la novedad de su implantación en el nuevo barrio, pasó a informar de los movimientos observados, tanto en el edificio como en *El Rincón del Gordo Soplagaitas*. El atestado era tan largo e insustancial como los anteriores, pese a lo cual anoté escrupulosamente las entradas y salidas de cada ente. Lo único interesante era el reiterado visiteo del tipo del Peugeot 206. Le pregunté si sus rasgos físicos coincidían con los del swami y respondió que para nada.

—Sin embargo, el misterioso hombre del Peugeot 206 utilizó el teléfono del centro de yoga —dije.

—A lo mejor trabaja allí —dijo el Juli—, pero no de swami.

—Dará masajes —sugirió el Pollo Morgan.

—O dejará que se los den a él —apostilló el Juli.

—¡Estas procacidades no las tolero! —exclamó el Pollo Morgan.

Imbuido en su papel de reina santa, se había vuelto muy tiquismiquis. Por esta razón y tal vez por otras, él y el Juli siempre andaban a la greña. Mi autoridad puso fin a la pelea.

—Aquí estamos para hablar de lo nuestro —dije una vez serenados los ánimos—. Hoy ha ocurrido algo preocupante y por eso os he traído aquí. Puede ser ajeno al asunto que nos ocupa, pero desconfío de las coincidencias. ¿Conocéis a una subinspectora de policía llamada Victoria Arrozales?

Ni el nombre ni la descripción minuciosa de su aspecto externo evocaron una respuesta positiva por parte de mis oyentes, pese a tratarse de dos perdularios con un largo historial de contactos con la policía. Avivados con ello anteriores recelos, saqué del bolsillo la foto que ella me había entregado y se la mostré al Juli, quien dijo no sonarle aquel individuo. El Pollo Morgan dijo que a él sí le sonaba la cara de aquel tipo, pero no de la vida real, sino de la prensa o la televisión.

—Yo hablar, puede que no hable en todo el día, pero como el mítico búho de la diosa Minerva, me fijo mucho —añadió con pedantería.

Esto confirmó mis temores: ni los carteristas ni los lateros suelen aparecer en el telediario. Para no dejar en la ignorancia a mis compañeros, les conté la visita sin omitir el hecho de que la subinspectora pertenecía al cuerpo especial de seguridad del Estado.

—¿Policía científica? —exclamó el Juli alborozado—. ¿Como Grissom?

Dije que no sabía quién era Grissom. El Pollo Morgan me puso al corriente de quién era Grissom y todo su equipo de colaboradores. El señor Armengol, que había estado escuchando la conversación, intervino para decir que a él le gustaba más «Walker Texas Ranger». El debate duró una media hora, transcurrida la cual, el Pollo Morgan afirmó que el individuo de la foto debía de ser un terrorista si caía bajo la competencia de la subinspectora.

—¿Pero qué relación puedo tener yo con un terrorista? —objeté—. ¿Y por qué la policía habría de pensar una cosa semejante?

—No tengo la menor idea —dijo el Pollo Morgan—. Sembrar el desconcierto a escala internacional es parte de la estrategia de los terroristas.

—Grissom ha lidiado con casos parecidos —insistió el Juli—. Claro que Grissom tiene un microscopio de puta madre. No como yo.

—Sea como sea —dije yo— no debemos perder de vista nuestro objetivo primordial ni el cometido asignado a cada uno en particular. Llevamos dos días buscando pistas sobre la desaparición de Rómulo el Guapo y no hemos avanzado nada.

—Ah, no —protestó el Pollo Morgan—. Si el caso desarrolla facetas nuevas, como el ya mencionado desconcierto internacional, yo exijo tarifa doble o me retiro.

Me negué, discutimos, se soliviantaron los ánimos, terció el señor Armengol para que no llegáramos a las manos y finalmente cerramos un trato: yo les seguiría pagando lo mismo, pero añadiría una prima de cincuenta céntimos por cada información relevante. Aun después de convenida esta cláusula adicional, nos despedimos con frialdad. Esto me dejó un poco abatido y entrar en mi piso no me levantó el ánimo. Aunque por la noche soplaba en la calle una tenue brisa marina que aliviaba un poco los calores, la única ventana con que contaba mi escuálida vivienda atraía los malos olores y amplificaba los ruidos, pero cerraba el paso al aire con la peor de las intenciones. Una vez, años atrás, por aquella misma ventana había entrado un disparo cuyo blanco era yo. Por fortuna para mí, le dio a otro, pero desde entonces entre la ventana y yo había mal rollo. También por aquellas fechas, las del disparo, quiero decir, tenía una vecina que por razones de trabajo solía recibir frecuentes visitas nocturnas. A veces, en sus noches libres, llamaba a mi puerta y me invitaba a su piso a ver la televisión y a comer pan con tomate y un refresco, en parte para compensarme por los irreprimibles berridos con que su clientela alteraba mi descanso y en parte por aliviar su soledad con mi compañía. Entre nosotros nunca hubo nada. A fuer de sincero, yo la encontraba demasiado habladora y los perfumes que se echaba sin tasa me revolvían las tripas. Un buen día un militar de alta graduación, asiduo de sus servicios, se jubiló, enviudó, sufrió varias embolias, le ofreció matrimonio y ella aceptó y se fue y yo, de cuando en cuando, la echaba de menos.

Mal dormido y sin desayunar, a la mañana siguiente estaba de un humor de perros y abronqué injustamente a Quesito cuando ésta empezó a contarme el argumento de la película que había visto la víspera.

—No tengo tiempo de escuchar bobadas —le dije—, y la cháchara te la guardas para cuando la llamada la pagues tú. ¿Ha habido noticias de Rómulo el Guapo?

—Ni media palabra —repuso con la voz entrecortada por los sollozos.

—¿Y le has pedido dinero a tu madre?

—Todavía no.

—Bueno. Ahora voy a encomendarte otra misión. A ver si esto lo haces mejor. Pásate por la peluquería. Te daré una foto. Con la foto, te vas a donde tengan periódicos atrasados y buscas al sujeto de la foto entre las noticias sobre terrorismo internacional. Apuntas lo que encuentres y me traes un resumen. ¿Lo has entendido?

—Sí.

—Pues aquí te espero.

Colgué. No confiaba en que fuera a hacer nada de provecho, pero quería mantenerla ocupada. En cuanto a mí, sólo me quedaba esperar y estar alerta.

Llevaba un par de horas ensayando ante el espejo nuevas formas de hurgarme la nariz, cuando conforme al patrón establecido desde el principio de este relato singular, alguien entró en el local sin avisar y con llamativas muestras de sigilo. Al ver quién era, me dominaron la perplejidad y el enfado: de todas las mujeres del mundo, ella era la única que no quería tener cerca en aquel momento.

—He venido —empezó diciendo sin arredrarse ante

mi hosco silencio— a pedirte disculpas y a darte una explicación. Hace tres días, cuando viniste a casa tan de improviso, te traté de un modo poco cordial, por no decir abiertamente rudo. Lo hice en contra de mis deseos y de mi natural expansivo. Te estoy tuteando en prueba de amistad y de confianza.

Seguí sin responder. Tan alterado estaba que sólo entonces me percaté de que no me había vestido, como suelo hacer cuando recibo, y, por añadidura, aún conservaba el dedo metido en la nariz. Mientras rectificaba ambos deslices, ella inspeccionaba la zona.

—Ya sabía lo de la peluquería —prosiguió en el mismo tono empalagoso—, pero no la imaginaba tan amplia y tan bien puesta. Un verdadero salón de belleza digno de París, London y New York. Vendré a menudo y se lo recomendaré a mis amigas. El local, además de elegante, es un poco caluroso. ¿Te importa si me pongo ligera de ropa?

Sin darme tiempo a responder se quedó en ropa interior. Mi situación, comprometida de entrada, se volvió insostenible. Era evidente que sólo trataba de usar su ascendiente sobre mí para obtener información y con el grado de firmeza de mi carácter, la habría obtenido de no haberme refrenado el saberla casada con Rómulo el Guapo. En ningún supuesto le habría traicionado, y menos aún sabiéndolo desaparecido, tal vez muerto. Para colmo de males, acababa de citar a Quesito en la peluquería y podía presentarse en cualquier momento.

—Si quiere —acerté a decir—, podemos ir a un bar.

—No, no, aquí estamos la mar de bien. Es más íntimo, ¿cómo te diría?, más adecuado al propósito de mi venida. ¿Me puedo poner en cueros?

—No, señora. El gremio de peluqueros es muy estricto y podrían retirarme la franquicia.

No sé si se creyó el pretexto, pero entendió mi disposición y se abstuvo de llevar a término la acción propuesta. Sin alterar, no obstante, su actitud y su tono, añadió:

—En casa hice como si no te conociera. No estaba preparada psicológicamente para el encuentro. Y delante de la asistenta no convenía... En realidad, sabía muy bien quién eras. Rómulo me ha hablado mucho de ti, siempre en términos tan exaltados que en muchas ocasiones su relato hizo florecer en mí ardientes fantasías. Cuando me contó lo del taburete...

—Lo del taburete fue hace décadas —dije dominando mis impulsos—, yo era más joven y estaba encerrado. Ahora ya no me subo a ningún mueble.

—Eso se verá —replicó ella. Y cambiando de súbito añadió—: Pero no hablemos de nuestras intimidades. En realidad, he venido a confiarte un problema y a recabar tu ayuda. No es culpa de nadie si al verte se han avivado las brasas, como si un litro de gasolina... o de diésel, que es más viril...

—Vayamos al grano, por favor —dije yo—. Si viene una clienta, y a esta peluquería vienen muchas, me veré obligado a interrumpir nuestro grato diálogo y atender a la llamada de mi profesión.

—Como ha de ser —dijo ella, y a renglón seguido—: Se trata de mi marido. Rómulo y yo siempre hemos tenido una magnífica relación. De vez en cuando, un problemilla pasajero, es lo normal. Al fin y al cabo, Rómulo siempre fue muy atractivo. Un gran seductor. Entre él y tú me tenéis sobre ascuas. Más aún, sobre un volcán en plena actividad. Porque yo también estuve de buen ver, e incluso ahora… juzga por ti mismo… Pero, volviendo al tema: Rómulo ha tenido alguna aventurilla. Lo sé y no se lo reprocho…

—¿Y cree que ahora puede estar metido en otra? En otra aventurilla, quiero decir.

—Es probable. Desde hace unas semanas lo noto alterado. Estas cosas a las mujeres nunca se nos escapan… O eso decimos para tener acogotados a los maridos. Si Rómulo anduviera tonteando…

—Usted le perdonaría, como ha hecho otras veces.

—Oh, por supuesto. No debes preocuparte por eso. Lo que me cuentes servirá para aumentar nuestra felicidad. Las aventurillas mantienen viva la relación de pareja. En los tiempos modernos, claro. En tiempos de Calderón era distinto. Por suerte hemos cambiado: sólo de pensar en la reconciliación se me alteran los pulsos. ¡Jesús mil veces! ¿Seguro que no puedo quitarme la ropa?

—No. Y si las aventurillas de Rómulo no le importan, ¿qué ha venido a consultarme?

—A veces —repuso pasando sin transición del talante libidinoso a otro de honda congoja— me asaltan temores no por infundados menos lacerantes. Hay mujeres muy malas. Zorras intrigantes, verdaderos Rasputines en la cama, no sé si captas el símil. A mí no me importa que Rómulo me la pegue, pero no soportaría que una lagartona le hiciera sufrir. Es muy sensible.

—¿Y éste puede ser el caso presente, señora?

—Llámame por mi nombre. Lavinia. En realidad no me llamo así. Me lo puse de chica, porque me pareció más incitante que el mío. Llámame Lavinia o ponme un apodo pícaro.

—¿Alguien puede estar engatusando a Rómulo el Guapo? —reconduje.

—De eso he venido a hablarte. Tu aspecto me ha desviado por unos instantes de la ruta marcada, pero ése era el objeto primordial de mi venida. Rómulo te considera su mejor amigo. Sé que hace poco estuvisteis tomando unas copas. Algo te debió de contar, estoy segura. Si no con pelos y señales, de un modo indirecto. A Rómulo le gusta hablar en metáforas, como a Góngora. Se parece mucho a don Luis de Góngora. Y también a Tony Curtis. Una mezcla irresistible de estos dos machos. ¿De qué hablasteis en vuestro último encuentro?

—¿A qué encuentro se refiere?

—Hace tiempo encontré una factura en el bolsillo de una americana de Rómulo. Jamás registro su ropa ni sus papeles. Pero era una americana de invierno y vacié los bolsillos para llenarlos de naftalina antes de guardarla. Me llamó la atención que el 4 de febrero hubiera estado en un bar con alguien que consumió boquerones en vinagre con Pepsi-Cola. ¿Quién haría una cosa semejante?

—Cualquier gourmet.

Su insistencia confirmó mis sospechas. Lo de la aventura extramatrimonial era una patraña. Rómulo el Guapo llevaba un tiempo desaparecido y ella quería conocer su paradero. En el curso de nuestra conversación, Rómulo el Guapo me había propuesto participar en un gran golpe, pero de lo dicho por Lavinia se desprendía que a ella no le había hablado de su proyecto, ni siquiera del encuentro casual que la había propiciado. Y si él había decidido guardar el secreto, yo no lo iba a revelar ahora.

—Oh —dije con ligereza—, hablamos de muchas cosas. En general, rememoramos viejos tiempos. Asuntos de faldas, ni mentarlos, como corresponde a dos hidalgos maduros e ilustrados.

—Veo que tus labios están sellados. Pero quizá los podrían desprecintar otros labios húmedos y carnosos —susurró.

Se me acercó tanto que si un paseante hubiera atisbado en aquel momento desde la puerta, habría podido pensar que en la penumbra del local jadeaba un gordinflón con cuatro piernas. Sus brazos ciñeron mi cintura, su mezcla de olores me envolvió por fuera y por dentro (las entrañas) y sentí sus labios acariciar mi cuello. Si rechazas esta oportunidad, me dije, igual no vuelves a tener otra en la vida. Mientras hacía esta reflexión, ya había sucumbido mentalmente y me disponía a cumplir con las obligaciones de quien sucumbe y a pagar con la traición sus amores meretricios, cuando me devolvió a la realidad una voz que decía:

—Hoy tenemos ensalada de algas y col china y langostinos picantes con nueces.

Sobresaltados por la aparición del obsequioso anciano, nos separamos bruscamente. Ella recuperó la ropa que se había quitado y yo recompuse la mía.

—Por mí no interrumpan tocamientos —se apresuró a añadir el recién llegado—. Sólo venía a cantar menú. Por supuesto, si honorable señora quiere venir, también está invitada a nuestra humilde mesa y casa. Vestida, por favor. Hay menores.

—Muchas gracias —dijo ella—, pero ya me iba. Tengo un compromiso. Pasaba por aquí y entré a saludar a un conocido. Luego he visto que se me había descosido el dobladillo y me he quitado el vestido para darle una puntada.

Se vistió, recogió una bolsa veraniega de tela estampada y salió contoneándose. Corrí a la puerta y la estuve observando oculto tras el quicio, pero dobló la esquina y no pude ver si seguía caminando, cogía un taxi o subía a un Peugeot 206. Volví adentro.

—Si no llego a intervenir —dijo el anciano— usted moja melindro.

—Sí, ha llegado en el momento oportuno. Supongo que debo estarle agradecido. Si hubiera cedido a sus malévolos encantos, me habría arrepentido luego. De no haber cedido me arrepiento ahora, pero así es mejor. Hace un par de días no me conocía y hoy no sólo está dispuesta a llevarme al huerto sino que sabe muchas cosas sobre mí. Me pregunto de dónde las habrá sacado y cómo ha dado conmigo. No por él, desde luego, puesto que también de su casa ha desaparecido sin dejar rastro ni mencionar paradero.

—¿Quién era? —preguntó el abuelo Siau con la indiscreción propia de los viejos—. ¿También policía? ¿Acaso agente de General Tat?

—No. Ésta era particular. Pero su propósito era el mismo: sonsacarme. En ningún caso habría podido complacer a la una ni a la otra, pero no deja de sorprenderme la dicotomía.

—En tradición oriental —dijo el abuelo Siau— misterios siempre de tres en tres. Cuando llega solución, todos relacionados: primero con segundo y tercero, segundo con primero y tercero, tercero con primero y segundo. ¿Entiende?

—Sí, pero yo sólo me enfrento a dos misterios.

—Quizá no ve tercero. Quizá tercero es clave de primero y de segundo.

—Sea así o de otro modo —dije—, mantendré los ojos abiertos y reforzaré la vigilancia. Ahora he de salir. Me permito estas licencias —aclaré para evitar que anduviera comentando por el barrio mis irregularidades—

por la laxitud propia de las fechas. Dentro de unos días volverán mis clientas de sus respectivos veraneos y esto será un pandemónium. Para entonces he de haber resuelto el caso. O la sarta de misterios, como usted dice. Y no tema: llegaré a tiempo a los langostinos.

6

DONDE GIRA EL COSMOS

Antes de ponerme en camino, recogí unos cuantos pelos del suelo y me confeccioné un bigote y unas cejas hirsutas, dándome un aspecto amenazador. En plena sesión de transformismo entró Quesito y se llevó un buen susto. Ya me había olvidado de ella. Le di la foto, repetí el encargo y se fue. Concluido satisfactoriamente el maquillaje, pasé por el bazar y pedí prestado un bloc de notas y una pluma estilográfica valorados en 3,70 euros con la promesa de devolverlos a la hora de comer y sin usar. En la tintorería pedí prestada una gabardina y un sombrero. Una vez completado el atuendo, que me hacía sudar la gota gorda, fui a buscar al Pollo Morgan.

Me costó dar con él, porque para guarecerse del sol y no volver a dar un espectáculo se había instalado a la sombra de los arbolitos. Allí lo encontré, sopesando las ventajas de la sombra y las desventajas de haberse convertido en palomar. Como no me reconoció, cuando le dirigí la palabra estuvo a un tris de caerse del pedestal.

—¡Vaya facha! —exclamó sin separar los labios.

—Mira quién habla. ¿Ha pasado algo?

—Ya lo creo: esta mañana temprano me ha parecido ver a la subinspectora que te visitó ayer. No la conozco, pero huelo a la pasma a cinco millas y ésta concuerda con tu descripción. Llegó en un Seat conducido por un cachas. Él se quedó en el coche, hablando por teléfono, mientras ella entraba en el edificio. Estuvo dentro unos diez minutos. Después de que se fuera pasaron otros cinco minutos. Entonces salió a la calle la tía buena con la cremallera del vestido a medio cerrar. En ese momento llegaba el del Peugeot 206. Ella debió de avisarle. Subió al coche y se fueron echando leches. La hora exacta de los hechos precedentes no te la puedo especificar, porque desde mi nuevo emplazamiento no se oye la radio del bar. La jamona ha regresado hace muy poco, todavía con la cremallera desabrochada.

—¡Ay, amigo mío, si yo te contara el ajetreo que le da a la pobre cremallera! ¿Pudiste ver al tipo del Peugeot 206? ¿Era el swami de la túnica y la barba que vio el Juli en la ventana del centro de yoga?

—Ni por asomo. Éste es un tipo normal, vestido con traje de rayadillo y zapatos de gamuza o cordobán. El coche lo tiene impecable.

Tenía mucho mérito contarme tantas cosas sin mover la boca ni alterar la expresión trágica de quien afronta su destino y prevé la pérdida de las colonias de ultramar, mientras en la corona saltaban y piaban dos pichones. De lo dicho inferí que el conato de seducción por parte de Lavinia venía provocado por la intervención de la subinspectora, la cual probablemente le había proporcionado mi dirección. Quizá le pasó también el dato del taburete. En su día yo se lo había confesado al propio Rómulo el Guapo y quizá éste se lo contó a su mujer, pero yo prefiero pensar que mi amigo no quebrantó el secreto y no excluyo que los archivos policiales desciendan a estos sórdidos paradigmas de la flaqueza humana.

—Es preciso —añadí pasando sin transición de la reflexión al diálogo— vigilarla de cerca. Y a su cómplice, sea o no el swami. Si lo hago yo, me descubrirán en seguida. ¿Se te ocurre algo?

—La Moski —respondió sin vacilar—. Es itinerante y pasa inadvertida. En temporada hace los chiringuitos de la Barceloneta. Allí se saca una pasta. Pero si le dices que vas de mi parte y que sólo serán veinticuatro horas, a lo mejor dice que sí. Con probar nada se pierde. Y no te olvides de mis dos euros más el plus de información valiosa.

Me despedí de él y salté al autobús camino de la Barceloneta. Una de las pocas ventajas del verano en la ciudad es la fluidez insólita del tráfico. Si el autobús no tarda mucho en pasar, uno puede cruzar Barcelona de punta a punta sin que la barba le llegue a la cintura al llegar a su destino. El metro es rápido todo el año, pero yo prefiero transitar por la superficie, en un vehículo del que pueda saltar en marcha si las circunstancias lo imponen. Además, en el autobús viajo de gorra gracias a la tarjeta de la edad de oro que me vendió un moro por quince euros hace no sé cuántos años. Si pasa el revisor, simulo expectoraciones y no se detiene a inspeccionar a fondo el documento acreditativo de mi supuesta ancianidad.

La Moski, cuyo verdadero nombre era otro, largo e impronunciable, se había instalado en Barcelona a finales del pasado siglo, procedente de un país del Este. Cuando apenas tenía uso de razón había ingresado en las juventudes estalinistas y ni su experiencia ni el devenir de la Historia le dieron motivos para claudicar de las ideas que allí le habían inculcado. Como a su lealtad inquebrantable unía un carácter inconmovible, al producirse el derrumbamiento del sistema, la Moski metió en una maleta de madera sus pocas y modestas pertenencias y se fue al exilio por propia iniciativa. En algún momento había oído que el partido comunista de Cataluña era el único que, en medio de la debacle, mantenía una ortodoxia intransigente, una jerarquía compacta y una disciplina implacable. Nada más apearse del tren, la Moski se presentó en la sede del antiguo PSUC y a quien la recibió en la entrada le mostró el carné y una foto dedicada de Georgi Malenkov y le dijo que venía a ponerse a las órdenes del secretario general. El recepcionista, en prueba de camaradería, le ofreció una calada del canuto que se estaba fumando y le informó de que el secretario general, al que se refería con el respetuoso apodo de «el Butifarreta», no la podía recibir porque estaba plantando azucenas en el jardín de las Terciarias Franciscanas de la Divina Pastora; luego había quedado delante de la catedral con el resto del comité central para bailar sardanas, y por la tarde iba al fútbol. La Moski no pudo menos que admirar el astuto disimulo con que el partido encubría los preparativos de la revolución y decidió quedarse a vivir en Barcelona. Compró a plazos un acordeón de segunda mano y se puso a tocar y a cantar por las terrazas de restaurantes, bares y chiringuitos. Cantaba a voz en cuello para que no se notara que no sabía tocar el acordeón y el estruendo del acordeón tapaba sus gallos y su voz de grajo. Los extranjeros tomaban aquella cacofonía estridente por música catalana de los tiempos del comte Arnau y los nativos por folclore de los Balcanes, sin percatarse ni los unos ni los otros de que la Moski interpretaba *No me platiques más, Contigo en la distancia* y otros sentidos boleros de un disco de Luis Miguel comprado en una gasolinera.

Informado de todo esto por el Pollo Morgan y sin haber tenido trato previo con ella, la abordé sin demasiadas esperanzas de conseguir su colaboración, pero al mencionar el nombre del Pollo Morgan, se mostró bien dispuesta, le dedicó grandes elogios y dijo estarle agradecida por la ayuda prestada en momentos difíciles. Como se refería a él llamándole «el camarada Bielsky», supuse que se confundía de persona, pero no hice nada para sacarla del error. Sin discusión ni reserva se avino a trabajar a mis órdenes durante dos días, cobrando lo mismo que los otros dos (el Juli y el presunto camarada Bielsky) pero sólo tocando el acordeón, sin cantar, porque tenía un principio de afonía por culpa de los aires acondicionados.

Le di las oportunas instrucciones y la dejé para dirigirme a la calle Calabria, donde tenía su sede el centro de yoga del swami Pashmarote Pancha. Antes de entrar en el edificio, pregunté al Juli si había vuelto a ver al swami y respondió que no. Igualmente pulsé el timbre del interfono correspondiente. Sin más se abrió la puerta, entré y, no habiendo ascensor, subí a pie las escaleras hasta el tercer piso. La puerta del centro estaba entornada. En el recibidor había un minúsculo mostrador y tras él una recepcionista de mediana edad, mal teñida y muy pálida. El aire estaba impregnado de un aroma de incienso estomagante. No parecía haber más clientela que yo, pero aun así la recepcionista tardó en darse por enterada de mi presencia y cuando lo hizo fue para observarme con indiferencia, dando a entender que si yo no hablaba, ella tampoco lo haría. Me quité el sombrero y con un aire suave y pío, acorde con el ambiente de recogimiento que allí imperaba, dije:

—Ave María Purísima, ¿está el swami?

—¿Tiene hora?

—No.

—¿Es de alguna mutua?

—En realidad, no vengo en busca de sosiego, sino en misión oficial. He llegado esta misma mañana del Tíbet —repuse. Y ante su mueca de incredulidad me apresuré a añadir—: Pasando por nuestras oficinas centrales en Madrid. Ya sabe a lo que me refiero.

Le hice un guiño con los ojos y un signo cabalístico con las manos. La recepcionista me miró con aprensión y se levantó. Temí que fuera a salir al rellano a pedir auxilio, pero sin inmutarse dijo:

—No sé si el swami está ocupado. O meditando. Aguarde un instante. ¿Me recuerda su nombre, por favor?

—Sugrañes. Placidísimo Sugrañes, que en paz descanse.

Abrió una puerta al fondo de un corto pasillo tras haber tocado suavemente con los nudillos y entró. En su ausencia traté de examinar la agenda para ver si en la lista de visitas pendientes había algún nombre revelador, pero no me dio tiempo: en un abrir y cerrar de ojos reapareció la recepcionista, desanduvo el corto pasillo y se refugió nuevamente detrás del mostrador.

—Puede usted pasar —dijo sacando un cronómetro de detrás del mostrador—. El swami le concede diez minutos. A partir de ahí, son cinco euros el minuto más IVA.

Asentí con humildad y entré en el santuario del swami. Era una pieza de unos cuatro metros cuadrados, con una ventana rectangular orientada a la calle. Por aquella ventana Juli debía de haber visto asomarse al swami. Una mesa de oficina ocupaba la mayor parte del despacho, y frente a la mesa había dos sillas de tijera. En las paredes, flores de papel y fotos de montañas trataban de ocultar las grietas y los desconchados. Sobre la mesa había un retrato enmarcado. A primera vista y sin gafas me pareció que la persona del retrato tenía cabeza de elefante. Si era su mujer, no me extrañó que cortejara a Lavinia Torrada. Con todo, lo que más me sorprendió fue la persona del swami: en vez del ascético espantajo que había descrito el Juli, me encontré con un individuo de mediana edad, rasgos correctos, afeitado con esmero y vestido con un traje de verano de buen corte, probablemente el mismo hombre y el mismo traje que había visto el Pollo Morgan unas horas antes a bordo del Peugeot 206. Me señaló una silla con ademán lánguido, esbozó una sonrisa condescendiente y preguntó:

—¿En qué puedo servirle, señor Sugrañes?

—Ahora mismo se lo diré, pero antes, acláreme una duda: ¿de verdad es usted el swami? Quiero decir, el swami titular.

—No hay otro. Pashmarote Pancha, en armonía con el orden del universo y con la música de las esferas. Pero con el tercer ojo detecto estupor en su mente y cara de bobo en sus facciones.

—Sí, francamente, esperaba encontrar a otra persona. Quiero decir, a una persona más acorde con la imagen tradicional... Barba, sábana, estas cosas...

—Bah —dijo agregando a la sonrisa un rictus de suficiencia—, las apariencias son sólo apariencias, como nos enseñan los libros sagrados. La sabiduría es interior.

Y la paz interior también es interior, como su propio nombre indica. La secretaria me ha comentado que viene usted del Tíbet —añadió con evidente sorna.

En vista de que la conversación no fluía por los cauces deseados, decidí aplicar el método tradicional.

—No haga caso —respondí curvando a mi vez las comisuras de los labios en una sonrisa mordaz y sacando del bolsillo el bloc de notas y la pluma estilográfica—. Así es como llaman por broma a mi departamento en la Dirección General de Entidades Espirituales, a la que pertenece la suya de pleno derecho.

—Se equivoca de nuevo, señor Sugrañes. Mi entidad no está dada de alta ni consta en ningún registro.

—Eso se cree usted, señor Pancha. Toda asociación pública o privada, dedicada a fines espirituales, incluida la Santa Sede, consta en nuestro Registro Especial —consulté el bloc de notas y agregué—: La suya figura con el número 66754 BSG. Bilbao, Segovia, Granada.

Cerré el bloc y en tono campechano y un punto venal continué diciendo:

—Como usted bien sabe, la Constitución ampara y fomenta todas las religiones por igual, siempre que no atenten contra las normas de convivencia. Y el Gobierno las subvenciona con una generosidad a veces malentendida. Si usted y su asociación no han solicitado la correspondiente dotación, bien por falta de información, bien por negligencia, bien por otras causas, no es asunto mío. Pero el no haberse beneficiado de lo dispuesto por la ley no les exime de cumplir con las obligaciones prescritas, una de las cuales es la fiscalización periódica. En el terreno volátil de las creencias, como en todos, si no más, abundan los aprovechados. A cualquier imbécil se le aparece san Blas en plena cogorza y ya reclama un subsidio con malos modos. Hasta ahora el Gobierno ha sido indulgente. Pero con la crisis, las cosas han cambiado. Toda asociación ha de pasar un control estricto. La prensa husmea y Bruselas no tolera despilfarros. Por no hablar de escándalos. En algunas sectas, las prácticas dejan mucho que desear. Es el signo de los tiempos, amigo Pancha. Si en la Iglesia católica, que es la única verdadera, pasa lo que pasa, imagínese en otras liturgias. A la que te descuidas, hasta los zombis hacen guarrerías. No digo que éste sea su caso, y, si no lo es, no tiene nada que temer, querido Pancha. ¿Podemos pasar al turno de preguntas?

Volví a abrir el bloc de notas y le quité el capuchón de plástico dorado a la pluma estilográfica. El swami había cambiado la petulancia inicial por una actitud de obsequiosidad ladina.

—Por supuesto —dijo.

—Así me gusta. Trataré de no sobrepasar los diez minutos que me ha concedido su eficiente y amable secretaria. Pero si los trámites se alargan, dígale a esa chorba que se meta el cronómetro donde ella sabe. Y ahora empecemos por el principio. ¿Tiene usted al día la licencia? ¿Y la cédula de habitabilidad? ¿Cuánta gente trabaja en la asociación? Con seguridad social o sin ella, eso no me interesa. Ya se las entenderá con los de Hacienda cuando le toque.

—Sólo dos personas: la señorita Jazmín, a la que ya conoce, y yo mismo.

—¿Reside usted en Pedralbes?

—No, señor. En el Poble Sec.

—¿Lo ve? —dije simulando hacer una anotación—. Hasta las bases de datos más completas tienen fallos. ¿Es usted propietario de un vehículo? ¿Acaso, según mis datos, de un Peugeot 206? ¿Le ha dado buen resultado? ¿Pasa regularmente la ITV?

—Todo está en orden. El coche va bien y gasta poco.

—¿Es usted propietario de algún establecimiento abierto al público? Como un bar, por ejemplo.

—No, señor.

—Aquí dice que ha sido visto en repetidas ocasiones en una cafetería registrada con el nombre de *El Rincón del Gordo Soplagaitas*.

—Sí, voy de vez en cuando a ese bar. Eso no es ilegal, supongo.

—No, pero es raro. Queda lejos de su trabajo y de su domicilio. Y como bar, sinceramente, no merece el desplazamiento.

—Oiga, no quisiera parecer descortés, pero mi vida privada no es de su competencia.

—Por supuesto, por supuesto —convine encogiéndome de hombros y haciendo otra anotación—. En caso de conflicto decidirán los tribunales.

—Está bien. Le diré la verdad. En casos excepcionales atiendo a las necesidades espirituales de algún discípulo a domicilio. Cerca del bar que usted ha mencionado reside una persona cuya serenidad anímica depende de… de ciertos ejercicios que practicamos al alimón. Meditación postural la llamo yo. Los días de visita suelo tomar algo en el bar, antes o después de las sesiones. Nunca bebidas alcohólicas. ¿Todo esto ha de constar en el expediente?

—De momento, en el informe. Yo sólo soy el mensajero de la buena nueva. En breve le visitarán tres inspectores. Yo de usted iría poniendo en orden los papeles. Y también su vida privada. Se ahorrará muchos quebraderos de cabeza. Ésos se presentan sin avisar.

Estuve tomando notas en silencio durante un rato, luego le puse el capuchón a la pluma, cerré el bloc y me guardé ambos artículos en el bolsillo. Mientras me levantaba dije:

—¿Me permite utilizar su móvil? He dejado el mío en la furgoneta.

—No faltaría más.

Marqué el número de Quesito y cuando ésta respondió dije:

—¿Fernández? Soy yo, el Sugra. Te llamo por el móvil de un cliente. Sí, el swami de los cojones. ¿Cómo? Nada, lo de siempre. Veremos qué dicen los cabrones del tercer piso. ¿Y a ti cómo te ha ido con el derviche? ¡No me digas! ¿Agarrao por las pelotas? ¡Pero qué tío estás hecho, Fernández! Venga, te veo. Ciao, ciao.

Devolví el móvil al swami, que lo cogió con mano temblorosa, saludé con una ligera inclinación de cabeza y me dirigí a la salida. Al pasar junto a la recepcionista hice como si no la viera. En la calle el sol caía a plomo. Me puse el sombrero. Había sido una buena idea traer el sombrero y me daba pena tener que devolverlo. Debido a la posición del sol, mi sombra sobre el pavimento se reducía a la sombra del sombrero. Gracias a este efecto astronómico no hube de consultar el reloj para saber la hora aproximada ni para recordar la invitación del abuelo Siau. Al pasar junto al Juli me detuve un instante, como si me estuviera arreglando el sombrero, y sin mirarle le cité para las nueve en el restaurante *Se vende perro* y le dije que convocara a los otros. En aquel momento pasaba un autobús. Le hice señas y cuando se abrió la puerta salté adentro. En el autobús sólo viajaban dos señoras de avanzada edad vestidas de negro. Antes de sentarme, las saludé muy gentilmente quitándome el sombrero.

7

EL HOMBRE MÁS BUSCADO

En mi ausencia, Quesito había ido a la peluquería. Al no encontrarme allí, había entrado por mediación de una ganzúa, se había sentado en el sillón y se había quedado dormida. Mi entrada la despertó y de inmediato se deshizo en disculpas por la intrusión. Al recibir la llamada desde el centro de yoga, se había preocupado: reconoció mi voz pero no el teléfono y no entendió nada. La reprendí.

—No has de presentarte en los sitios sin avisar, y menos entrar cuando no hay nadie y sin permiso. Aparte de causar mala impresión, podría haber una alarma conectada o un perro adiestrado para morder allanadores. En cuanto a la llamada, no tiene nada de particular: quería bajarle los humos a un presumido y, de paso, grabar en tu móvil el número del suyo. ¿Has cumplido el encargo?

—Sí, señor —respondió con naturalidad—. Tengo toda la información.

—¿Tan de prisa? ¿Cómo lo has hecho?

—Colgué la foto en Twitter y a los cinco minutos tenía respuestas de todo el mundo. Hasta la CIA quiere ser mi amiga. El señor de la foto es un terrorista internacional. Muy bueno en su categoría, que es el asesinato. Se llama Alí Aarón Pilila y va por libre. Ha liquidado gente por cuenta de los narcos, pero también se ha cargado a miembros de Al Qaeda por encargo del Mosad y viceversa. En España tuvo varios contratos en el sector de la construcción hasta que reventó la burbuja. Sus métodos son tan simples como eficaces y no le falta refinamiento: a una víctima le cortó los cojones con un serrucho.

—¡Basta! —exclamé indignado—. Una señorita no debería leer estas cosas.

—Usted me mandó.

—No importa: la urbanidad tiene precedencia. Y ahora —añadí después de haber echado una ojeada al reloj— vete a casa. Es la hora de comer y tu madre te estará esperando.

—Mi madre no come en casa —respondió—. Me ha dado dinero para que coma por mi cuenta, pero como hace tanto calor, me lo he gastado en un taxi al venir. Sólo me queda para un Magnum.

—Ni hablar —dije—. A tu edad has de alimentarte bien. Yo estoy invitado a una casa particular, pero si vienes conmigo no les importará. Son muy acogedores. Es aquí mismo.

Después de lo que acababa de contarme no quería que anduviera sola por el mundo. Como la vez anterior, toda la familia Siau esperaba en la puerta, rojos como pimientos a causa del calor, pero sonrientes y reverenciosos, y se mostraron muy complacidos al verme llegar acompañado de Quesito.

—Donde comen dos comen tres, como dicen ustedes —rió el cabeza de familia atajando mis prolijas explicaciones—. Esta frase en mi país no tendría ningún sentido, claro. Pero estamos en Barcelona y es un gran honor para esta humilde familia recibir a su honorable hija. Se parecen ustedes mucho. Todos los occidentales se parecen entre sí, pero en este caso el parecido es asombroso.

No quise desengañarle ni tampoco Quesito hizo nada para deshacer el error.

Habíamos entrado en el bazar y mientras nos dirigíamos al fondo, donde la mesa estaba puesta y desde donde llegaba un olor exquisito y reconfortante, hice las oportunas presentaciones, al término de las cuales, el señor Siau le dijo a Quesito:

—Es un bonito nombre: Kwe-Shi-Tow. En nuestra lengua significa Noche de Luna en Verano.

—No es verdad —dijo el pequeño Quim—. Quiere decir Supositorio Caducado.

Su padre le dio un afectuoso y sonoro capón y dijo en tono de disculpa:

—Pequeño Quim, gran mentecato. ¿Estudias o trabajas, Kwe-Shi-Tow?

—He acabado primero de ESO —respondió la interpelada—. Y si saco una nota suficiente en la selectividad, me gustaría estudiar pediatría, para ayudar a los niños del Tercer Mundo. Pero también me gustaría ser presentadora de televisión. Lo decidiré en el último momento.

—Son honorables profesiones —dijo el señor Siau—. Tu padre estará orgulloso de ti sea cual sea la que elijas. Pero, ¿quién heredará la gran peluquería?

—Hijos —intervino el abuelo Siau— han de seguir tradición de padres. Antepasados marcan camino a seguir. Antepasados laboriosos, familia próspera. Antepasados haraganes, familia a tomar por saco.

El pequeño Quim se había colocado al lado de Quesito y le dijo:

—No le hagas caso. Al abuelo se le va la olla.

El señor Siau y el abuelo Siau le propinaron sendos capones y sin más preámbulo nos sentamos a la mesa. La señora Siau desapareció en la trastienda y reapareció con una cazuela humeante. El pequeño Quim fue a buscar varios cuencos de arroz y durante un rato comimos sin hablar. Habían tenido la gentileza de suministrarme cubiertos normales; en cambio Quesito se desenvolvía la mar de bien con los palillos y daba cuenta de los exquisitos manjares con buen apetito. En una pausa, el abuelo Siau tomó la palabra para recuperar el hilo de su disertación, interrumpida por la aparición de la comida.

—Juventud es rebelde por naturaleza, en todo tiempo y lugar —explicó—. Cuando yo era joven, también era alborotado. Recuerdo con cariño Revolución Cultural. Pegábamos a padres y en escuela ahorcamos a maestro. ¡Fue wai! Pero edad impone madurez. Entonces, revolución; ahora, vender baratijas.

—Mi honorable padre tiene razón —dijo Lin Siau—. Mira el caso del pequeño Quim. Seguramente le gustaría ser futbolista. Quizá astronauta. Pero cuando acabe sus estudios, será gerente de bazar, como su padre. O gran cocinero, como su madre.

—O gran plasta, como el abuelo —dijo el pequeño Quim.

Le llovieron los capones y así, en esta atmósfera festiva, pero no exenta de cariño y sabias enseñanzas, concluyó el refrigerio. Con prolongado parlamento di las gracias y Quesito se hizo eco, con discreción, de mi gratitud y mis elogios. Por su parte, la familia Siau, por boca del señor Siau, expresó su inconmensurable satisfacción por haber compartido con nosotros tiempo y alimentos y reiteró la invitación a repetir la experiencia tantas veces cuantas nos viniese en gana. Antes de separarnos, el pequeño Quim nos hizo unas fotos con su móvil para guardar un recuerdo del evento.

En la calle, Quesito y yo nos despedimos; ella echó a andar hacia la parada del autobús y yo hacia la peluquería. A los pocos pasos me detuve, me volví a mirarla sin ser visto y sentí una punzada de conmiseración. Privada del apoyo paterno, difícilmente podría llevar a término sus proyectos tanto académicos como de otra índole, pensé. En el horizonte de su vida se vislumbraban pocas expectativas y muchos peligros. Por no hablar del peligro presente de mi compañía si, según las apariencias, un terrorista despiadado se había cruzado en mi camino. En los últimos años, Rómulo el Guapo había sido para Quesito algo parecido a un padre o, cuando menos, una volátil presencia masculina en el entorno familiar. Ahora, hasta eso había perdido si la desaparición de aquél devenía permanente. De todos los candidatos a cubrir esta vacante, yo era sin duda el peor, pero también quizás el único: o le devolvía sano y salvo a Rómulo el Guapo, como ella esperaba de mí, o mi deber sería ocupar el puesto de mi amigo en la vida de Quesito, y, en tal caso, ¿qué podía ofrecerle? A lo sumo, transmitirle mis torpes conocimientos profesionales y brindarle la posibilidad de ejercerlos en una peluquería sin clientela. Por otra parte, ¿consentiría Quesito en la sustitución? Un rato antes había aceptado sin orgullo pero sin repugnancia la errónea suposición de parentesco hecha por el señor Siau y esta tácita aceptación podía interpretarse como una muestra de respeto y de cariño hacia mi persona, si bien estos sentimientos sólo se debían a las historias que Rómulo el Guapo le había ido contando, más por pasatiempo que como crónica fiel de la realidad. En este sentido, la frecuentación se encargaría de desengañarla en breve.

Sumido en estos tristes pensamientos, caminaba yo con paso cansino hasta que la comida oriental produjo en mi desacostumbrado organismo una reacción intestinal que me obligó a postergar la meditación y a correr hacia la peluquería como un lebrel.

Al caer la tarde, el sol poniente proyectó en el suelo del local la sombra maciza de la subinspectora Victoria Arrozales. Mientras ella cruzaba el umbral, me vestí con precipitación, sin olvidar el sombrero, y corrí a ofrecerle asiento con muestras de servilismo y un tartamudeo encaminado a reducir el encuentro a su mínima duración.

—¿No tienes nada nuevo que decirme? —dijo la subinspectora con su habitual sarcasmo.

Tras su mirada desafiante, su postura chulapona y su actitud altanera percibí una nube de inseguridad rayana en la desesperación. Por eso venía.

—¿Se refiere al hombre de la foto? —respondí—. Ya se lo dije ayer: no lo había visto en mi vida. Y hoy sigo en la misma tesitura. También espero no verlo jamás. Es un peligroso terrorista. Me podía haber advertido.

Se quitó la pistola de la cintura, la dejó sobre la repisa, junto a un cepillo enmarañado de pelos, unas tijeras sin filo y un peine sin púas, y se dejó caer en el sillón. Su propia imagen reflejada en el espejo le hizo arrugar la frente. También a la policía le afectan el calor y la fatiga.

—Veo que has estado haciendo los deberes —suspiró en un tono más amistoso—. No esperaba menos de ti. Y como ya sabes de qué va el juego, te pondré al corriente de los hechos. Tenemos motivos para suponer que Alí Aarón Pilila ha estado recientemente en España y que tiene planeado venir a Barcelona. Naturalmente, si alguien está en Barcelona en estas fechas, o es un desgraciado o algo trama.

—No siga, por favor —dije antes de que acabara de integrarme en el círculo de sus colaboradores—, la ayudaría si pudiera pero, en este caso, no puedo.

—Podrías si quisieras —atajó retóricamente. Y a renglón seguido añadió—: Hará unos diez días la policía francesa nos informó de que Alí Aarón Pilila había pasado la frontera. Con nombre y pasaporte falso se alojó en un lujoso hotel de la Costa Brava. Allí se entrevistó con un desconocido. El desconocido hablaba español e iba acompañado de una mujer de buen aspecto, quizá una intérprete, quizá no. Se ignora motivo del encuentro. Finalizado éste, la pareja regresó a Barcelona en autocar de línea. A la mañana siguiente, Alí Aarón Pilila dejó el hotel y en un Mercedes de alquiler regresó a Francia. En Montpellier devolvió el coche y tomó el TGV a París. Ahí la policía francesa le perdió la pista. De la pareja no hemos podido averiguar nada. Tal vez él esté fichado. O ella. O los dos. Pero el servicio del hotel ha hecho una descripción demasiado vaga. No sabía de quién se trataba y no prestó la debida atención. En resumen, no podemos perder más tiempo. Si Alí Aarón Pilila vuelve, se producirá un acto de terrorismo, sin duda un atentado mortal.

—Algo no me cuadra —comenté procurando no mostrar demasiada curiosidad—. Como usted muy bien ha dicho, estos días sólo estamos en Barcelona cuatro currantes apestosos, excluyéndola a usted, por supuesto. ¿Quién puede ser el objetivo?

—No lo sabemos. Puede ser cualquiera. Alí Aarón

Pilila no pertenece a ninguna organización ni se le conoce ideología. Trabaja a sueldo y es caro, lo que nos lleva a suponer que será alguien importante. Un hombre de negocios, un político, un miembro de la realeza.

—¿Y yo?

—¿Como objetivo terrorista? No creo.

—Me refería a mi papel en este enredo.

—Averiguar. Tienes tus métodos. En otros tiempos resolviste casos difíciles. Mal, pero los resolviste. Tengo a todo el departamento de vacaciones. Haz algo. Encuentra a la pareja del hotel de la Costa Brava sin despertar sospechas. Tal como están los tiempos, no podemos alarmar al turismo. Viaje pagado en la SARFA, dietas para un bocata y, si te sobra tiempo, puedes darte un baño. No te arrepentirás. Si todo sale bien, te dejo poner el precio.

—¿Su departamento tiene mano en las becas de estudio?

Se levantó del sillón, bostezó, estiró los brazos, se ajustó el sostén, volvió a colocar el arma reglamentaria donde la solía llevar y se dirigió a la puerta.

—Tú cumple y ya hablaremos —dijo.

De este siniestro diálogo no referí nada a mis ayudantes cuando nos reunimos a la hora convenida en el restaurante *Se vende perro*. De camino había hecho un somero cálculo y comprobado que el incremento de la nómina debido a la incorporación de la Moski y, por añadidura, la adición de un comensal a las cenas, desbordaba mis posibilidades económicas. Antes de sentarnos a la mesa, hablé en privado con el señor Armengol y le pedí crédito, alegando que le traía clientela vistosa y que eso podía redundar en beneficio del local si los medios se enteraban y lo incluían en la sección tendencias. Tras porfiar un rato, no me concedió crédito, pero sí una prórroga para el pago pendiente, incluido el de la cena en curso.

Mientras yo negociaba, el resto ya se había comido todo el pan. Me uní al grupo confiando en que sus informes justificaran mis desvelos. No fue así. Mi visita al centro de yoga había dado el resultado previsible: a poco de irme yo, salió el individuo del Peugeot 206, montó en él y salió pitando. Eso según el Juli. El Pollo Morgan lo vio llegar al domicilio de Rómulo el Guapo siete minutos más tarde. Entró y salió al cabo de cinco minutos, y uno más tarde salió Lavinia Torrada. Él había partido en su automóvil y ella se dirigió al metro, seguida de la Moski y su acordeón. En el metro, la Moski aprovechó para tocar y sacarse unos eurillos. El objeto de su vigilancia se apeó en la estación de Plaza Cataluña e hizo transbordo a la línea 3, apeándose en la estación denominada Vallcarca. En la Avenida de la República Argentina tomó un autobús. En el autobús, los pasajeros exigieron a la Moski que no les diera la lata con el acordeón. La Moski siempre había tenido malas experiencias en los autobuses urbanos y otros transportes de superficie, como por ejemplo los taxis, donde en alguna ocasión se había metido con el propósito de amenizar el recorrido a los ocupantes. Con todo, afirmó, lo peor eran los ciclistas. Instada por mí a no desviarse de la línea central o hilo conductor de su informe, la Moski prosiguió diciendo que la mujer de Rómulo el Guapo había hecho tres visitas, una antes de comer y dos entre las tres y media y las seis de la tarde. La Moski había anotado en el reverso de una partitura las tres direcciones visitadas: la ya dicha en la República Argentina, no lejos de la plaza Lesseps; otra en la calle Anglí y una tercera en la parte baja de la vía Augusta. Al término de esta última visita, la había recogido el Peugeot 206, conducido por el individuo de siempre. La Moski no los había podido seguir, pero el Pollo Morgan confirmó que el del Peugeot 206 había depositado a la mujer de Rómulo el Guapo a la puerta del domicilio conyugal a las siete, tras lo cual se había ido. Las tres visitas efectuadas por la mujer de Rómulo habían durado entre media hora y cuarenta minutos cada una.

—¿Qué llevaba? —pregunté al concluir este aburrido relato.

—¿Puesto? —preguntaron a coro el Pollo Morgan y la Moski.

—No, en la mano. O al hombro. ¿Un bolso pequeño o una bolsa grande?

—Una bolsa grande —dijo la Moski—. ¿Por qué lo preguntas?

—Los lugares visitados —aclaré— pertenecen, por su ubicación, a un estrato social alto. Si fuera puta, habría llevado un bolsito. Y el horario habría sido distinto. En nuestro caso, todo apunta a visitas profesionales. Por la regularidad de la duración, yo les adjudicaría un carácter terapéutico. Masajes, probablemente. En la bolsa debe de llevar la bata y las cremas. Los masajes y el yoga guardan cierta relación. Tal vez el swami y la mujer de Rómulo el Guapo son socios y todos sus movimientos tienen una explicación muy sencilla.

Vi la decepción hacer mella en el ánimo de mi esforzada cuadrilla ante la perspectiva de que el trabajo realizado hasta el momento no hubiera servido para nada y me apresuré a añadir:

—Esta suposición, de confirmarse, no los haría inocentes ni culpables. Los hechos no han variado: Rómulo el Guapo sigue desaparecido en circunstancias misteriosas. Nada excluye que su mujer y el swami estén liados y hayan decidido quitar de en medio al tercero en discordia. Muchos maridos acaban sus días de este modo. No la mayoría, pero unos cuantos sí.

Al enterarse de esta estadística renació la esperanza en el grupo. Al cabo de unos instantes, sin embargo, el Pollo Morgan puso objeciones.

—No lo veo claro —dijo—. Rómulo el Guapo se pasó una temporada larga entre rejas y es lógico que su mujer se buscara un trabajo para subsistir y de paso un maromo. Ahora bien, si se lió con el tío del Peugeot 206, el asunto debe de remontarse a unos cuantos años atrás.

—No veo la contraindicación —dijo el Juli—. Si llevan tanto tiempo dale que te pego, es natural que les moleste la presencia constante del marido.

—Por descontado, pero ¿por qué eliminarlo precisamente ahora? —insistió el Pollo Morgan—. A estas alturas ya deberían haber llegado a un ten con ten.

Como máximo dirigente del grupo, decidí mediar en la discusión.

—Los dos tenéis parte de razón —dije—. Según la lógica elemental, si los adúlteros hubiesen querido librarse de Rómulo el Guapo, deberían de haberlo liquidado hace mucho. Pero no perdamos de vista las dificultades que conlleva hacer desaparecer a un hombre, y más a un hombre bragado como Rómulo el Guapo. Ahora, en cambio, las circunstancias allanan el camino. Rómulo el Guapo cometió un delito hace meses y está a punto de ingresar de nuevo en una institución penitenciaria. Si desapareciera repentinamente, lo lógico sería atribuir la desaparición a una fuga solapada.

—Perdonen que me inmiscuya —dijo el señor Armengol entrando en el comedor desde la puerta de la cocina y secándose las manos en el delantal— pero no he podido evitar oír su conversación y me se ocurre una impugnación, a saber: si el tal Romualdo iba a entrar en chirona, no hacía ninguna falta quitarlo de en medio. Digo yo.

—Ay, amigo mío —exclamó el Pollo Morgan—, entre fogones se pierden de vista las complejidades del alma humana.

—Vaya, pues ya me dirá qué rascan los que se pasan la vida petrificados encima de un pedestal —replicó desafiante el señor Armengol.

Volví a poner orden.

—No es fácil ser cónyuge de un preso. Y menos para una mujer tan atractiva como la de Rómulo el Guapo. Si la hubierais visto cuando iba a visitarle al sanatorio...

—Tú es que tienes un feble por esa golfa —dijo el Juli.

—No la insultéis por el mero hecho de estar buena, me cago en el zar —saltó la Moski—. Si una no es un coco, los hombres la llamáis burra y puta. Todo con tal de no pagar. Yo misma, sin ir más lejos, si perdiera unos quilos, me pusiera colorete y no fuera más honrada que una estrella del firmamento, por ejemplo Saturno, podría vivir la mar de bien y no cargar todo el puto día con este jodido trasto, que tengo las cervicales hechas polvo.

—Pues yo insisto en mi silogismo —dijo el señor Armengol—. Y es que no veo razón para tanto debate ni para tanta elucubración. Hoy en día, en nuestra sociedad neoliberal, si una mujer se quiere ir con otro, se va; el juez le concede el divorcio, y el marido, a pagar y a callar. Y si te pones flamenco, te enganchan una pulsera que pareces maricón. Suerte que tengo un amigo en un taller de reparación que me quitó la mía. Y es que, a mi ver, que ustedes están un poco chapados a las antigüedades, sin ánimo de ofender.

—No señor —dijo el Pollo Morgan levantando el cetro—. Lo que pasa es que nosotros somos hampones y tenemos un código muy estricto. Y usted sirva la cena y no se meta donde no le llaman, que aquí el que sabe hacer un huevo duro ya habla de todo como si fuera el Bulli en persona.

El dueño del local se fue rezongando a sus cosas y volvimos nosotros a las nuestras. A los postres hice un resumen, a modo de acta, de lo hablado y una vez concluido aquél extraje las siguientes conclusiones:

—Este intercambio de ideas ha sido muy provechoso y os agradezco a todos vuestras respectivas aportaciones. Ni una sola ha caído en saco roto, os lo puedo asegurar. Es cierto, haciendo balance de la situación, que parece que no hayamos avanzado, y es muy probable que no hayamos avanzado. Incluso es posible que hayamos retrocedido, cosas ambas difíciles de determinar cuando no se conoce el punto de partida ni el objetivo último de nuestro caminar. Pero también puede darse lo contrario, es decir, que hayamos avanzado sin darnos cuenta. Bien es verdad que avanzar sin enterarse de que se avanza es lo mismo que no avanzar, al menos para el que avanza o pretende avanzar. Visto desde fuera es distinto. Aun así, yo abrigo la esperanza de que este avance, real o imaginario, dentro de poco nos conducirá a la solución definitiva o, cuando menos, al principio de otro avance. Hasta ahora una cosa hemos hecho: meter el dedo en el avispero. ¿Quién mete a sabiendas el dedo en un avispero?, me preguntaréis. Un imbécil, sin duda. Pero lo del avispero lo decía en sentido figurado. Dicho lo cual, pasaré a analizar varias opciones.

Hice una pausa para calibrar el efecto de mis palabras sobre el auditorio. El Pollo Morgan se había dormido, porque era un hombre de edad avanzada y el día había sido largo. La Moski se había ido a la cocina a proseguir su altercado con el dueño del restaurante, a juzgar por el estruendo de platos rotos. El Juli miraba con atención un plátano abandonado sobre una alacena, pero como los albinos tienen los ojos rojos y, en consecuencia, poco expresivos, bien podía estar en Babia. En vista de lo cual y para ahorrar saliva, seguí exponiendo las conclusiones para mis adentros.

En primer lugar, no podía descartar la posibilidad de que Rómulo el Guapo hubiese sido asesinado por la pareja compuesta por su mujer, en este supuesto su viuda, y el swami, presunto amante de aquélla. Esta condición debía de servir a la vez de móvil del crimen. Y también de factor decisivo para determinar la autoría. ¿Lo había matado el swami? No parecía capaz, pero cosas más raras se han visto. Sin duda era un hombre débil de carácter. ¿Lo liberaba esto de toda sospecha? Al contrario: si una mujer seductora, temperamental y persistente le hubiese incitado a hacerlo, él no habría tenido arrestos para negarse. Si las cosas se habían producido de este modo, tarde o temprano se descubrirían. Los habíamos puesto en un brete y el tiempo jugaba a nuestro favor por la sencilla razón de que los muertos no tienen prisa por saber quién los ha matado. Y lo más probable es que les traiga sin cuidado.

Más complicada era la segunda opción, esto es, que Rómulo el Guapo siguiera vivo. De ser así, ni su mujer ni

Quesito tenían noticia de su paradero. Y ambas habían acudido a mí para que las ayudara a sacarle de su escondite y para averiguar el motivo de su voluntaria desaparición. Esta segunda opción se condecía con las visitas de la subinspectora Arrozales, dos a mí y una a la mujer de Rómulo el Guapo, tal vez convencida de una posible relación entre la desaparición de éste y la ominosa presencia de Alí Aarón Pilila en nuestro suelo. Si, como había dicho la víspera el abuelo Siau, la policía nunca revela todo lo que sabe, probablemente la subinspectora sospechaba que la persona que se había entrevistado con el terrorista en el hotel de la Costa Brava no era otra que Rómulo el Guapo y por esta razón había ido a sonsacarme a mí en primer término y luego a Lavinia Torrada, y ahora me enviaba a mí tras la pista del presunto encuentro. ¿Acaso, me pregunté con desmayo, la vinculación con un acto de terrorismo internacional era el golpe que Rómulo el Guapo me dijo haber planeado y para el cual había pedido mi colaboración? Esta hipótesis justificaría la desaparición pero, ¿qué pensar de la carta que antes de desaparecer le había escrito a Quesito?

Demasiados hilos suelos para tejer una madeja, me dije. Sigilosamente me levanté de la mesa y con el mismo sigilo inicié la salida del restaurante. No quería acostarme tarde: el día siguiente se presentaba también largo y complejo y, en aquel caso en particular, tal vez plagado de imprevisibles peligros. Ya estaba en la puerta cuando oí la voz del Juli mascullar mi nombre.

—Antes me olvidé de decirte algo —dijo cuando me hube dado la vuelta para prestarle atención—. Esta tarde he vuelto a ver al swami. No me refiero al tipo del Peugeot 206 rojo, sino al auténtico swami: el de la barba y la sábana blanca.

—Tú deliras, Juli —respondí con impaciencia. Y a renglón seguido, en un tono más transigente, añadí—: Pero no importa. Cómete el plátano y dile al señor Armengol que lo cargue a mi cuenta.

8

AVENTURA EN EL MAR

En cuanto el señor Siau abrió la puerta del bazar le abordé y le expuse sin ambages el motivo de mi temprana presencia en el lugar. Con una amplia sonrisa se avino a prestarme los cincuenta euros que necesitaba para cubrir los gastos del viaje y otras posibles contingencias, se negó a extender un pagaré como le propuse y sólo trocó su sonrisa en una mueca de pesadumbre al enterarse de que aquel día, por causa de fuerza mayor, no me iba a ser posible comer con ellos.

—A mí me disgusta —dijo— y el disgusto de mi honorable esposa será doble. Un gran disgusto. Aparte del afecto que le profesa, lo considera un verdadero entendido en cuestiones culinarias. Cocinar para usted le colma de satisfacción. Pero, a juzgar por el vestuario, tiene usted un compromiso muy importante. Un sepelio, si no me equivoco.

Le tranquilicé al respecto. En realidad, le dije, iba a pasar el día en un precioso enclave de la Costa Brava y, lamentablemente, sólo tenía un traje y era aquél: negro y de lana. Para protegerme del sol contaba con el sombrero. En cuanto al bigote postizo, le aclaré, lo llevaba para pasar inadvertido.

—Lo conseguirá, estoy convencido —dijo el señor Siau—. De todos modos, permítame regalarle un paraguas. El sombrero le protegerá de los rayos infrarrojos, pero los rayos ultravioleta son puñeteros y se meten por todas partes.

Entró en el bazar y regresó con un paraguas bastante grande. El mango y las varillas eran de plástico, pero la tela era de un delicado papel de arroz teñido de amarillo canario.

—También le daría una crema solar con factor de protección 50, pero la que vendemos aquí, pese a ser de la mejor calidad, tensa el cutis, afloja los músculos faciales y al que la usa se le pone una cara de sapo muy poco favorecedora.

Un autocar de lujo, equipado con un sistema de refrigeración que lo convertía en un auténtico iglú con ruedas, así como con todo lo necesario para el confort del viajero, me depositó en menos de tres horas en mi destino.

Me apeé en un núcleo urbano formado por calles estrechas transitadas por camiones y motos y flanqueadas por edificios altos de atrevido diseño, en cuyas fachadas se leía:

HOTEL SOL Y MAR
RESIDENCIA MAR Y SOL
APARTAMENTOS SOLMAR

y así hasta el infinito. Desorientado, decidí preguntar por la dirección del hotel a uno de los muchos transeúntes que llenaban las aceras: bronceados, jocundos, encantados de exhibir quién su adiposidad, quién su pellejo, iban y venían en bullicioso tropel, unos cargando con bolsas y capazos desbordantes de vituallas, otros acarreando toallas, sombrillas, flotadores, neveras portátiles, pelotas, cubos, niños y perros, y otros, en fin, serpenteando entre los demás, todavía bajo los efectos de una curda monumental. De indicación en indicación, desemboqué en la playa. Allí abrí el paraguas del señor Siau y eché a andar por la arena procurando no pisar a nadie. Era la hora del mediodía y la arena estaba tan caliente que los calcetines entraron en combustión. Para evitar este efecto, los demás se habían quitado los calcetines y el resto de las prendas. La brisa acariciadora llevaba remolinos de polvo, efluvios de fritura y el tufo producido por los negros gases de las embarcaciones deportivas ancladas frente a la playa. El rugido de los motores de las lanchas ahogaba el griterío de los niños y las broncas de los adultos, mas no la estridencia de las radios portátiles y los altavoces de los chiringuitos. Lanzaban las gaviotas su arisco graznido al infinito azul del firmamento y sus corrosivos zurullos sobre los cuerpos despatarrados en la arena y las cabezas de quienes buscaban alivio en el remojo. Ay, pensé, con qué gusto no arrojaría lejos de mí la ropa (salvo el sombrero), me zambulliría en las cálidas y no muy limpias aguas y, protegiéndome el trasero con el paraguas, surcaría con poderosas brazadas el manso ir y venir del oleaje. Me impidieron caer en la tentación el sentido del deber, el sentido del decoro y el no saber nadar.

El hotel estaba emplazado en un extremo de la playa. Consistía en una construcción almenada, con torreón de ladrillo rojo en el que ondeaba la bandera de la empresa propietaria y explotadora de semejante alcázar, y un extenso jardín rodeado de una alta tapia. Desde fuera sólo se veían las habitaciones superiores, agraciadas con sendas terrazas (una para cada una) y toldos a rayas blancas y verdes. Sobre la suntuosa reja que daba entrada al jardín, ondeaba el nombre del establecimiento:

HOTEL LA TITA FREDA
FUNDADO EL 2 DE ABRIL DE 1939
SÓLO PARA RICOS

Me felicité por haber elegido un atuendo adecuado. Era una lástima que el olor que desprendía la ropa (y yo) y el vistoso color del paraguas atrajeran a un enjambre de abejas negras cortejadas por una nube de zánganos. Al pasar de esta guisa junto a la gigantesca piscina, quienes se bañaban o soleaban me miraron sin disimulo, sin ropa y sin respeto. En la puerta del edificio principal me detuvo un recepcionista con casaca blanca, entorchados y gorra de almirante. Por discreción no miré si llevaba pantalones.

—Hola, chaval —le dije en tono desdeñoso antes de que me pidiera el santo y seña—, el director me está esperando. Vengo por lo de la película.

Ante mi seguridad se desvaneció la suya, titubeó y finalmente dijo:

—El señor director no está en estos momentos. Veré si puede atenderle el subdirector. Tenga la bondad de aguardar aquí.

—Aguardaré dentro y aprovecharé para mear. Dime dónde están los servicios o ve a buscar una bayeta.

Dicho esto franqueé la entrada, cerré el paraguas y me quité el sombrero. En el hall se disfrutaba de un frescor paradisíaco. El portero señaló con el dedo los servicios y se fue. Ya en el váter oriné, me lavé la cara y enderecé el bigote que, a causa de la sofoquina, me colgaba de una mejilla. Me miré al espejo, carraspeé, salí y me di de manos a boca con un individuo vestido con un traje negro como el mío, pero de seda y a su medida. Se me quedó mirando con disgusto y dijo entre dientes:

—¿Es usted el que dice no sé qué de una película?

Ponderé la conveniencia de fingir acento extranjero pero preferí no complicar las cosas más de lo necesario.

—Señor —repuse—, yo nunca digo no sé qué. Yo siempre sé lo que digo. Y he venido a dar instrucciones concernientes al acuerdo concertado en su día por la productora y los representantes autorizados del hotel. Si éstos no han estimado procedente informarle de lo hablado, no es mi problema sino el suyo. ¿Podemos seguir hablando en un lugar más apropiado?

Con menos prontitud que desconfianza me condujo a un despacho situado en la planta baja, en un rincón del hall. El despacho era amplio y los muebles de calidad. En el marco de la ventana se veía el mar y en el mar, un velero. Un retrato de sus Majestades los Reyes de España presidía la pared. El subdirector se sentó tras su mesa y yo hice lo propio en una silla colocada frente a la mesa, de cara a la ventana. Sin más preámbulo dije:

—Me presentaré: Jaime Sugrañes; para la gente de Hollywood, simplemente Jim. No me anuncié para evitar filtraciones y he dejado el Mercedes en el pueblo para dar un paseo. El mar alivia el estrés. Y también quería ver posibles localizaciones.

El subdirector arrugó el ceño.

—Vayamos directamente al asunto del hotel —dijo.

—Se decidió que algunas secuencias se rodaran en sus espléndidas instalaciones: el hall, la piscina, los servicios... A horas convenidas para no incomodar a los señores clientes.

El subdirector no desarrugó el ceño.

—Me extraña mucho que no me hayan comentado nada de un asunto de tanta trascendencia. ¿Puedo preguntarle de qué clase de película se trata? ¿Un documental, acaso?

—Oh, no. Es... una superproducción. Cuajada de estrellas, nominadas a un Oscar. En cuanto a la película... trata de un turista. Un turista con superpoderes..., al servicio de la justicia y del turismo de calidad. No sé si con esto se forma una idea...

—¿Ha traído la escaleta?

No supe a qué se refería. La verdad es que no había urdido bien la estrategia y me estaba armando un lío. Me puse nervioso al constatar no sólo que estaba perdiendo facultades, sino también que al salir de los servicios me había dejado la bragueta abierta.

—Disculpe mi nerviosismo —dije con precipitación—. Como todos los magnates del séptimo arte, fumo puros sin parar. Ahora los médicos me lo han prohibido y sufro ataques de ansiedad. También suelo llevar la bragueta abierta. Mi psicoanalista ve cierta relación subliminal, aunque él también se la deja abierta de un paciente al otro. ¿Puedo orinar?

—¿No acaba de hacerlo?

—Correcto —repliqué—. En cuanto a las conversaciones referentes a la película, verdadero y único motivo de mi presencia en este lugar, puedo informarle de que se llevaron a término en este mismo hotel, hará cosa de dos o tres semanas, para lo cual un representante de los estudios se alojó aquí. Le mostraré una foto. Tal vez recuerde su cara.

No sin temor le entregué la foto que me había dado la subinspectora. El subdirector la examinó con detenimiento, levantó la vista, clavó en mí sus ojos fríos y dijo:

—Por este hotel pasan muchas personas. Pero si este señor estuvo alojado en el mismo, tal vez el servicio lo recuerde. Permítame.

Sacó del bolsillo un móvil, pulsó una tecla y al ser respondida su llamada dijo:

—Que venga inmediatamente Jesusero a mi despacho. Y de paso, haz venir también al servicio de seguridad.

Esta última medida no auguraba nada bueno, pero salir de naja habría sido peor. Estuvimos un rato en silencio, él mirándome fijamente y yo simulando seguir con interés las maniobras del velero. Por romper el silencio, pregunté:

—¿Hay muchos naufragios? En temporada alta, quiero decir.

—Lo que ocurre fuera del hotel no me concierne —repuso con sequedad el subdirector.

A este breve diálogo siguió otro silencio, tan tenso como el anterior. Finalmente sonaron unos débiles golpes en la puerta, se abrió ésta silenciosa y lentamente y entró un camarero bajo, moreno, con un bigote tan grande como el mío pero seguramente genuino, se inclinó con humildad y musitó con marcado acento:

—¿Deseaba verme, don Rebollo?

—Entra, cierra, no me llames don Rebollo y mira con atención esta fotografía —dijo el subdirector en tono poco amistoso—. ¿Reconoces en el retratado a un cliente del hotel?

—Sí, jefe —respondió Jesusero después de echar un vistazo a la foto—. Se alojó aquí hará cosa de diez días, quizá dos semanitas, el tiempo vuela en un sitio tan lindo. Daba buenas propinas. No se relacionaba con nadie —hizo un ademán cabalístico—. Ni por delante ni por detrás, usted ya me entiende, jefe. A menudo se hacía servir en la propia alcoba un refrigerio, otramente dicho manduca.

—¿En algún momento le viste u oíste hablar de una película con el director del hotel o con cualquier otro empleado?

—¿De una en particular, jefe? ¿Como, por ejemplo, *El doctor Zhivago*?

—No. Del rodaje de una película. En el hotel.

—Ay, jefe, eso me encantaría. Soy muy cinéfilo, con su permiso. Pero si habló del rodaje no se lo sabría decir. Era muy retraído. Sólo una tarde lo vi reunido con unas personas. No clientes del hotel, sino desconocidos. Venidos para hablar con el señor de la foto. Capaz que del doctor Zhivago, o quizá de bisneses. Estuvieron sentados en el bar, tomando tragos. Yo estaba de servicio ese día. Pasando la escoba, jefe, y recogiendo las migas del suelo. No le puedo decir más, jefe.

Mientras el humilde camarero desgranaba su escueto relato, habían hecho su entrada en el despacho dos hombres de aspecto severo. Uno era alto y fuerte, vestido con un traje de dril color tabaco, camisa azul y corbata fucsia. La deformación de la americana indicaba la presencia de una pistola. El otro era bajo, grueso, de rasgos porcinos y vestía guayabera, bermudas y chanclas, seguramente para poder mezclarse con la clientela sin llamar la atención. Ambos estaban muy bronceados y esbozaban sendas sonrisas de autocomplacencia, como si pensaran: sólo con mirarlas, me las ligo.

—Estos caballeros —dijo el subdirector cuando los

dos hombres hubieron cerrado la puerta y el camarero concluido su informe— pertenecen a la seguridad del hotel. Pasen ustedes, no se queden en la puerta. Acérquense y miren bien esta foto. Por lo visto se trata de un huésped reciente. ¿Lo reconocen?

Los dos hombres se pasaron la foto de mano en mano y después de haberlo hecho un par de veces y haberse consultado con la mirada y cruzado recíprocas muecas de entendimiento, dijeron no haber visto nunca aquella cara o haberla visto sin parar mientes en ello. El subdirector recuperó la foto y dio rienda suelta a su indignación:

—¡Acémilas! —gritó—. Son ustedes unos acémilas o unas acémilas, pues ignoro el género pero esta circunstancia no altera mi opinión: acémilas incompetentes. Eso son ustedes. Porque el hombre de la foto, en cuya fisonomía dicen no haber reparado ¡es un terrorista! ¿Pensaba usted que no iba a reconocerlo, señor productor de Hollywood?

Hubo una pausa, rota por el camarero para decir:

—A mí no me mire, jefe. Yo soy un indiesito recién llegado de Cochabamba y no me entero de nada.

El subdirector lo fulminó con la mirada.

—Tú lo que eres es un vivales que se va a la puta calle en cuanto venza el contrato. Y ustedes, supuestamente encargados de la seguridad del hotel, ¿también vienen de Cochabamba?

—No, señor Rebollo —dijo el hombre de las bermudas hablando por los dos—, nosotros somos seguratas y cumplimos con nuestro cometido, a saber, la seguridad del hotel y la parroquia mientras permanece dentro de los límites cartográficos del hotel. Y ahora dígame usted: ¿ha volado el hotel en mil pedazos o experimentado desperfecto alguno? No, señor. ¿Han hallado a un huésped descuartizado o habiendo sufrido lesiones de otra índole? Tampoco. Pues con eso está todo dicho. Y no nos vuelva a llamar acémilas o no respondo. —Y dirigiéndose a su compañero, exclamó—: Venga, tú, vámonos.

El interpelado se sintió en la obligación de hacer oír su voz y dijo:

—Vale.

El señor Rebollo golpeó la mesa con la palma de la mano.

—¡Ni hablar! Ustedes no se van sin haber resuelto esta situación. En primer lugar, tenemos aquí a un ciudadano que dice ser productor cinematográfico y, sin acreditar identidad ni oficio, pregunta por un terrorista internacional. ¿Les parece normal?

—Se lo puedo explicar todo, amigo Rebollo —dije yo, creyendo llegado el momento de buscar una salida airosa—. No le he mostrado mi dossier porque usted no me ha dado tiempo a hacerlo. Ni lo haré ahora, aunque me lo pida, por haberse comportado de un modo descortés y poco cooperativo. En cuanto al supuesto terrorista, sólo existe en su imaginación. Es posible que la persona en cuestión se hubiera caracterizado. Cosas del cine. Ahora bien, si se empeña en creer que un peligroso delincuente ha pernoctado bajo este techo, su deber es llamar a la policía. Mientras viene, como medida de seguridad, estos señores y yo haremos sonar la alarma y ordenaremos la inmediata evacuación del hotel. Procurando, eso sí, que no cunda el pánico, y que los medios informativos recojan el suceso sin retratar a los huéspedes y a sus acompañantes en ropa sucinta.

El señor Rebollo cerró los ojos, apretó los puños y dijo:

—Está bien. Salgan todos ahora mismo de este despacho.

—Antes retire lo de los acémilas —dijo el hombre de las bermudas—, o, como dice el señor productor, armaremos la marimorena.

—Está bien. Lo retiro y les presento mis excusas.

Salimos los cuatro al hall y allí nos dimos palmadas en la espalda y pusimos verde al señor Rebollo a voz en cuello. Los encargados de la seguridad me invitaron a una cerveza, pero decliné: por el momento no había nada más que hacer allí y prolongar mi presencia en el hotel era un riesgo innecesario. Me despedí de todos y anduve hacia la puerta de salida. Antes de alcanzarla se puso a mi lado el camarero y me tiró con suavidad de la manga.

—No me mire ni responda —susurró—. Mi turno acaba a las tres. Vuelva a esa hora, entre sin que le vean y espéreme en la pineda que hay al fondo del jardín.

Hice un movimiento afirmativo con la cabeza y proseguí mi camino. La playa había reducido un poco su tasa de ocupación por ser la hora de la comida y la siesta. Con gusto habría aprovechado el intervalo para darme un baño si hubiera tenido un bañador y un lugar seguro donde dejar la ropa de calle. Pero carecía de ambas cosas y no quería arriesgarme ni llamar la atención por si me vigilaban. Con el mismo gusto me habría zampado una ración de sardinas, pero también a eso hube de renunciar porque gastar dinero no entraba en mi presupuesto. De modo que busqué un círculo de sombra bajo un pino esbelto y desocupado y me senté a esperar. Con la imaginación volé al bazar de la familia Siau, donde en aquel mismo instante debía de estar concluyendo el ágape sin mi presencia. Para distraerme me puse a observar los coches que entraban y salían por la verja del hotel. Si uno de aquellos vehículos hubiera sido un Peugeot 206 de color rojo, habría dado el gasto, el viaje, el calor, la espera y el hambre por bien empleados, pero ningún vehículo de cuantos contabilicé correspondía a la marca ni al color mencionados. Un golpe de brisa me trajo varias páginas sueltas de un periódico. A juzgar por el olor, había servido para envolver crustáceos, pero durante un rato me distraje con los acontecimientos buenos y malos que habían ocurrido y probablemente seguían ocurriendo en el mundo mientras yo me escaldaba debajo de un pino. También fue divertido cuando otra ráfaga se llevó el sombrero, cuidadosamente depositado a mi vera, y hube de ir a sacarlo de debajo de una Zodiac. El resto fue monótono. De tanto en tanto me asaltaba la tentación de abandonar y volverme a casa. Y no por aburrimiento. La experiencia me ha enseñado que, en una investigación como la que yo estaba llevando a cabo, poco se consigue con la fuerza o con la audacia y mucho con la perseverancia. Lo que me impulsaba a irme era la convicción de no estar haciendo nada de provecho, ni para mí, ni para el caso, ni para ninguno de los implicados en él. A lo largo de mi existencia me he visto obligado a resolver algunos misterios, siempre forzado por las circunstancias y sobre todo por las personas, cuando en manos de éstas estaban aquéllas. Pero vocación de investigador nunca tuve, y menos aún de aventurero. Siempre anhelé y busqué un trabajo regular con el que vivir sin apreturas y sin sobresaltos. Pero ahí estaba yo, a mi edad, sudando la gota gorda por la remota posibilidad de obtener una información nimia que, unida a otras de similar calibre, me permitiera extraer una conclusión a la que probablemente habría preferido no llegar.

Sí llegó, en cambio, la hora convenida para la cita con Jesusero. Me levanté con grandes dificultades, primero porque se me habían entumecido músculos y articulaciones y segundo porque la resina que rezumaba el maldito pino había pegado con fuerza la ropa al tronco y yo no estaba dispuesto a regalarle mi único traje a un árbol. Conseguí despegarme a delicados tirones, pero la parte trasera del traje se quedó de lo más adhesiva, de resultas de lo cual llegué al hotel arrastrando una cola de papeles, hojas secas, mariposas y otros artículos volátiles. Aun así, atravesé la verja sin ser detenido ni especialmente observado, rodeé el edificio por el lado contrario a la piscina y me refugié en una espesa pineda, procurando evitar el contacto con los perversos congéneres del que me había fastidiado el ajuar.

Era un lugar umbrío, reseco y solitario. No entendí cuál podía ser la utilidad de aquel paraje, salvo que el peligro de un incendio forestal constituyera uno de los alicientes del hotel. A la espera de esta eventualidad, la pineda no ofrecía otro pasatiempo que la contemplación de muchas y muy grandes telarañas, ni otra ventaja que su aislamiento.

Esperé un rato. Llegaban voces de niños procedentes de la piscina y de adultos procedentes del comedor y el bar al aire libre. También me llegaba un hipnótico olor a carne a la brasa. Era admirable ver cómo aquellos potentados, tan duramente golpeados por la crisis financiera como acababa de saber leyendo un trozo de periódico, seguían manteniendo la apariencia de derroche y jolgorio con el único fin de no sembrar el desaliento en los mercados bursátiles. Apartando ramas, tallos, vástagos y bejucos, obtuve una visión oblicua y parcial pero amparada de un sector de la piscina. Mujeres juncales y bronceadas se asolaban o deambulaban con elegante insolencia en ceñidos bañadores y grandes gafas de sol. Todas hablaban animadamente a sus respectivos móviles. Observándolas sin ser visto y recreándome en la parte de su anatomía que más me interesaba (el peinado), perdí la noción del tiempo, la percepción del lugar y la conciencia de hallarme en una situación incierta, por no decir peligrosa, y de resultas de lo cual no me percaté de la presencia de un hombre a mis espaldas hasta que su voz dijo:

—¡Arriba las manos!

Hice como se me ordenaba maldiciendo para mis adentros mi negligencia y mi imprevisión. Me había metido yo solo en una trampa y, para mayor escarnio, para meterme en ella había esperado varias horas bajo un pino. Por necio no había notificado a nadie las particularidades de mi viaje, salvo al señor Siau, y aun a éste de modo vago, mencionando sólo la Costa Brava, un dato irrelevante para quien, proveniente de muy remotas tierras, se pasa por el forro la toponimia local. Debería haber llamado a la subinspectora o al Pollo Morgan o a Quesito antes de abordar el autocar de línea. Pero no lo había hecho y ahora estaba a merced de alguien a quien por lo visto mi actitud provocaba una ruidosa hilaridad.

—Pero, ¿qué hace usted, hombre? —le oí decir cuando cesó el ataque de risa y pudo articular palabra.

—Lo que me ha dicho: levantar los brazos.

—¡No, hombre! En mi país arriba las manos equivale a: ¡chócala, cuate!, o a ¡venga esos cinco!, o incluso a ¡con un abrazo amical celebremos el encuentro! Y disculpe el retraso: el malnacido de Rebollo me retuvo para abroncarme.

—Comparto plenamente sus gustos —dije para cortar el flujo de sus recuerdos y ver de sacar algún provecho a la reunión—, pero usted no me ha citado aquí para llorar juntos a María de las Mercedes.

—Oh, no. Disculpe el desahogo —dijo Juan Nepomuceno abandonado su actitud apasionada y recobrando la humilde pose—. Usted quería saber de la entrevista de hace dos semanas. Yo estuve presente, como dije en el despacho del malnacido Rebollo. Y no me pasó por alto la identidad del caballero. No faltaría más.

—¿Reconoció a Alí Aarón Pilila? —pregunté sorprendido—, ¿y no lo denunció?

—No, señor. Yo ése no sabía quién era. Y de haberlo sabido, tampoco le habría denunciado. Trataba bien al personal, era dadivoso y si es tan peligroso como dicen, mejor tenerlo de amigo que de enemigo, ¿no le parece? Yo al que reconocí de inmediato fue a Tony Curtis. Está un poco cambiado desde que hizo *Trapecio*; es natural. Pero una cara así no se olvida. Y sabiendo que el otro señor es un terrorista muy buscado, todo concuerda: van a llevar la vida del señor Pilila a la pantalla. Con todos los atentados y las cosas que ha hecho, saldría una película bien buena. Mejor que con la vida de Alfonso XII. Y el señor Curtis hará de jefe de la CIA, a que sí.

—¿Me ha hecho venir para contarme chismorreos?

—No, señor. Le cité a escondidas porque mientras el señor Pilila, el señor Curtis y la señora que acompañaba al señor Curtis estaban reunidos en el bar del hotel les hice una foto sin que se dieran cuenta. Y he pensado que si le interesa una copia, yo se la podría dar a cambio de algo.

—El presupuesto de una película no incluye chantajes.

—No quiero dinero. Me vendría bien, como a todo el mundo, pero no quiero dinero. Si de repente consiguiera un montón de plata me lo gastaría en comprar devedés. Pero yo voy más allá, señor. Al futuro, a ver si me entiende. Y mi futuro está en el cine. Como actor secundario, si fuese posible. No soy muy agraciado, pero puedo hacer de malo. Si me han de matar en el último rollo, no me importa. O de amigo del chico. Soy muy gracioso cuando me lo propongo. Para cantar y bailar no valgo, eso soy el primero en reconocerlo; pero gracioso, sí. Y muy trabajador: en un par de días me aprendo el papel; un día más si es en catalán. Ahora, si ya tienen el reparto completo, puedo entrar en el equipo técnico. En cada rodaje interviene un batallón. Al final de la película salen todos en fila, con su nombre y apellidos. La lista dura media hora. A nadie le importa un carajo, pero ahí están: inmortalizados. Aunque hayan contribuido a un bodrio, se les reconoce el trabajo. Yo quiero estar en esa lista, señor, ¡la lista de los elegidos!

La ilimitada fe de Juan Nepomuceno me irritaba: engañar formaba parte de mi empeño, pero las tragaderas de aquel tontaina convertían la maniobra en un cargo de conciencia. Sin embargo, no podía dejarme llevar por el sentimentalismo. Además, tal vez era yo el ingenuo y él un hábil embaucador.

—Preferiría darle dinero —dije—. No se puede meter a uno de fuera en el mundo del cine. Los sindicatos lo controlan todo. Si hacemos como usted dice, nos boicotearán. Lo hacen por sistema. Así salen muchas películas. ¿Cincuenta euros?

—La foto vale más —repuso el cinéfilo venal—. Del señor Curtis las hay a miles, pero del señor Curtis con el señor Pilila, muy pocas.

—A mí no me interesan, ni el uno ni el otro.

—Si no le interesan, ¿a qué vino? Oiga, a veces contratan actores no profesionales —dijo—. Pasolini lo hacía. A lo mejor lo mataron por eso, ahora que caigo.

—Está bien, le pagaré los cincuenta euros. Déjeme ver la foto.

—No puedo. La hice con mi móvil. Para hacer una copia en papel necesito tiempo. En el pueblo hay una casa de revelado. Mañana tengo el día libre. Por la mañana iré a que me hagan la copia. Luego tenía pensado bajar a Barcelona para ir al cine. Cuando acabe la sesión de las ocho me dice dónde y le llevo la mercancía. Sesenta euros es mi última palabra.

Nos dimos la mano y le anoté la dirección del restaurante *Se vende perro*. Si tramaba algo, allí contaba con el apoyo de mi banda. A continuación le hice anotar el teléfono de Quesito, por si surgía algún contratiempo de última hora. De este modo nos despedimos.

Había pasado tanto calor durante el día que en el viaje de vuelta, con el aire acondicionado del autocar a tope, me resfrié. Estornudando, tosiendo, con la voz tomada y el estómago vacío, pensé en irme a casa directamente y meterme en la cama, pero pudo más la conciencia profesional y pasé antes por la peluquería. Encontrarla tal y como la había dejado me deprimió. No esperaba otra cosa, pero enfrentarse con la realidad no levanta el ánimo. Antes de retirarme definitivamente, advertí que había una hoja de papel doblada y sujeta a la puerta con un trozo de celo reciclado. Desplegado el papel, leí este lacónico mensaje: Busca caja oculta entre puerta y puerta. No me costó dar con una caja de cartón oculta en un resquicio entre el marco de la puerta de cristal y el carril de la puerta de hierro. Busqué un banco público, me senté, abrí la caja y devoré el contenido con voracidad: cortezas de gambas y dados de cerdo con salsa agridulce, un manjar frío y aglutinado que me pareció exquisito.

La cena, regada con agua de la fuente, me devolvió el humor. Desde una cabina llamé por teléfono a Quesito y le pregunté si alguien había preguntado por mí. Sólo había llamado el Pollo Morgan para decir que no había novedad. Ella quiso saber de los progresos de la investigación y yo, sin darle muchas esperanzas, le conté el viaje a la Costa Brava y le previne de que podía llamar un tal Juan Nepomuceno, en cuyo caso debía tomar recado puntual de cuanto le dijera y comunicármelo sin tardanza. Prometió hacer como le indicaba, colgué y me fui a casa, derrengado.

Durante la noche me despertó varias veces la misma pesadilla: yo iba en un barco de vela como único tripulante; el viento me alejaba cada vez más de la costa y, no sabiendo cómo maniobrar la embarcación para cambiar el rumbo, optaba por lanzarme al agua con el propósito de alcanzar la orilla a nado; una vez en el agua recordaba que no sabía nadar, pero ya era tarde para rectificar: el barco se alejaba a gran velocidad y yo me hundía sin remedio bajo la mirada sarcástica de unas merluzas. Me desperté sudando, pero como no creo en los presentimientos y menos aún en los augurios y de la interpretación ortodoxa de los sueños sólo sé que cualquier cosa tiene que ver con la picha, opté por no dar al mío la menor importancia.

9

LA HISTORIA DE LAVINIA TORRADA

Antes de entrar en la peluquería vi un Peugeot 206 de color rojo estacionado a prudencial distancia y ocupado por dos siluetas aparentemente humanas. Se han fabricado muchos coches de tan afamada marca y acertado modelo y una parte no exigua de ellos son rojos y circulan por Barcelona, pero no tuve duda acerca de la identidad de los ocupantes de aquel espécimen concreto. No obstante, hice como si no hubiera reparado en ellos, abrí la puerta del local, entré, me puse la bata sin quitarme la ropa como suelo hacer cuando el calor aprieta y me senté a esperar. No tardó en hacer acto de presencia, ondulante y sigilosa, Lavinia Torrada. El estar prevenido no mitigó las sacudidas de mi metabolismo ante la proximidad de aquel monumento. De haber adoptado ella los aires provocativos de la anterior visita, no habría respondido de mis actos. Por fortuna el espejo me devolvió la imagen habitual de mi persona embellecida con una narizota roja de resultas de mi deambular la víspera por la playa. También era muy otra la actitud e intención de la interesada, como ella misma me dio a entender sin prolegómenos.

—¡Eres un hijo de la gran puta! —gritó a modo de salutación.

—Por favor, cierre la puerta —respondí—, si la oye alguien podría pensar que es usted una clienta insatisfecha y uno tiene su prestigio.

Cerró pero no dulcificó su actitud ni su lenguaje.

—Fui amable contigo, incluso en demasía, como la Dolores de la copla, y tú, en pago, te has comportado como un hijo de la gran puta.

Le rogué que se calmara y me expusiera la razón de su actual antagonismo cuando dos días atrás me había mostrado una faceta bien distinta de su versátil personalidad.

—Anteayer —dijo—, un hombre fue a ver al swami y le metió el miedo en el cuerpo de la manera más grosera, cruel e injustificada. Y desde ayer me sigue a todas partes una loca tocando el acordeón. No me digas que no estás tú metido en el asunto.

—Es verdad —repuse—, hice una visita al centro de yoga y mentí un poco acerca de mi identidad para hablar desde una posición ventajosa. De otro modo su amigo el swami me habría dado con la puerta en las narices. Mentir no está bien, pero esto no es un juego de niños. Y fue usted la que empezó mintiendo cuando en su propia casa negó que Rómulo el Guapo hubiera desaparecido. Ahora Rómulo el Guapo sigue desaparecido, la policía nos acosa y en todo este enredo la figura del swami aparece de un modo reiterado, conspicuo y sospechoso. Si le molesta que ese turbio personaje sea objeto de pesquisas y quiere verse libre de mis agentes, empiece por contarme la verdad sin omitir detalles.

—Está bien —dijo Lavinia en un tono cada vez menos virulento y más próximo a la fatiga—, lo haré. Pero dejemos al swami al margen de la conversación y del asunto en general. Es una buena persona.

—Y un farsante —dije yo para no perder la ventaja—. Continúe.

—Preferiría que me tutearas, especialmente si he de abrirte mi corazón y revelarte aspectos íntimos de mi vida. Es más lo que nos une que lo que nos separa —añadió acercándose peligrosamente— y yo no he hecho nada que pueda merecer tu reprobación. Si no aborreciera el victimismo, no dudaría en calificarme de víctima. Sentémonos y te contaré mi historia. ¿Te importaría encender el aire acondicionado?

—¿Estás de guasa, nena? —respondí, e inmediatamente me arrepentí de haber iniciado el tuteo y todo cuanto ello implica de confianza y armonía con una frase tan poco romántica. Por lo que añadí de inmediato—: Pero si estás acalorada, podemos ir a un bar. Mis clientas no suelen venir hasta más tarde, y en el de ahí enfrente por 1,35 euros dan café con leche y una flauta de chorizo hasta las once.

—Nací bonita y bien formada —dijo ella tras haber rechazado mi tentadora propuesta con una mueca asquerosa— y siempre lo he sido, para mi desgracia. Cegada por la adulación que recibía y por los privilegios que me granjeaba mi hermosura, descuidé mi educación primaria. Cuando salí del colegio apenas sabía leer y escribir. A la hora de buscar trabajo no me faltaron ocasiones de ganarme la vida pendoneando, pero las rechacé. No estoy hecha de esa pasta y sé cómo acaban las que se dejan cegar por el dinero fácil. Al final entré de recepcionista en un taller de reparación de automóviles. Atendía al teléfono, recibía a los clientes y llevaba la contabilidad. Me gustan los coches, soy fácil de trato y la contabilidad consistía en guardar las facturas y los recibos y dárselos a un contable una vez a la semana. No era un trabajo creativo, pero era un buen trabajo. Los mecánicos eran simpáticos y siempre iban tan sucios que ni se les ocurría ponerme las manos encima. Pocas posibilidades de ascenso, claro, y todo el día respirando monóxido de carbono. Algunos clientes me invitaban a salir y yo les decía que sí o que no según el coche. Si tienen un buen coche, les gustará la buena vida, pensaba. Con esta vara de medir me llevé muchos desengaños. Pero en general lo pasaba bien. Luego, a solas en el taller, mano sobre mano, pensaba en el futuro y se me encogía el corazón: estaba desperdiciando la juventud en aquel cubículo tóxico. Lo que yo quería era encontrar un hombre bueno, hogareño y trabajador y llevar una vida feliz y previsible. Sólo tenía veintidós años.

Calló un instante. Yo suspiré y volví a centrar mi atención en ella. Hasta las mujeres más bellas pierden parte de su encanto cuando desgranan sus penas y yo llevaba rato lamentando no haber insistido en la flauta de chorizo. Lavinia, sin embargo, estaba ensimismada y no advirtió mi dispersión.

—Una tarde entró en el taller un Lamborghini amarillo limón. De inmediato me llamó la atención que la carrocería presentara varias abolladuras y rascadas. Los dueños de este tipo de coches suelen cuidarlos y no incurren en descuidos. Aquél a todas luces era distinto, porque al entrar en el taller se dio dos trompazos contra las columnas. Salí de la garita, fui al encuentro del conductor y le pregunté si tenía hora concertada. Respondió que no, que sólo había entrado en el taller por si alguien sabía dónde estaba el depósito de gasolina en un Lamborghini. De estos indicios deduje que era un coche robado. Quizá debería haberlo denunciado, pero no lo hice, porque el conductor era un hombre joven y muy apuesto. Se parecía a un actor llamado Tony Curtis, no sé si sabes a quién me refiero. Él también debió de ver algo en mí, porque nos quedamos quietos, sin decir nada, mirándonos fijamente, y algo sucedió en aquel instante en el taller de reparaciones que había de cambiar mi vida. Y no para mejor. Encontramos el tapón del depósito y me invitó a salir. Acepté, me esperó a la salida y me llevó en el Lamborghini a l'Arrabassada. No nos matamos de milagro, pero al llegar al estacionamiento, vimos brillar la Luna sobre el mar y desplegarse a nuestros pies toda la ciudad iluminada. No pasó nada más porque los asientos tenían un diseño demasiado aerodinámico. Al día siguiente me vino a buscar en otro coche, también lujoso, más fácil de conducir y más apto para otros usos. Dijo que había llevado el Lamborghini a revisar. Durante un tiempo me ocultó sus actividades delictivas y yo a él que las había adivinado. Confesarlo habría supuesto por mi parte aceptar tácitamente la complicidad y yo aún me resistía a tomar un camino tan poco conducente a realizar mis sueños. Todo me impulsaba a cortar una relación incipiente que sólo podía ocasionarme sufrimientos y problemas, pero estaba prendada de aquellos ojazos y de aquella sonrisa de truhán. Fui postergando la decisión de día en día hasta que una tarde Rómulo entró precipitadamente en el taller cargado con un saco pesado y voluminoso. Iba sudando y sin aliento. Se vino derecho a la garita, dejó el saco en un rincón, escondido detrás del archivador, y con frases entrecortadas me dijo que lo guardase, que pasara lo que pasara no se lo dejara ver a nadie, que no lo abriera, y que no revelara su procedencia. Él vendría a buscarlo más tarde. Salió tan deprisa como había entrado y no me dio tiempo a preguntarle nada. Antes de llegar a la puerta se le cayó al suelo un objeto, se agachó, lo recogió y se lo metió en el bolsillo del pantalón con mucha celeridad, pero yo había visto que se trataba de una pistola. Me quedé temblando y sin saber qué hacer. Al cabo de un rato, mi inquietud se convirtió en terror al advertir que por la tela del saco se iba extendiendo una mancha oscura, como si el contenido dejara ir un líquido viscoso. Un olor acre invadió el reducido cubículo. Pasé horas de indecible angustia, temiendo ser descubierta y sin atreverme a abrir el saco para no comprobar su macabro contenido. Pero en ningún momento se me pasó por la cabeza llamar a la policía. Llegó la hora del cierre, se fueron los mecánicos y yo me quedé alegando un trabajo pendiente. Cuando estuve sola y el taller a oscuras, entró Rómulo con mucha cautela. De buena gana le habría abofeteado, pero en vez de hacerlo me eché en sus brazos y di rienda suelta a la tensión acumulada en forma de agitados sollozos. Él me acarició, me aseguró que el peligro había pasado y que ahora lo importante era deshacerse del saco. Salimos arrastrándolo. En la acera había una furgoneta. Metimos el saco en la parte trasera, partimos y no nos detuvimos hasta llegar a un terreno baldío, junto a una carretera secundaria, desierta y apenas alumbrada. Soplaba un viento húmedo y el cielo estaba encapotado. Rómulo se apeó y yo tras él. Abrió la parte trasera de la furgoneta y tiró del saco, que cayó al suelo con siniestro ruido de huesos quebrados. El olor era ya insoportable. Yo hacía esfuerzos sobrehumanos para no vomitar ni perder el conocimiento. Rómulo regresó a la furgoneta, sacó un pico y una pala, se quitó la cazadora, se arremangó la camisa y empezó a cavar. No pude resistir más y le exigí saber lo que había pasado. Acababa de unir mi destino al de un criminal y quería que él lo supiera. Se detuvo y me miró. Debió de leer algo en mis ojos, una decisión firme, tierna y salvaje, y se encogió de hombros como dando a entender que aquélla era mi decisión. A continuación dijo que lo ocurrido había sido consecuencia de un error fatal, de un imponderable. Lo había planeado todo al milímetro, pero en el último momento las cosas se torcieron, dijo apretando los dientes. Ante los hechos consumados no tuvo más remedio que reaccionar como habría hecho cualquier hombre en su lugar, por más que le repugnara hacerlo. ¡Ay, cuántas veces a lo largo de nuestra vida en común habré tenido que oír estas excusas agoreras!

Lo ocurrido, en pocas palabras, era lo siguiente: cuidadosamente planeado el golpe, a la hora de menor afluencia de clientes, provisto de un antifaz, un saco y una pistola, Rómulo el Guapo se disponía a atracar en solitario una opulenta joyería del Paseo de Gracia. Llegado el momento adecuado, en la acera opuesta a la joyería para no ser detectado por las cámaras de vigilancia, se puso el antifaz, empuñó la pistola y cruzó la calle a toda velocidad. No es fácil cruzar el Paseo de Gracia sin ser arrollado, pero lo consiguió sorteando vehículos en uno y otro sentido. Hecho esto, entró en el local y gritó: ¡Esto es un atraco! ¡No griten ni ofrezcan resistencia! Mientras pronunciaba la segunda frase ya se había percatado de que, debido a la circulación y al zigzagueo, se había metido en la tienda contigua a la joyería, la prestigiosa Rotisserie Filipon, especializada en comida preparada y platos hechos. Confesar el error y salir de vacío le pareció humillante, tanto para sí como para las víctimas del atraco, de modo que, dirigiéndose al dependiente, le ordenó llenar el saco de pollos a l'ast. Cuando el saco estuvo lleno, se lo echó a la espalda y echó a correr. Oyó gritos a su espalda y de reojo vio al dependiente, que le perseguía con un cuchillo impresionante. Rómulo se arrancó el antifaz, dobló por una calle lateral y consiguió despistar momentáneamente a su perseguidor. Pero no podía arrojar a la calzada de una zona tan concurrida un cargamento de pollos asados sin despertar sospechas. El taller de reparación de automóviles donde trabajaba Lavinia Torrada estaba cerca y allí se dirigió.

—Después de enterrar los pollos —siguió diciendo Lavinia—, Rómulo no se atrevió a volver a su casa por si lo habían reconocido e iban a buscarlo. Fuimos a la mía y ya no salió. Quiero decir que en ese punto dio comienzo nuestra convivencia. No tuve valor para echarle. Como le quería, pensaba que a mi lado se regeneraría, confiaba en ejercer sobre él una influencia benefactora. Él prometía regenerarse y al cabo de unos días trataba de cometer un nuevo delito. No tenía oficio, quería ser rico y no creía que el trabajo honrado fuera el mejor método para conseguirlo. En vano le decía que no era preciso ser rico para ser feliz, que con nuestro cariño y una vida frugal ya era suficiente. Algunos de sus golpes salían tan mal como el de los pollos, pero otros salían peor. Varias veces fue detenido. Yo depositaba la fianza, pero como en casa no había otra fuente de ingresos que mi modesto sueldo de recepcionista en el taller, hube de recurrir a créditos. Finalmente fue juzgado y condenado a reclusión. Debido a su historial delictivo, lo declararon majareta y lo enviaron al sanatorio donde tú estabas. Fueron años difíciles: mi relación con Rómulo saltó a los periódicos y como yo estaba buena mi foto salía en todas partes. Me echaron del taller: ser la pareja notoria de un delincuente no era compatible con un trabajo que me daba acceso a tantos coches. Por supuesto, me llovían las ofertas, pero todas llevaban implícito algo a lo que siempre me negué. Durante el juicio recibí proposiciones de los policías, los magistrados, el fiscal, el abogado de oficio, el procurador, los oficiales del juzgado y los ujieres de sala. Rechazarlos me supuso muchas privaciones. Algunos amigos de Rómulo me echaron una mano desinteresadamente. Eran malhechores y actuaban por solidaridad, pero no eran muy competentes y no andaban sobrados de dinero. Sobreviví a trancas y barrancas e incluso ahorraba para proveer a Rómulo de ropa, comida, lectura y tabaco. Nunca le conté mis dificultades ni los sacrificios que había de hacer para llevarle aquellas minucias.

»En el tercer año de encierro conocí al swami. En un momento de desesperación, una amiga me llevó al centro de yoga de Pashmarote Pancha para ver si allí recobraba la serenidad perdida. No ocurrió tal cosa, pero el swami se enamoró de mí y me tomó bajo su protección. Su amor era platónico o zen o algo igual de absurdo. En mi estado habría conseguido cualquier cosa de haberlo intentado en serio. Pero era un hombre bueno, simple y convencido de la eficacia de lo que predicaba. De este modo conecta con personas como él, organiza su simpleza y colma sus necesidades espirituales. Pronto dejé de acudir al centro pero nos seguimos viendo. Aliviaba mi soledad, me contagiaba su optimismo y me invitaba a cenar. Más tarde me consiguió el trabajo que todavía tengo y gracias al cual he podido subsistir. Cuando Rómulo volvió a casa, seguí viendo al swami en secreto. Rómulo no sabe de su existencia.

»Después de una separación tan larga, reanudar la convivencia no fue fácil. Rómulo era un desconocido para mí y yo debía de serlo para él. Por suerte, parecía haberse regenerado de verdad. De haber sido cierto, me habría compensado de cualquier carencia. Después de tanto sufrimiento, no estaba dispuesta a pasar de nuevo las mismas angustias. Pero me equivoqué entonces como me había equivocado al principio, cuando creía que mi influencia podía apartar a un hombre del camino que ha trazado su destino o su carácter. Él estaba condenado a tropezar siempre con la misma piedra y yo también. No al principio, claro. Estas cosas nunca suceden al principio, cuando todavía se está a tiempo de rectificar.

»Rómulo consiguió un empleo de conserje en una casa buena. Entre su sueldo y mis ingresos, vivíamos modestamente pero sin estrecheces. En otros aspectos, las cosas iban mal: después de tantos años de zozobra yo quería estabilidad y él, después de tantos años de encierro, quería jolgorio. Con enorme tristeza le veía mustiarse a mi lado de día en día, y yo me mustiaba con él. Al final sucedió lo inevitable: Rómulo conoció a una mujer en su trabajo. Una mujer mala, ambiciosa, soltera, con una hija repipi. Entre las dos le llenaron la cabeza de tonterías. No conozco la naturaleza exacta de su relación. Ojalá hubiera sido un simple devaneo. Fuera como fuese, lo empujaron al borde del abismo. Una vez más planeó el atraco perfecto a una sucursal bancaria con un cretino llamado Johnny Pox y con el resultado previsible. Le condenaron otra vez y esto Rómulo, a su edad, no lo puede tolerar. Un día, hace poco, desapareció. Al principio supuse que se había ido a un país donde no hay extradición. A veces hablaba de emigrar al Brasil, otras veces a la India, o a la Patagonia. Eran sólo fantasías, pero siempre me incluía en ellas. Me preguntaba si estaría dispuesta a acompañarle y empezar una nueva vida en un país exótico, y yo le decía que sí, que le seguiría adonde fuera. Rómulo me creía. Nunca dudó de que podía contar conmigo. Al principio había corrido peligro por estar con él y durante su encierro le había demostrado sobradamente mi lealtad y mi constancia. Por eso me extrañó que se fugara solo y sin avisarme. Esperé unos días, primero a que me llamara a su lado, luego a que me diera noticia de su paradero. Si se había puesto a salvo, no le costaba nada hacerme llegar un mensaje tranquilizador. Pero el silencio sólo se vio alterado por tu intempestiva y agorera aparición. Tu visita y tus torpes preguntas me confirmaron la desaparición de Rómulo en circunstancias anormales. Mentí para protegerle. Luego vino la subinspectora y me mostró la foto de un tipo muy peligroso. Tampoco le dije nada. En realidad, no sé nada. Tengo miedo. No por lo que Rómulo pueda haber hecho, no a que se pueda haber ido con esa mujer, sino a algo peor. Si tú sabes algo, dímelo, por favor. Prefiero la certeza a la angustia de la incertidumbre.

Esta historia me contó Lavinia Torrada en la peluquería y yo la escuché atentamente, porque confirmaba mis deducciones y abría nuevas vías a la conjetura. Quedaban, sin embargo, importantes enigmas por resolver. Me guardé de decirle que había sido precisamente Quesito, la hija de la mujer a quien ella atribuía la desaparición de Rómulo el Guapo, la que me había encomendado la búsqueda de éste. En cambio, le pregunté:

—¿El swami tiene un colaborador?

—No —respondió con firmeza—. Este tipo de actividad depende mucho de la relación personal.

—Jesucristo tenía discípulos que le hacían suplencias —apunté.

—Eran otros tiempos —dijo—. El swami trabaja solo, con una recepcionista. ¿A qué viene la pregunta?

—Un ayudante mío dice haber visto a un swami de verdad asomado a la ventana del centro de yoga. Un hindú con barba y todo lo demás.

—Vería visiones.

—Es posible. El trabajo que te proporcionó el swami, ¿era de masajista a domicilio?

—No, hombre. Si yo fuera por las casas dando masajes, se armaría la de Dios. El trabajo que me consiguió el swami y todavía conservo es el de vidente a domicilio. Es un trabajo descansado, interesante y más o menos lucrativo. Y nadie se atreve a propasarse con alguien que puede ver el futuro.

—¿Y realmente ves algo?

—Ni hablar. Si viera algo no habría pasado nada de lo que te acabo de contar. Pero con el tiempo he aprendido a escuchar a las personas, a entender sus problemas y a detectar síntomas de lo que inevitablemente ocurrirá. Por ejemplo, sin necesidad de echar el tarot puedo ver el destino de esta peluquería.

—Prefiero no saberlo. ¿Qué llevas en el bolso cuando vas a trabajar?

—El instrumental: cartas, una bola de metacrilato, productos de parafarmacia, velas, incienso, un chal por si refresca. Y si me va de camino, paso por el súper y hago la compra. Al final voy cargada como…

Dejó de hablar repentinamente y sus facciones se transformaron en una máscara trágica. Pensé que se había olvidado de comprar algo en el súper, pero la causa de su metamorfosis era muy otra.

—Por la fuerza de la costumbre —dijo con voz cavernosa—, al hablar del trabajo he entrado en trance y he recibido un mensaje: Rómulo ha muerto. De forma violenta. Por mano ajena. Ahora su alma vaga desconsolada entre el mundo de los vivos y el más allá. No sabe si transmigrar o quedarse como estaba y trata de ponerse en contacto con nosotros.

Su pose y sus palabras me parecieron una pantomima, pero no pude sustraerme a una vaga aprensión, como si en el fondo de aquel fingimiento hubiera un rescoldo de intuición o de conocimiento inconsciente que estuviera tratando de manifestarse por aquella vía. Quise decir algo pero ella impuso silencio llevándose el índice a los labios y emitiendo un imperceptible soplido con aquéllos fruncidos en gracioso mohín.

—¡Chitón! —susurró—. Estoy a punto de oír una señal…

Reinaba un silencio sepulcral en la peluquería. Hasta las puñeteras moscas parecían haber suspendido su vuelo y flotar en el aire cálido, espeso, húmedo y un poco maloliente de aquella mañana canicular. Y en este frágil equilibrio se oyó una voz áspera y como de ultratumba cantar:

—¡Baixant de Font de Gat!

Frágil, oblicuo y ceremonioso, el abuelo Siau entró a remolque de la popular estrofa.

—Disculpen molestia —dijo inclinándose hasta dar con la frente en las rodillas—. Esta semana he de practicar canciones populares para inmersión lingüística.

—No se preocupe, abuelo —dijo Lavinia Torrada recobrando su habitual talante—. Ya estaba por irme.

—Creo que se conocen —dije algo molesto por la interrupción pero atento a mis deberes de anfitrión.

—Sí. Tuve gran honor de ser presentado —dijo el abuelo Siau—. Para usted no pasa tiempo.

—Es natural —repuso ella—, nos presentaron anteayer.

—Uy, usted es joven —replicó el abuelo Siau—, pero a mi edad tiempo vuela como cohete en culo. Me retiro. Sólo venía a preguntar si anoche encontró comida para llevar.

—En efecto, la encontré y la degusté —dije—. Luego pensaba pasar a darles las gracias y a rogarles que no se tomen tantas molestias por mi causa.

—Oh, ninguna molestia. Hoy comida a misma hora de siempre. No falte. Mi honorable nuera se decepcionaría si no viniera. Adiós, honorable señora. Es lástima que yo no tenga edad para tirar tejos. Perdura deseo pero desaparece tempura. ¿No quiere venir a comer con nosotros, señora?

—En otra ocasión, con mucho gusto —respondió Lavinia—. Un amigo me está esperando desde hace un buen rato y los dos tenemos trabajo. Espero que después de lo hablado —añadió dirigiéndose a mí— se establezca entre tú y yo una comunicación más fluida y sincera. Y menos opresiva para otras personas. Ya sabes dónde encontrarme.

Salió moviendo el aire denso con las caderas, envuelta en un halo de etérea belleza y sólida dignidad y dejándonos sumergidos en enervante fragancia.

—No dé más vueltas por dentro de cabeza —dijo el perspicaz anciano al advertir mi estado—. Cada cosa tiene su tiempo y lugar y ninguno son éste. Haga como yo: aproveche ventajas de ser viejo.

—Yo no soy viejo —protesté.

—Vaya practicando —respondió—. Secreto para llegar a muy viejo es envejecer muy pronto. Con vejez viene tranquilidad: no más tempura, no más visitar casas de sombreros.

10

UNA PROPOSICIÓN Y UN CÓNCLAVE

Apenas se hubo ido el afable e inoportuno anciano, entró la Moski cargada con su descomunal instrumento, para informarme sobre los movimientos de Lavinia Torrada. La información era fútil, puesto que yo sabía muy bien dónde había estado aquélla aquella mañana. Pero la dejé hablar.

—La trajo el tío del Peugeot 206 —dijo al finalizar el pormenorizado relato— y la estuvo esperando para llevarla de nuevo a la casa de ella. Allí la vigila el camarada Bielsky. Lo del coche es una pejiguera, porque no la puedo seguir al no estar yo motorizada. Por suerte, se me ocurrió subcontratar al hijo de una amiga, un chico de toda confianza, que es repartidor de pizzas, tiene una motocicleta y por las mañanas no pega sello. Esta noche, en una pausa del reparto, se dejará caer por el restaurante. Así lo conoces.

—Está bien —dije—, pero avisa al señor Armengol, porque también he citado en el restaurante a un camarero. Por lo visto tiene unas fotos pertinentes al caso. Lo malo es que no sé cómo pagar lo que pide por ellas.

Desde que se fue la Moski hasta las dos menos cinco estuve contando los minutos que me separaban de la comida. No era una actividad enriquecedora desde el punto de vista intelectual ni desde ningún otro punto de vista, pero me distraía de mi tribulación predominante, a saber, el dinero. Estar sin blanca no me preocupaba, siendo en mi caso una situación crónica, pero no estaba acostumbrado a tener deudas ni a presupuestar el futuro a la baja. Mi posición financiera era abisal: al margen del crédito de la Caixa, por mí a ratos olvidado pero ni un instante por la citada entidad, les venía debiendo a mi cuñado y al señor Siau; la cuenta del restaurante iba en aumento, al igual que la nómina, y aquella misma noche había de darle sesenta euros al camarero cinéfilo contra entrega de las fotos. Me resistía a recurrir de nuevo al señor Siau, no porque a él le faltara liquidez, a juzgar por el flujo incesante de personas que entraban y salían del bazar, sino por no abusar de su generosidad, sobre todo cuando tenía la certeza de no poder devolverle nunca el préstamo, salvo por un inesperado giro de la rueda de la fortuna, cuyos engranajes no parecían funcionar con suavidad ni viveza. Pero no quedaba otra salida y la perspectiva de dar un nuevo sablazo a quienes tan bien se portaban conmigo enturbiaba la expectativa del convite primero y más tarde, su degustación.

Durante toda la comida me mantuve al acecho de una oportunidad para introducir el tema como al sesgo, pero no hubo manera. En vista de ello, decidí esperar al término de la reunión para hacer un aparte con el señor Siau y hablarle sin tapujos. Mas he aquí que a los postres, y en presencia de toda la familia, el propio señor Siau sacó el tema dirigiéndose a mí en los siguientes términos:

—Honorable huésped, vecino y amigo. No es un secreto para usted el afecto que esta humilde familia le profesa y que quiero creer recíproco. No hace falta que conteste. Esto es sólo el principio de mi discurso. Ahora viene lo sustancial. Hace tiempo que venimos observando el funcionamiento de su gran peluquería. No por rivalidad comercial ni para meter nuestras humildes narices en sus honorables asuntos, sino movidos por el gran afecto antes mencionado. No le sorprenderá saber que el resultado de nuestras observaciones no nos ha dado motivos para confiar en el honorable futuro de su gran peluquería.

Carraspeó y yo habría aprovechado la pausa para agradecer su interés y refutar sus conclusiones, si la señora Siau, que se sentaba a mi lado, no hubiera posado disimuladamente la mano en mi antebrazo en clara indicación de que debía guardar silencio y dejar hablar a su marido, el cual, cuando hubo carraspeado y tosido, o quizá entonado una coplilla en su idioma, prosiguió diciendo:

—La culpa no es de usted, al contrario. Usted es un gran peluquero. La culpa es de la catastrófica coyuntura. En tales circunstancias, me es forzoso traer a colación la gran máxima: cuando sopla el vendaval, el junco que se inclina etcétera, etcétera. ¿Ve a dónde quiero ir a parar, honorable amigo?

—No, señor —respondí sinceramente. Y adelantándome a un posible ofrecimiento añadí—: Pero debo advertirle que ya tengo un crédito de la Caixa.

—Lo sé —repuso el señor Siau con benévola sonrisa—. El director de la gran sucursal, el honorable señor Riera, de quien somos humildes clientes, como su honorable esposa, la señora Riera, lo es de este humilde bazar, donde nos honra surtiéndose de grandes bragas y otras honorables prendas, el honorable señor Riera, como le decía, me ha comentado a menudo, siempre en los términos más oblicuos y discretos, la situación crediticia de su honorable empresa, añadiendo, con gran congestión de su honorable rostro, que si todavía no han recurrido a la vía ejecutiva es por no saber qué hacer con las grandes porquerías, de acuerdo con su propia peritación, objeto de un posible embargo.

—Los expertos aún no han emitido un dictamen definitivo —alegué.

—Pronto lo harán —dijo el señor Siau con aire sombrío. Y a renglón seguido, subiendo una o dos octavas el tono de la voz para imprimir un carácter más positivo a su exposición, agregó—: Pero eso da lo mismo. En realidad, no le estoy haciendo estas consideraciones para sumirle en el desconcierto, sino como exordio o introducción a la propuesta que me dispongo a hacerle y con la que estoy seguro de que resolveremos la situación a plena satisfacción de todos. Crea que sólo me mueve a dar este paso el deseo de ayudarle y la natural aversión de un honorable comerciante a contemplar el hundimiento de una gran empresa que reunía todas las condiciones para ser próspera. Sepa también que antes de tomar esta decisión, he consultado a mi honorable esposa, a mi hijo, pese a ser un poco corto de luces y, por supuesto, a mi honorable padre, como se ha de hacer siempre con los ancestros, aunque estén en una etapa vegetal. ¿Té?

—¿Cómo dice?

—Si le apetece un poco de té.

—No, gracias. Preferiría conocer la naturaleza de su propuesta sin más dilación.

—Ah, sí. Disculpe mi humilde manera de abordar

los grandes negocios. Retórica oriental, demasiado sutil, lo reconozco. A menudo no sabes de qué te están hablando y ya te la han metido, como decía Sun Tzu. Mi honorable proposición, sin embargo, no encierra misterio alguno. Se trata, en pocas palabras, de que usted nos traspase su gran local. Usted podría seguir trabajando en él, como hasta ahora, si bien el negocio debería someterse a variación: cerraríamos su gran peluquería y abriríamos un humilde restaurante. Mi honorable esposa cocinaría y usted se ocuparía de la parte noble: atender a los honorables comensales, servir las mesas, lavar los platos y otras actividades relacionadas con el honorable arte de la hostelería. Percibiría un humilde sueldo, más las grandes propinas y tendría comida y cena gratis. Riesgo, ninguno. Nosotros nos ocuparíamos de las obras, el mobiliario, la vajilla, la cubertería, la cristalería y las provisiones. Y de la nueva decoración, naturalmente. A cambio de esto, y sin gasto alguno por su parte, cancelaríamos las honorables deudas contraídas por su gran empresa y por usted mismo hasta la fecha de la firma del contrato.

Hizo una nueva pausa y ante mi silencio, que él debió de tomar como muestra de aquiescencia y no de estupor, continuó:

—Sabemos que el local y la empresa no están a su nombre, sino al de su honorable cuñado. Este aspecto legal no debe preocuparle. Hablaremos con él y llegaremos a un acuerdo satisfactorio. Ya hemos iniciado gestiones en este sentido. También nos ocuparemos del papeleo. Lamentablemente, no podremos poner la nueva empresa a su honorable nombre a causa de sus no menos honorables antecedentes penales. Pero usted seguirá siendo el alma del negocio o, según nuestra fisiognomía, los pies. Hemos estado pensando el nombre del restaurante. Mi honorable padre, en recuerdo de los orígenes del local, proponía llamarlo *El Pabellón Peludo*, pero al resto de la familia no nos acababa de sonar bien. Con sumo gusto escucharemos las sugerencias que usted nos haga. El honorable uniforme de trabajo también lo diseñaremos entre todos. ¿Qué me responde?

Algo debía decir, pero por más que me devanaba los sesos no encontraba palabras y, en consecuencia, sólo conseguía articular sonidos guturales. Abrí la boca varias veces y otras tantas la volví a cerrar, menos la última. Advirtiendo mi confusión, la señora Siau volvió a posar su mano en mi antebrazo y dijo con suavidad:

—Como es lógico, no puede responder a una proposición tan interesante sin haber meditado con calma y asimilado el gran alcance de su contenido. Nos hacemos cargo y tenemos la prudencia como la primera y más alta de las virtudes.

—Y la segunda, tenerlos bien puestos —dijo el pequeño Quim.

Recibió la correspondiente dosis de capones y yo, aprovechando este festivo interludio, murmuré una excusa y salí precipitadamente del bazar.

Tan confuso estaba por la conversación y tan absorto en mis cábalas, que en el corto trayecto del bazar a la peluquería no advertí que el cielo, desde varias semanas atrás de un azul sin mácula, se había cubierto repentinamente de nubes negras, reventonas y malcaradas, por lo que, cuando a escasos metros de la meta un goterón me dio en la frente y otro en el hombro derecho, los tomé por impactos de palomas que se divertían usándome de blanco de sus deslavazados menesteres. Pero apenas mi mente había acabado de forjar este infundio, retumbó un trueno y descargó un aguacero tan tupido y violento que antes de alcanzar cobijo en el local en dos zancadas, quedé calado de la cabeza a los pies, ropa interior incluida. De no haber sido por este fenómeno atmosférico típico de la estación, tal vez al llegar a la puerta de la peluquería habría pasado de largo y, acelerando la marcha, habría seguido caminando sin volver la vista atrás ni dirigir una mirada de soslayo al local y todo cuanto éste había significado para mí hasta unos minutos antes. Sin embargo, el instinto de conservación del cuerpo me hizo entrar precipitadamente en la peluquería y el instinto de conservación de la ropa, a quitarme la que llevaba puesta y tratar de salvarla del encogimiento. Los zapatos, en especial, presentaban mal aspecto y auguraban una buena cosecha de moho, por lo que los metí como pude en el secador del pelo y lo puse en marcha hasta que un chisporroteo y un fuerte olor a cables chamuscados me indicaron la conveniencia de suspender la operación. Mientras tanto, el local se iba anegando, en parte por la lluvia que rebasaba el nivel de la acera y entraba por la puerta con burbujeante oleaje, y en parte por el regolfo de un bajante comunal al que tiempo atrás se me ocurrió conectar el desagüe de la pila destinada a lavar el pelo de las clientas y lo hice con tan poco acierto que a partir de entonces, una veces con razón y otras sin ella, brotaba un surtidor de aguas fecales, con el consiguiente enfado de quien en aquel momento tuviera la cabeza en remojo. Sin perder un segundo, puse ropa y calzado sobre una repisa y me dispuse a achicar el agua. Como el cubo de latón presentaba varias rajas y agujeros en el fondo y los costados, hube de recurrir al lebrillo de la manicura para recoger los chorritos que iba soltando

el cubo y así, haciendo malabarismos con ambos reci-
pientes, conseguí llegar varias veces a la puerta y verter
en la riera exterior lo poco que quedaba en ellos. De lo
que cabe inferir que no me habría librado de la inundación si la tormenta no hubiera cesado con tanta prisa
como la que se había dado en comenzar.

Todavía chispeaba en el exterior y seguía siendo el
interior caudalosa cloaca cuando el abuelo Siau asomó
sus apergaminadas facciones e hizo amago de entrar sin
atender a mis ademanes disuasorios. En una mano llevaba un paraguas abierto y otro paraguas cerrado y una
bolsa en la otra mano.

—Como el tiempo está cambiante —gritó desde el
exterior—, se me ha ocurrido traerle un paraguas por si
ha de salir y una muda, imprescindible, según veo, porque va como vino a mundo. Póngase esta prenda: vestido floral de concubina cien por ciento nilón, antes 29,95
euros, ahora sólo 7,95 euros.

Desvié la mirada y la atención del anciano y continué con mis actividades titánicas en todas las acepcio-
nes del término. Al cabo de un rato, como no se iba,
dije:

—Si ha venido a inspeccionar el local, puede volver
y contar a sus parientes lo que ve. A lo mejor cambian de
idea.

Sin perder su inescrutable expresión ni enderezar el
espinazo, el apacible anciano cerró su paraguas, cruzó
el umbral y hundió los pies en el lodazal, no sin antes
haberme mostrado, para mi tranquilidad, que llevaba
puestas unas botas altas de plástico verde con incrusta-
ciones de gatitos.

—Vengo preparado para estas contingencias —dijo
refiriéndose a la inundación—, y también para su mal

humor. Paraguas y vestido sólo eran pretexto para visita, pero mi humilde estratagema ha sido desbaratada por su gran inteligencia. ¿Puedo subirme a sillón? Humedad es fatal para articulaciones. Y acupuntura no sirve para nada: treinta años pinchándome nalgas y mire cómo estoy de torcido.

Ante mi frío asentimiento, se encaramó al sillón y cruzó las piernas. Yo, tras ponerme el vestido por mor de la cortesía y el recato y también porque el chaparrón, siquiera momentáneamente, había limpiado la atmósfera y hecho bajar la temperatura, seguí con lo mío, y él, después de observarme un rato en silencio, dijo:

—Como veo que esto va para largo, expondré sin rodeos mi punto de vista respecto de situación actual. No me refiero a lluvia sino a futuro de su gran peluquería y a futuro de usted. He observado su reacción cuando mi honorable hijo le hizo una también honorable proposición. Piense, ante todo, que última decisión es suya: puede decir sí, puede decir no y puede dar callada por respuesta. Entenderemos cualquier opción y ninguna disminuirá nuestro gran respeto y afecto por usted. A mi humilde entender, decisión no es difícil, pero sí dolorosa. Tiempos cambian y nosotros no. Ahí está madre de cordero.

Como al conjuro de estas serenas y profundas consideraciones, había perdido el escatológico surtidor su virulencia, refluían las aguas a la calle y, de un modo similar, se disolvían mi consternación y mi cólera, dejando en mi ánimo un legamoso sustrato de cansancio. Advirtiendo mi lasitud, prosiguió el abuelo Siau su parlamento.

—Desde primer día de nuestro mutuo conocimiento, en bazar, comprendí que usted y mi humilde persona éramos espíritus gemelos, como constelaciones Patím y Patám en nuestro firmamento. Mi honorable hijo, así como mi honorable nuera, pertenecen a otra generación. Y entre ellos y pequeño Quim, diferencia es abismal. ¿Somos distintos? No. Naturaleza humana manifiesta tendencia a engordar pero no cambia. Más hidratos de carbono, mismos genes. Misma ambición, mismos temores, mismos sueños. ¿Cuál es diferencia? Sólo educación. Cuando yo iba a escuela rural, aprendíamos de memoria lista de gloriosas dinastías. He olvidado casi todo pero aún puedo recitar lista de carrerilla. Quing, Ming, Yuan, Song, Tang, Sui, Han, Xin, Quin, Zhoy y Shang, por no entrar en variantes. ¿Qué queda de aquella enseñanza? Casi nada. ¿Y de aquellas gloriosas dinastías? Ménos. Todo tiene su tiempo, todo pasa. A verano sigue invierno. En Barcelona no, pero también excepciones tienen su regla.

Suspiró, hizo una profunda pausa y siguió hablando con la mirada perdida en el vacío, como si estuviera dialogando con sus propios ancestros.

—Nos dijeron: nada más grande que Emperador, porque Emperador es hijo de cielo. A fuerza de oír cantinela, algunos pensaban: será verdad. Otros pensaban: será mentira. Por causa de estas conclusiones vino guerra. Luego Larga Marcha y Libro Rojo. Y ya ve cómo hemos acabado. Adaptándonos a tiempos modernos. Durante siglos tuvimos dominación extranjera y pasamos hambre que te cagas. Ahora hemos aprendido lección, hemos sabido aprovechar oportunidad y nos hemos hecho amos de medio mundo. Ha sido triunfo de realismo sobre fantasías, de humildad sobre arrogancia. Occidente está en crisis y causa de crisis no es otra que arrogancia. Mire Europa. Por arrogancia quiso dejar de ser conjunto de provincias en guerra y convertirse en gran imperio. Cambió moneda nacional por euro y ahí empezó decadencia y ruina. Occidentales son malos matemáticos. Buenos juristas, buenos filósofos, mentalidad lógica. Pero números no son lógicos. Lógica está supeditada a criterios morales: bueno, malo, regular. En cambio números son sólo números. Ahora europeos no saben cuánto dinero tienen en banco ni cuánto valen cosas. Gastan sin ton ni son, se hacen lío y piden crédito a Caixa. Nosotros, por nuestra parte, no somos lógicos. Nuestra filosofía y nuestras leyes no tienen pies ni cabeza. Sólo mandarines entendían leyes y ya no quedan mandarines. Sin embargo, números son nuestra especialidad, quizá porque somos muchos.

Aproveché un breve desfallecimiento respiratorio del sentencioso anciano para intercalar una pregunta pertinente.

—¿Significa todo esto que según usted debo aceptar la proposición de su hijo?

Desvió del techo sus ojos rasgados para dirigirlos hacia mí y levantó las manos sarmentosas en ademán dubitativo.

—Si tuviera respuesta no habría clavado este rollo. Usted y yo, como dije antes, somos harina de mismo costal. Somos grandes filósofos, malos comerciantes. Demasiadas preguntas. Al revés de mi honorable hijo, gran comerciante. También gran idiota. Quizá me ciega amor paterno. En su proposición todo es honorable y desde punto de vista mercantil, atinado. No obstante, problema es otro.

Era inútil seguir baldeando. Pronto el calor evaporaría la parte líquida del suelo y sería más fácil barrer la sólida. Dejé, pues, cubo y lebrillo y me dispuse a escuchar con paciencia la conversación del abuelo Siau, el cual, complacido al advertir mi buena disposición, me señaló con una uña larga y afilada y dijo:

—Respóndame con gran inteligencia de usted: ¿qué diferencia hay entre jarrón auténtico de porcelana de dinastía Ming valorado en dos millones de euros y perfecta imitación de plástico en oferta por 11,49 euros? Exactamente ninguna. Vistos de lejos son iguales y de cerca, ni uno ni otro sirven para nada. Única diferencia es ésta: que jarrón Ming de plástico sólo tiene sentido porque existe auténtico jarrón Ming de porcelana. En siglo xv de era de ustedes, jarrón de porcelana era privilegio de emperador de dinastía Ming y reflejo de su gloria, como emperador era reflejo de gloria de cielo. Pero hoy cielo sólo es materia y antimateria regidas por teoría de caos. Sin embargo, como gente nunca aprendió lista de dinastías y ni siquiera sabe que hasta hace poco existieron emperadores, cuando alguien compra jarrón de 11,49 euros cree estar comprando parte de cielo que antes nunca pudo considerar suyo. No sabe que compra imitación de imitación de cielo que no existe. O sabe que compra imitación pero le da igual y compra jarrón de todas maneras porque es barato. Me entiende, ¿verdad?

No me dio tiempo a responder a su pregunta ni yo habría sabido cómo hacerlo. Se recogió una fracción de segundo y luego añadió:

—Por razón recién expuesta, algunas personas acuden a swami en centro de yoga. Sí, no pude evitar oír conversación de usted con gachí de aúpa. Y no pude evitarlo porque estuve todo rato escondido escuchando. A viejos y tontos nos interesan vidas ajenas. Más que propia, como es natural. Conozco asunto que lleva entre manos. Antes me preguntaba si debía aceptar o no proposición de mi honorable hijo. Ahora le contesto: deje gran peluquería, olvídese de caso. Y quédese con chica. Ella tiene razón: deje en paz a humilde swami y escuche su proposición. Porque también ella tiene proposición para usted, aunque usted no se dé cuenta y ella quizá tampoco. Por eso ha venido varias veces. Usted sería feliz y con una gachí como ésa, restaurante sería exitazo y hasta podríamos pedir subvención a General Tat.

Calló finalmente y a causa del esfuerzo realizado y el peso de la edad, se quedó dormido. Transcurrido un rato prudencial le desperté. No sabía dónde estaba ni creo que recordara lo que acababa de decirme. Pasito a paso fuimos los dos hasta la puerta del bazar, donde le dejé tras agradecerle el paraguas y el vestido que todavía llevaba puesto para deleite del vecindario, y regresé a la peluquería para acabar con la limpieza del suelo, porque si venía alguna clienta, no quería que se encontrara con aquella pocilga.

No vino ninguna clienta, pero adecentar la peluquería me llevó hasta la hora del cierre, a la cual salí, aseguré como mejor pude la puerta para prevenir nuevas infiltraciones y me dirigí al restaurante *Se vende perro*. El cielo seguía cubierto y el calor había vuelto con un suplemento de humedad que hacía el aire irrespirable y la transpiración copiosa. El pavimento estaba resbaladizo y la luz de las farolas se abría paso a través de un nimbo amarillento. Por estas razones y por la trabajera de las horas previas, llegué a mi destino derrengado y con la ropa pegada al cuerpo o viceversa. En el restaurante estaban presentes todos los convocados y con un aspecto peor que el mío. La tromba de agua había calado al Pollo Morgan y al Juli y disuelto sus elaborados maquillajes, que ahora les dibujaban archipiélagos en las facciones. La Moski, más ligera de vestuario, no había tenido mejor fortuna. Al empezar el aguacero, para proteger del agua su instrumento musical, se había quitado el vestido, había envuelto el acordeón y en enaguas había buscado refugio en el zaguán de una casa de pisos, de donde el conserje la había desalojado con malos modos, amenazándola con avisar a la policía si se le ocurría abandonar allí al churumbel. Con parecido resultado había ido entrando en varias tiendas, hasta encontrar cobijo en un locutorio abarrotado de paquistaníes que retransmitían la tormenta a sus paisanos. El único que parecía incólume era un muchacho flaco, de tez oscura, con el pelo revuelto, la mirada triste y la boca siempre abierta, al que la Moski me presentó como el repartidor de pizzas subcontratado por ella. Se llamaba Mahnelik y procedía de una región de nombre impronunciable del subcontinente.

—Amigos y compañeros —empecé diciendo—, en el día de hoy se han producido acontecimientos no relacionados directamente con el asunto que nos convoca, pero sí decisivos para mí y, por ende, también para aquél de resultas de éstos. Cuáles sean aquéllos no viene al caso. Pero sí el que de resultas de los mismos, es decir, éstos y aquéllos, yo vea las cosas bajo un prisma nuevo, por lo cual, y tras larga reflexión, he decidido abandonar la investigación.

Tardaron un rato en comprender el significado, el alcance y quizá también la sintaxis de mi anuncio, y cuando lo hubieron hecho, se quedaron con la boca abierta. Me sentí obligado a darles explicaciones adicionales y lo hice en los siguientes términos.

—Hace varios días que dedicamos tiempo, energía

y, en mi caso particular, dinero a resolver un misterio que, en última instancia, en poco nos concierne. Esto, en los tiempos que corren, es un capricho que no nos podemos permitir. No hemos conseguido nada y a mí se me ha acabado el dinero, agotado la ilusión y disipado las ganas. Por suerte, estoy a punto de cerrar un trato mercantil, casi podríamos decir una fusión empresarial, de la que confío sacar beneficios en forma de comisión. En resumen, que si tenéis paciencia, os pagaré hasta el último euro.

Nadie dijo nada. La noticia les había sorprendido y el anuncio de la moratoria, caído como un jarro de agua fría, según inferí del cruce de miradas. Fue el Juli quien rompió el silencio con una tosecilla asmática y una tímida protesta.

—Pero yo... —farfulló—, pero yo...

Animado por la expectación despertada entre sus compañeros, hizo un esfuerzo y acabó diciendo en un tono dolorido:

—¡Pero yo he vuelto a ver al swami!

—Bueno —dije yo—, ¿y a mí qué?

—No me has entendido —insistió el Juli—. Digo que he vuelto a ver al otro swami, al de la barba. Y yo me digo, si ahora abandonamos la investigación, nunca sabremos quién es y qué anda haciendo en el centro de yoga.

Esto último iba dirigido tanto a mí como a los demás, que acogieron su razonamiento con murmullos de aquiescencia.

—El Juli tiene razón —dijo la Moski—. Hay demasiados cabos sueltos. ¿Y qué le dirás al tipo de las fotos? Esta mañana me has dicho que lo habías citado aquí y debe de estar al caer.

—Esta mañana era esta mañana, y ahora es ahora —repliqué—. Ya os lo he dicho: las cosas han cambiado de forma radical e irreversible. Y cuando venga el de las fotos le diré que se vuelva por donde ha venido. Y punto.

El Pollo Morgan hizo oír su voz grave y cansina.

—¿Y tú —preguntó— con qué autoridad tomas decisiones que nos afectan a todos? Es más, que nos involucran.

—¡Vaya pregunta! —dije—. Yo os he contratado. Trabajáis para mí.

—¡Ajá!, pero si no pagas, ya no mandas —repuso el Pollo Morgan en tono triunfal.

Atraído por el ruido de la discusión, el señor Armengol había salido de la cocina y preguntaba el motivo de aquélla. Para satisfacer su curiosidad, todo el mundo se puso a hablar a la vez, inclusive el mequetrefe de las pizzas. Al final, gritó la Moski:

—¡Silencio! ¡Esto es un guirigay! Propongo volver a la organización y metodología de las antiguas reuniones de célula. Intervendremos por turno y el señor Armengol levantará acta. Si nadie vota en contra, por orden de antigüedad tiene la palabra el camarada Bielsky.

Todas las miradas convergieron en el aludido y se hizo un silencio respetuoso, al que el muy necio respondió con ademanes de fingida modestia. Luego, dirigiéndose a mí, dijo:

—Ya ves cuál es la voluntad común, libremente expresada. El mensaje es inequívoco: la gente se niega a abandonar. No te lo tomes a mal. No es por indisciplina. Y menos aún por interés personal. Poco vamos a sacar de todo esto y es probable que, de seguir en el empeño, alguien acabe pagando la tozudez con un hueso roto. Nuestras aventuras suelen tener este final.

Un coro de susurros corroboró el preámbulo y, el orador, animado por este resultado, prosiguió petulante su discurso.

—Si no queremos abandonar es por otra razón. Por pundonor, en parte. Por curiosidad intelectual, en parte. Pero, sobre todo, porque no somos mercenarios, ni siquiera profesionales. Somos artistas. Nuestras acciones están al margen de coyunturas y tendencias, y nos entregamos a nuestro trabajo sin escatimar sacrificios ni horas ni esfuerzos, sin dejarnos amedrentar por el calor ni el frío ni la lluvia, incluso torrencial, como la de esta tarde, porque si no lo hiciéramos así, no sólo incurriríamos en absentismo laboral, sino en una grave responsabilidad moral, social y ética. Trabajamos porque el mundo nos necesita. ¿Qué sería del mundo sin artistas? ¿Qué sería de Barcelona sin estatuas vivientes?

—¡Bien dicho! —exclamó el Juli sin poder contenerse.

La Moski hizo un llamamiento al orden. Intervino con evidente emoción el repartidor de pizzas y dijo:

—Yo soy nuevo en este ambiente, pero les ruego que no me dejen de lado. Una familia desestructurada, poca o ninguna educación y otras circunstancias adversas me han empujado a desempeñar un oficio honrado. Pero de pensamiento y deseo siempre he sido un cantamañanas y un parásito como ustedes. ¡Denme una oportunidad!

Estalló la concurrencia en vítores y el Juli le golpeó cariñosamente la espalda.

—Oídas todas las intervenciones —dijo el Pollo

Morgan—, la conclusión es clara: seguiremos como hasta ahora. Si no nos puedes pagar, ya nos pagarás en otro momento. En mi nuevo emplazamiento uno no se hace rico, pero de tanto en tanto cae algún eurillo. Y los demás, lo mismo.

—¿Y yo? —dijo el señor Armengol—. He de comprar materia prima, pagar el alquiler del local, el gas y la electricidad, la contribución...

—Eso lo seguirás pagando tanto si venimos como si no —le espetó el Pollo Morgan.

—Y por la comida, no preocuparse —agregó con entusiasmo el repartidor de pizzas—. Ahora mismo llevo varias en la moto. Estarán un poco frías, pero se pueden calentar en el microondas. Y por mí no se preocupen. Con el follón que hay en los repartos, no notarán nada hasta fin de mes.

Y uniendo la acción a la palabra, se levantó y salió del restaurante, acompañado de una cerrada ovación.

—Tengo la impresión —dijo la Moski, visiblemente conmovida por la arenga de quien creía ser el camarada Bielsky y por la reacción de su recomendado— de que está a punto de ocurrir algo importante. Hasta ahora hemos trabajado de un modo correcto pero rutinario, pero a partir de esta noche, hemos puesto el corazón en el asador.

Aún no había acabado de hablar cuando regresó el repartidor de pizzas con dos grandes cajas cuadradas que despedían un aroma embriagador. Las depositó en la mesa y dirigiéndose a mí dijo:

—En la entrada hay una persona que pregunta por usted.

—Ah, sí. Debe de ser el camarero de las fotos. Lo

malo es que prometí darle un dinero a cambio de la mercancía y no tengo un céntimo.

—No importa —dijo el Pollo Morgan—, haremos una colecta. Y si no llegamos, le arrancamos las fotos y le damos una somanta.

—Está bien —dije. Y al muchacho de las pizzas—: Hazle pasar.

11

MORDEN

El entusiasmo, por no decir el frenesí provocado por la arenga del Pollo Morgan, la abnegada decisión del resto, la aparición de unas pizzas de respetable perímetro y el anuncio de la llegada de la persona que había de aportar una información valiosísima, se trocó en momentánea decepción al ver que quien irrumpía en el comedor del restaurante no era Juan Nepomuceno, sino Quesito. Como nadie, salvo yo, la conocía, ni ella conocía a nadie, salvo a mí, su entrada fue seguida de un general desconcierto, al que, en el caso de la recién llegada, se sumó la sorpresa y el recelo producidos por la visión de la inclasificable cofradía congregada en torno a la mesa. Disipé la confusión de unos y otros con las oportunas presentaciones y aclaraciones, y pregunté a Quesito la razón de su presencia en aquel lugar, cuyas señas yo no recordaba haberle dado.

—Hace un rato —respondió— me llamó un señor que dijo llamarse Juan Nepomuceno. Había quedado en traer una foto, la cual cosa, en sus propias palabras, no le iba a ser posible a causa de un contratiempo de última hora. A continuación me dijo dónde y cuándo era la cita y me pidió que transmitiera el mensaje; y a eso he venido.

—Vaya —exclamé al término de lo antedicho—. ¿Y no dijo si esperaba solventar en breve el contratiempo? ¿No postergó la entrega de la mercancía para un futuro inmediato?

—No. Sólo dijo lo que he repetido al pie de la letra. Eso de ahí son dos pizzas, ¿verdad?

Respondí afirmativamente y le pregunté si había cenado. No había cenado y su madre se había ido al cine, por lo que muy gustosa aceptaba quedarse con nosotros. El señor Armengol trajo una silla, un plato y una servilleta de papel y ella, con gran desparpajo, le preguntó si en la carta del restaurante había helados, a lo que el señor Armengol, conocedor de la situación financiera, respondió con un bufido.

La cena transcurrió en un ambiente afable y distendido. Quesito no había conocido personalmente a ninguna estatua viviente ni a ningún músico ambulante, y se interesó por todos los aspectos de estas meritorias manifestaciones. Todos satisficieron con gusto su curiosidad e incluso el repartidor de pizzas nos contó, entre otras anécdotas relacionadas con su oficio, cómo en una ocasión su motocicleta había derrapado y él se había partido la nariz sin consecuencias prácticas, porque la hemorragia había quedado disimulada en el tomate de las pizzas, y así había podido realizar todas las entregas antes de ingresar en el hospital.

Pero yo, que en el transcurso de la cena me mantuve al margen de la conversación, observando y reflexionando, advertí que la euforia inicial había dejado paso a la resignación de quien, habiendo tomado una importante decisión, comprende que ha rebasado el límite de sus posibilidades y considera aquélla un sueño pasajero e intrascendente. En vista de lo cual, finalizado el refrigerio, incluidos los helados con los que el señor Armengol, tras haberse sumado al grupo y haber comido a dos carrillos, tuvo la gentileza de aportar, afirmando que los helados de la prestigiosa marca Lombrices eran mejores que los de marcas más conocidas que invertían grandes sumas en publicidad y en envoltorios vistosos, a diferencia de la marca Lombrices, que envolvía los helados en papel de periódico y no se había anunciado jamás en ningún medio, tomé la palabra inesperadamente.

—Debería caérsenos la cara de vergüenza —empecé diciendo para captar la atención de los presentes, enzarzados en varias y ruidosas conversaciones cruzadas—. Hace un rato éramos un batallón de marines pero, en cuanto han aparecido unas pizzas y unos helados, nos hemos convertido en una auténtica piara. Sólo pensamos en comer y en beber y luego en dormir. ¿Qué se ha hecho, me pregunto, de aquellos aguerridos propósitos?

Todos volvieron hacia mí la mirada y, tras asimilar el sentido de mi reproche, hacia el Pollo Morgan, el cual, como tácito portavoz del grupo, dijo:

—¿Y qué otra cosa podemos hacer? El tío de la foto nos ha dado plantón. Sólo nos queda esperar a mañana, a ver si viene.

—Mañana será tarde —repliqué—. Las cosas se hacen o no se hacen. Lo demás son excusas. Al principio de la reunión, el Juli ha informado de que había vuelto a ver al swami de la barba. Luego, seguramente por mi culpa, nos hemos ido por las ramas, pero ahora es preciso volver sobre este enigma y tratar de despejarlo. Para lo cual me propongo ir al centro de yoga esta misma noche, entrar y averiguar qué pasa ahí adentro.

Mientras hablaba me pregunté si mi propuesta respondía a un sincero deseo de conocer la identidad del misterioso individuo o, en realidad, al deseo de recuperar un protagonismo algo menguado desde el infortunado inicio de la velada. Pero como vi en el rostro de los oyentes la reacción admirativa provocada por mi propuesta, sostuve la mirada y el envite.

—A esta hora no habrá nadie en el centro —dijo el Juli, que consideraba de su jurisdicción el subtema del swami—. Habrá que forzar la puerta.

—O reventarla de un puntapié —dijo la Moski—, como en los tiempos del camarada Beria.

—¿Y si hay alguien dentro? —insinuó el Juli—. Por ejemplo, mi swami.

—Lo reducimos a golpes de kárate —dijo el repartidor de pizzas.

El Pollo Morgan pidió la palabra.

—Yo, a mi edad y con esta ropa, no me siento capacitado —dijo con un hilo de voz—. Si hubiera que salir huyendo por los terrados perseguidos por unos ninjas...

—Y yo —añadió el Juli—, no soy muy ágil y, como sabéis, de noche no veo ni torta. Además, si nos pillan, soy un sin papeles.

—Yo me apunto —dijo la Moski—. Tengo permiso de trabajo temporal. ¿Puedo dejar el acordeón en el restaurante?

El señor Armengol se negó: la casa no respondía de los artículos depositados en el guardarropa y, por lo demás, también quería sumarse a la expedición. Al final me vi obligado a calmar los ánimos.

—Esto no es un picnic —dije—. Como bien dice el

Juli, no sabemos qué o quién se oculta bajo la apariencia inofensiva del centro de yoga. Ir de mogollón sería imprudente y nocivo. Iré solo con un voluntario para montar guardia mientras hago mis pesquisas. La Moski me puede acompañar. Los demás os podéis ir a dormir. Mañana os informaré de lo ocurrido.

La propuesta fue acogida con alivio. Se levantó la Moski, cogió el acordeón y nos dirigimos a la puerta. Antes de salir pregunté si alguien tenía una linterna. Como no era el caso, pedí al señor Armengol una caja de cerillas, imprescindible para los registros nocturnos, y salimos. Ya en la calle se nos unió Quesito.

—Déjeme ir con usted —dijo—. Soy buena abriendo cerraduras.

Era verdad y las circunstancias desaconsejaban desperdiciar una cualidad como aquélla. No sin vacilación y remordimiento le di permiso para acompañarnos, pero sólo hasta la puerta. Mientras hablábamos salió del restaurante el chico de las pizzas.

—Yo esto no me lo pierdo —dijo—. Tengo moto y en la caja podemos transportar el botín.

—De momento lleva el acordeón en la moto —le dije.

Caminando a buen paso los que íbamos a pie y a su aire el motorista, llegamos a las inmediaciones del centro de yoga cuando empezaba a chispear. A cubierto bajo el alero de los balcones, Quesito pidió a la Moski una horquilla, la enderezó, retorció una punta y con este adminículo abrió sin dificultad la puerta de entrada al edificio, para admiración de Mahnelik y orgullo de la Moski, a la que oí mascullar: ¡Ésta es mi niña!

Al entrar en el portal empezó a caer de nuevo un aguacero. El agua repicaba en la claraboya de vidrio y retumbaba en el hueco de la escalera. Ordené a la Moski montar guardia y avisar si entraba alguien sospechoso y subí con los demás hasta el segundo piso, alumbrados primero por el resplandor proveniente de la calle y luego a tientas. Llegados a la puerta del centro, golpeé suavemente con los nudillos: dos golpes espaciados y tres seguidos. Si dentro había un conciliábulo, alguien respondería a aquel simulacro de contraseña, aunque sólo fuera por curiosidad. Aguardamos unos segundos en el otro extremo del rellano, al amparo de la oscuridad, y como nadie acudía a la llamada, dejé actuar a Quesito. Abrir la puerta del piso le llevó más rato. La corriente de aire iba apagando las cerillas que yo prendía y cuando finalmente se abrió la puerta, sólo quedaba una.

Abrí una rendija y atisbé el interior: oscuridad y silencio infundían relativa confianza. Extremando la cautela entré de puntillas y ajusté la puerta para no llamar la atención de algún vecino o visitante si acertaba a pasar por allí, aunque el temporal me tranquilizaba a este respecto: sólo un imbécil o un necesitado abandonaría su hogar en una noche de perros como aquélla.

A excepción de algún relámpago, reinaba la penumbra en el centro de yoga. Las luces habían sido ahorrativamente apagadas y las persianas, bajadas. Aun así, la contaminación lumínica del alumbrado público se colaba por rendijas y desajustes y permitía distinguir la distribución del local y la ubicación de los objetos. Con esta ayuda y el recuerdo de mi anterior visita hice una rápida incursión y de ella extraje la errónea conclusión de no haber nadie salvo yo. Animado por ésta, fui encendiendo las lámparas y procediendo a un examen más sistemático de los a mi juicio puntos de interés.

La recepcionista utilizaba un ordenador. No lo puse

en marcha porque no habría sabido cómo acceder a la información, en el remoto supuesto de que hubiera sabido cómo ponerlo en marcha. Me conformé con hojear una agenda donde la recepcionista hacía anotaciones relacionadas con la clientela.

La señora García debe ocho sesiones.

El señor Formigós es tonto.

La señora de Mínguez se tiñe el pubis.

La lista se prolongaba a lo largo de varias páginas. Por si las anotaciones respondían a un código secreto, me metí la agenda en el bolsillo trasero del pantalón y proseguí el registro. Una estancia algo mayor que las otras carecía de muebles. Sobre la moqueta marrón había esparcidas unas colchonetas de hule azul marino. Allí debían de impartirse las clases de yoga, a juzgar por los utensilios descritos y un difuso perfume de sándalo y sudor. En otro cuarto se acumulaban trastos heterogéneos: una fotocopiadora, una silla giratoria rota, varios rollos de papel higiénico, una cafetera con sus correspondientes vasitos de plástico, una bicicleta estática oxidada y un cucurucho con cuatro galletas sin gluten que también me guardé en el bolsillo para comérmelas al salir.

Expresamente había dejado para el final el despacho del swami. La puerta no estaba cerrada con llave y a primera vista su aspecto no difería del que presentaba la primera vez que estuve allí. Procurando no tropezar con las sillas, di la vuelta a la mesa y encendí la lámpara. El retrato del señor o señora con cabeza de elefante era, junto con la lámpara, el único objeto sobre la mesa. Me senté en la silla del swami, recosté los pies en un mullido puf y abrí el primer cajón. Contenía facturas y otros papeles de similar relevancia. Un talonario de cheques me permitió ver el saldo de la cuenta al primero de agosto: 2.645,26 euros. No era una cifra significativa y seguramente correspondía a los gastos regulares de la empresa. Los documentos bancarios y las facturas de suministros iban a nombre de Pashmarote Pancha S. L.

El segundo cajón tampoco arrojó sorpresas, salvo unas fotos de Lavinia Torrada en distintas épocas y escenarios. En una de ellas, tomada en la playa, la interesada lucía un discreto bikini; las restantes no eran especialmente reveladoras. Me guardé la foto del bikini en el bolsillo, junto a las galletas, pero luego me arrepentí y la volví a dejar donde la había encontrado. Era evidente que el registro no iba a resultar fructífero. De todos modos, decidí proseguir con método, y en ello andaba absorto cuando un leve ruido me hizo levantar la cabeza y la inesperada aparición de una silueta humana en el marco de la puerta del despacho estuvo a punto de derribarme de la silla. Repuesto del susto, me indigné al reconocer a Quesito. La increpé a media voz.

—¿No te he dicho que me esperaras abajo? Entrar aquí no sólo es peligroso, sino ilegal. Allanamiento de morada. Te podrían caer seis años en un reformatorio.

—Le pido perdón —dijo ella—, pero como tardaba tanto, pensé que le podía haber pasado algo y he venido a ver...

Se disipó el enfado ante esta muestra de solidaridad y de valor. Eso, sin embargo, no mejoraba nuestra situación ni la gravedad delictiva del acto. Cerré el cajón y dije:

—Vámonos. No conviene tentar la suerte y aquí no hay nada de interés.

—¿Y eso que hay debajo de la mesa? —preguntó Quesito. Miré donde decía y vi un cuerpo inmóvil en postura fetal. Distraído con los cajones, no me había percatado de que no tenía los pies sobre un mullido puf sino sobre un mullido cadáver.

—Es un muerto, ¿verdad? —volvió a preguntar con un leve temblor en la voz.

—Debajo de la mesa y en esta postura, no es fácil hacer un diagnóstico —dije abandonando asiento y escabel y pasando al otro lado de la mesa—. De momento, vamos a sacarlo de aquí. Yo lo agarro de un zapato, tú del otro y tiramos cuando diga tres.

Lejos de hacer ascos al macabro encargo, Quesito procedió con presteza y sangre fría. Aunando esfuerzos conseguimos liberarlo de su encierro y ponerlo boca arriba en el suelo, no sin trabajo, porque el infeliz pesaba lo suyo y estaba tan bien encajado entre las patas de la mesa y la cajonera que al estirar nos quedamos con los zapatos en la mano y acto seguido, al asirlo por los tobillos, con los calcetines. La luz de la lámpara iluminó las blandas facciones del swami. No estaba frío ni parecía afectado de rigor mortis, pero su piel presentaba el insalubre color de la cera, no respiraba y no daba señales de vida por ningún otro conducto.

—Deberíamos hacerle el boca a boca —propuso Quesito—. Una vez vino al colegio un guardia urbano y nos lo hizo a todas, para la asistencia en carretera. ¿Lo intento?

Mal no podía hacer a ninguno de los dos el tratamiento, de modo que consentí. Quesito se arrodilló junto al cuerpo, aproximó la cara a la del swami y antes de aplicar sus labios a los de aquél, exclamó:

—¡Tiene algo dentro de la boca!

Me agaché a su lado y tirando de la nariz y el mentón conseguí obligar al interfecto a separar las mandíbulas. Estirando poco a poco y con cuidado, Quesito extrajo

una bola de papel de regular tamaño que, una vez des-
plegada, resultó ser una página doble de *La Vanguardia*
ocupada íntegramente por un anuncio de las rebajas
de verano de El Corte Inglés. Ésta parecía ser la causa de
su asfixia, pero como no se apreciaban signos de violencia, aquélla debía de haber sido provocada por la propia
víctima. Como si leyera mi pensamiento, dijo Quesito:

—A lo mejor se trata de un suicidio. Una vez, en el
colegio, un profe se inmoló a lo bonzo para protestar
por el modelo educativo. El director aprovechó para explicarnos la guerra de Vietnam contra Cataluña.

—No veo otra explicación, pero es raro suicidarse
con un anuncio de El Corte Inglés. Tal vez estaba practicando un ritual perverso.

Quesito había vuelto a examinar al swami e interrumpió mis conjeturas.

—Yo diría que vuelve a respirar —dijo. En efecto,
liberada de la obstrucción, la garganta del swami dejaba
escapar un agónico gorgorito—. Hemos de llamar a una
ambulancia.

—No. Los de la ambulancia avisarían a la policía. Eso
no nos conviene. Y si llamamos y nos largamos antes de
que llegue la ambulancia nos quedaremos sin saber qué
ha pasado. Claro que no podemos esperar indefinidamente a que tenga a bien recobrar el conocimiento. A lo
mejor está en coma. Y pesa demasiado para llevárnoslo
entre los dos. No sé qué hacer.

Mientras reflexionaba, Mahnelik hizo su providen-
cial aparición, llevando una caja de pizza. También él
se había sentido inquieto por nuestra tardanza y había
subido a ver si todo estaba en orden. Le agradecí el gesto
y se encogió de hombros.

—A mí usted me la suda —dijo—, pero la chica es

mona. Además, con la caja de pizza estoy a cubierto de cualquier contingencia: si me trincan digo que venía a hacer un delivery. ¿Y este fiambre?

—Nadie que tú conozcas. Deja de hablar y échanos una mano —le dije secamente.

Entre los tres cargamos al swami. Mahnelik estaba nervioso porque había tenido que desprenderse momentáneamente del embalaje y se sentía desprotegido. Antes de abandonar el centro propiamente dicho, abrí la puerta, escudriñé el exterior y del silencio y la oscuridad inferí que no había moros en la costa. Salimos al rellano. La corriente de aire cerró la puerta a nuestras espaldas. Volver a abrir para apagar las luces, recoger la caja de la pizza y, en general, borrar la huella de nuestra presencia, habría sido largo y arriesgado. E imposible, pues de repente alguien encendió la luz de la escalera. Nos quedamos inmóviles, conteniendo la respiración. Ignorante de nuestra presencia, la alargada sombra de un hombre corpulento, de larga barba y melena, ascendía con paso cansino y respiración agitada, llevando en la mano algo que parecía un arma terrible, quizá un mortífero kris, quizá simplemente un paraguas.

—¡Maldita sea —dije entre dientes—, esto es una concentración de swamis! ¡De prisa, al piso de arriba!

Subimos con tanta rapidez como nos permitía el bulto. En el rellano del tercer piso nos detuvimos jadeando. Desde allí oímos abrirse y cerrarse la puerta del centro de yoga. Sin perder un instante, nos precipitamos escaleras abajo. Cruzamos frente a la puerta del centro de yoga y proseguimos la fuga sin pausa. Al llegar al primer piso se abrió de nuevo la puerta del centro de yoga y una voz estentórea gritó:

—¡Alto! ¡Ladrones! ¡Secuestradores!

Por más que corríamos, coordinar los movimientos de cuatro personas, sobre todo cuando una de ellas está exánime y ha de ser llevada en volandas por las otras tres, no resultaba fácil ni eficiente: ora uno perdía pie, ora la cabeza del swami chocaba contra los barrotes de la barandilla, ora nos quedábamos atorados tratando de efectuar un giro en la estrecha caja de la escalera. La persecución habría acabado pronto y mal si de improviso no hubieran invadido la relativa tranquilidad de la noche las escandalosas notas del acordeón de la Moski. Alarmados por lo que pretendían ser los primeros compases de *La Internacional*, varios vecinos se asomaban a las puertas de sus respectivos domicilios, vestidos unos y otros en atuendo nocturno no siempre acorde con la moda, la elegancia y la decencia. Retrocedió ante el alboroto nuestro perseguidor, sin duda remiso a ser visto por la gente, y así pudimos reunirnos en el portal con la Moski, que seguía dándole al fuelle, y a continuación los cuatro ganar la calle con nuestro trofeo a cuestas.

No obstante, llovía.

En tales circunstancias resultaba doblemente embarazoso cargar con un ser humano en la plenitud de su desarrollo. Sólo Mahnelik, Quesito y yo podíamos dedicarnos a esta labor, ya que la Moski debía cargar con el acordeón y encima protegerlo de la lluvia. Si el swami hubiera recobrado el conocimiento, nos habría liberado de su peso, pero como en los forcejeos anteriores había perdido los zapatos era dudoso que hubiera querido meter los pies en una calzada devenida torrente caudaloso. Seguimos, pues, con él a cuestas, por más que la visión de tres personas transportando el cuerpo inanimado de una cuarta a medianoche bajo el aguacero y en compañía de una acordeonista entrañaba la posibilidad de llamar la atención de las autoridades o de un simple ciudadano que pudiera informar a éstas. Y nuestras fuerzas flaqueaban por momentos. Por fortuna, el único testigo de tantos contratiempos era una figura contrahecha que, cubriéndose la cabeza de la lluvia con un cartón, cruzaba la calle, venía directamente hacia nosotros y expresaba jadeando su remordimiento por habernos abandonado en lo que, con razón o sin ella, consideraba su demarcación. Poca ayuda física podía prestarnos el Juli, pero a cambio nos ofreció una valiosa información y una sensata sugerencia.

—Acabo de ver el Peugeot 206 del fiambre que transportáis aparcado en aquella esquina. A él no le importará prestárnoslo. A mí abrir puertas y hacer el puente no se me da, pero es probable que el difunto tenga las llaves en algún bolsillo.

La suposición del Juli resultó cierta y en menos de un minuto estábamos los seis en el interior del vehículo, bastante apretujados pero a cubierto del temporal.

Recobrado el ánimo, pregunté si alguno de los presentes sabía conducir. Mahnelik dijo tener nociones, pero se negó a servirnos de chófer: debía recuperar la motocicleta y devolverla a la pizzería antes de la una, porque sólo le estaba permitido usarla en horas de apertura y respondía de su integridad y buen uso. Aceptadas sus razones, se despidió asegurando haber pasado una noche muy instructiva y prometiendo personarse de nuevo en el restaurante con nuevos y exquisitos productos si no le despedían o sin ellos en caso contrario. Dicho esto, se apeó, fue adonde estaba la moto, saltó sobre el sillín, encendió el motor, arrancó y no tardó en estrellarse contra un árbol. No había tiempo que perder, así que los dejamos maltrechos, a él y a la moto, y partimos.

Huelga decir que ni el Juli ni la Moski ni yo habíamos empuñado un volante en nuestras vidas, por lo que nos vimos obligados a delegar la conducción en Quesito, la cual si bien estaba lejos de tener la edad legal para obtener el permiso de conducir, había recibido lecciones de Rómulo el Guapo. Las lecciones habían sido insuficientes o ella no era una alumna aplicada, porque el motor se caló varias veces y no salimos del estacionamiento sin haber astillado los faros y abollado los parachoques del vehículo de delante y del de detrás, por no hablar de los daños sufridos por el nuestro. Pero la perseverancia dio sus frutos y finalmente recorrimos a gran velocidad y haciendo eses una ciudad afortunadamente desierta. El Juli, la Moski y yo nos protegíamos con los pies y las manos de los bandazos, frenazos y acelerones, lo que no nos libraba de algún coscorrón ocasional; pero el pobre swami, librado a sus inexistentes fuerzas, dio tantos tumbos y recibió tantos golpes que, de haber recobrado el conocimiento, de fijo habría vuelto a perderlo ipso facto.

Sanos y salvos, pese a todo, llegamos a la puerta de la peluquería. Con buen criterio, la Moski había propuesto inicialmente llevar al swami a mi casa, donde habrían podido serle administradas mejores atenciones, pero yo me negué a ello, en parte por no cargar de nuevo con el bulto escaleras arriba y en parte, porque si bien no me importaba que fueran conocidas la existencia y la ubicación de la peluquería, e incluso procuraba darle publicidad por todos los medios a mi alcance, en lo tocante a mi casa siempre he preferido, como los famosos, preservar la intimidad que sólo brinda el anonimato.

* * *

Todavía vagaba el karma del swami por donde suelan hacerlo semejantes partes cuando depositamos la forma corporal de aquél en el suelo mugriento de la peluquería. Me costó convencer a Quesito de la conveniencia de regresar a su casa. No quería perderse el desenlace de la aventura ni lo que podía contarnos el swami cuando volviera en sí y la idea de inquietar a su madre con una prolongada ausencia nocturna no parecía hacerle mella. Por suerte, la de no despertar sospechas acerca de sus correrías nocturnas le pareció más romántica y aceptó partir, no sin antes haber entregado las llaves del Peugeot 206 como medida precautoria. Para entonces, la lluvia había remitido y tras acompañarla a la parada del autobús y esperar la llegada de un nocturno, regresé junto al cuerpo del swami a tiempo para impedir que la Moski le rociara la cara con un aerosol altamente tóxico que se anunciaba con letras grandes como poderoso revitalizador. Friegas y aspersiones de agua del grifo surtieron el efecto deseado y el reloj de la parroquia acababa de dar las dos cuando el swami abrió los ojos, emitió unos ronquidos y preguntó dónde estaba, como suele hacerse en semejantes casos. Antes de obtener respuesta, advirtió el mobiliario y utillaje que le rodeaba y reconoció hallarse en una peluquería de señoras. Creyendo haber muerto y traspasado el umbral del más allá, esta visión del otro mundo, tras haber consagrado su vida a meditar sobre misterios esotéricos, debió de resultarle bastante decepcionante. Le aclaramos su condición física, le aseguramos que se encontraba a salvo de cualquier peligro, al menos por el momento, le explicamos dónde y cómo lo habíamos encontrado y le pedimos que nos explicara lo sucedido. Mientras yo hablaba con él, el swami nos miraba ora al uno ora a la otra, y mis palabras no disipaban su desconfianza. Finalmente, fijó la mirada en mi rostro, lo examinó con detenimiento a la luz proveniente de la calle, pues no habíamos juzgado prudente encender una lámpara que revelara la presencia del grupo en aquel local a aquella hora, y exclamó:

—¡Yo esta cara la conozco! Usted es el inspector que vino al centro hace un par de días. Y ayer mismo acompañé a Lavinia a una peluquería. Me dijo que venía a lavar y marcar. Me tuvo esperando un buen rato y salió tal y como había entrado. Hum. Me parece que voy atando cabos. Dígame la verdad, ¿estoy envuelto en una conjura? ¿Tal vez en dos? No me engañe: estoy espiritualmente preparado para asumir la verdad.

Confirmé sus conclusiones, pero le tranquilicé asegurándole que de las dos conjuras, la nuestra era la buena. Éramos amigos de Lavinia y, por ende, amigos de sus amigos, entre los cuales el swami ocupaba un lugar preeminente. Recobrada la confianza y animado por este halago, procedió entonces él a referir lo ocurrido en las horas previas, así como sus antecedentes inmediatos.

Desde hacía unos días el swami venía notando algo raro en el centro de yoga: pequeños cambios en la disposición de los objetos, la mengua o desaparición de algún artículo de poca importancia y bajo costo, en fin, detalles nimios para quien tiene puesta la mente lejos de lo que él mismo denominaba despectivamente futesas. Con todo, una parte de su espíritu se mantenía alerta a pormenores mundanos cuyo descuido podía echar a pique la empresa. Las anomalías habrían pasado inadvertidas en otra época del año, cuando mucha gente entraba y salía del centro para asistir a las clases de yoga y meditación, pero justamente el mes de agosto no había clases, las consultas particulares eran pocas y, de hecho, en las últimas semanas, salvo mi visita extemporánea, sólo habían puesto los pies en el local la secretaria y el propio swami, que aprovechaban los días de asueto para poner al día las cuentas y programar la próxima temporada de meditación y yoga. Por este motivo, dijo, las anomalías habían llamado su atención. Instado a ofrecer alguna muestra específica de lo que él consideraba anomalías, mencionó el consumo inusual de papel higiénico. Ciertamente, en verano no son raros los trastornos intestinales, reconoció, pero ni él ni su secretaria, a la que interrogó al respecto, habían padecido en los últimos tiempos este tipo de molestias. Otro caso similar lo constituía la disminución exagerada del agua embotellada de que el centro disponía para la hidratación de la clientela. El swami llevaba de estos gastos una contabilidad rigurosa y no tardó en adquirir la certeza de que alguien estaba haciendo uso de las dependencias durante la ausencia del titular y la secretaria.

—¿Podría precisar qué día empezó a notar las anomalías? —le pregunté.

—Con exactitud, no. Como le acabo de explicar, eran detalles nimios que percibí de un modo paulatino. Pero yo diría que el fenómeno, si así podemos llamarlo, se remonta a unos ocho días atrás.

—¿Hacia el 18 de agosto?

—Más o menos. Recuerdo que fue después del 15. ¿Tiene importancia?

—Sí. ¿Conoce a un hombre llamado Rómulo el Guapo?

—Por supuesto. Es el marido de Lavinia. No lo he visto en persona, porque ella prefiere mantenerlo en la ignorancia de la estrecha pero del todo irreprochable relación de amistad que nos une desde hace años.

Es natural: un delincuente que ha estado recluido en un sanatorio, codeándose con la escoria de la sociedad, difícilmente podría creer que no haya habido contacto carnal entre una mujer tan agraciada y un hombre como yo que, sin ánimo de alardear, tiene un físico atractivo, un negocio floreciente y un cochazo. Pero la pregunta, ¿a qué venía?

—Hacia el 15 de agosto, Rómulo el Guapo y una acompañante misteriosa se entrevistaron en un hotel de la Costa Brava con un tal Alí Aarón Pilila. ¿Le suena el nombre?

—No.

—Pues a partir de ahora le sonará. Alí Aarón Pilila es un peligroso terrorista y por lo que usted nos cuenta y nosotros llevamos visto y oído, cabe pensar que prepara un atentado en Barcelona y, por añadidura, que utiliza el centro de yoga como refugio y la personalidad de usted como tapadera.

Al oír estas frases agoreras, el swami juntó las yemas de los dedos pulgar e índice, respiró hondo, puso los ojos en blanco y murmuró:

—¡Jolines! —Tras lo cual volvieron a su lugar las pupilas y añadió—: No se inquieten. Me estaba relajando ante la noticia recibida. Si pudiera, levitaría, en parte para evadirme de la angustia y en parte porque el asiento está mojado y noto una sensación desagradable en los calzoncillos. Pero todavía no he alcanzado el grado de pureza necesario. Claro que si lo hubiera alcanzado no necesitaría calzoncillos. ¿De qué hablábamos?

—De las pequeñas anomalías detectadas por usted en el centro de yoga. Prosiga su relato.

Alertado por las citadas anomalías y alarmado por el gasto que éstas acarreaban, el swami decidió investigar personalmente el origen y autoría de aquéllas sin poner sobre aviso de sus intenciones a la secretaria ni a ninguna otra persona. Para lo cual regresó la noche de autos al centro de yoga a eso de las diez, encontrándolo vacío y en orden. Un examen más detenido le reveló la presencia de un periódico abierto sobre la mesa de su despacho. El descubrimiento avivó sus sospechas, pues él, ajeno a lo presente, no leía ningún periódico, salvo la prensa deportiva y sólo durante la temporada de Liga. La sospecha se entreveró de inquietud al advertir que el periódico estaba abierto por una página en la que salía retratada una señora alemana llamada Angela Merkel. El texto no habría interesado al swami de no haber estado cruzado por unas letras rojas de grueso trazo que decían: MURDER. O quizá MORDEN, en alemán. Erizáronsele los pelos al asombrado swami ante la innegable implicación del grafismo. Alguien planeaba la muerte violenta de una turista, pensó, y de inmediato se dirigió con el periódico en la mano al mueblecito de la recepción desde donde se disponía a llamar a la policía y comunicarle su descubrimiento, cuando, apenas descolgado el auricular, le detuvo un ruido en la cerradura de la puerta de entrada: alguien entraba forzando la cerradura. Colgó, regresó a su despacho de puntillas, apagando a su paso las luces, y se ocultó debajo de la mesa. Temblaba pensando que le aguardaba un fin terrible e inevitable si era descubierto con el periódico que le hacía conocedor de los planes del asesino. A falta de una idea mejor, empezó a comerse *La Vanguardia* como único medio de eliminar la prueba. Al cabo de un rato se le hizo tal bola en el esófago que sintió síntomas de asfixia y se desvaneció. Lo siguiente fue despertar en una peluquería rodeado de desconocidos y cubierto de magulladuras.

Cuando hubo concluido su relato, le aclaré los puntos oscuros de éste para él, a saber: que quien un rato antes había interrumpido la llamada telefónica a la policía no había sido el asesino, sino nosotros; que nuestra intrusión, aunque pareciera lo contrario, le había salvado de caer en manos del verdadero asesino, que compareció al cabo de unos minutos de descubrir nosotros su presencia bajo la mesa, y que los moretones se debían a una conducción algo brusca.

—Al final —dije—, todo ha salido a pedir de boca. Usted está en lugar seguro y ahora sabemos cuáles son los planes de nuestro terrorista: asesinar a Angela Merkel, que no es una simple turista, sino la canciller de Alemania. Si el asesinato se cometía en Barcelona, el diabólico plan sembraría el caos en la economía europea y, de paso, echaría un baldón sobre nuestra ciudad y su Ayuntamiento.

—No daría crédito a mis oídos —dijo el swami—, si yo mismo no fuera un eslabón en la cadena causal por usted descrita. Lo que no entiendo es por qué estamos hablando tanto en vez de avisar a la policía como yo intentaba hacer cuando usted interrumpió la llamada y estuvo a un tris de interrumpir el curso de mi ilusoria existencia.

—Venga, venga, camarada swami —dijo la Moski—, si fuera tan ilusoria no te habrías zampado un periódico entero de pura jindama.

—En cuanto a la policía —añadí yo—, de nada serviría prevenirla. ¿Quién haría caso de las sospechas no sustanciadas de un swami de pacotilla, un peluquero al borde de la ruina y un puñado de artistas callejeros?

Callé la posibilidad de ponerme en contacto con la subinspectora Arrozales, a la que tal vez hubieran interesado nuestras andanzas. Pero me retenía de hacerlo, al menos por el momento, el convencimiento de que Rómulo el Guapo estaba o había estado envuelto en el proyecto de magnicidio, en cuyo caso mi deber de amigo era salvarlo al borde mismo del precipicio al que su irresponsabilidad amenazaba con precipitarlo. Eso en el supuesto de que todavía estuviera vivo.

—Es verdad —convinieron el swami, la Moski y el Juli—. Pero tampoco podemos quedarnos con los brazos cruzados.

—Y no lo haremos —dije yo—. Algo se me ocurrirá.

12

PREPARATIVOS

Habíanse abierto en varios puntos las negras nubes tormentosas, dejando vislumbrar entre sus jirones estrellas, cometas, galaxias, agujeros negros y otros interesantes fenómenos; por la calle no circulaban vehículos ni peatones; de las ventanas no salían las habituales voces penetrantes de radios, televisores y trifulcas familiares, y los establecimientos comerciales estaban cerrados y sus escaparates y reclamos apagados, salvo el neón del bazar oriental que parpadeaba y chisporroteaba en la penumbra y silencio de la apacible noche barcelonesa. Apoyé la espalda en el quicio de la peluquería y me puse a ponderar la situación, focalizar, según término al uso, los problemas y pergeñar un plan viable para solventarlos. Pero no había conseguido dar comienzo a esta tarea cuando me interrumpió la voz del swami, el cual, cubierto por una bata y con los pies envueltos en sendas toallas, llevaba allí un rato sin que yo me hubiera percatado de ello y ahora deseaba hacerme partícipe de su presencia.

—¿Le molesto? —dijo en voz muy baja, como si el volumen de ésta influyera en la dimensión de la molestia causada; y al ver que yo no respondía en sentido negativo pero tampoco hacía muecas de enfado, añadió—: ¿Usted tampoco puede dormir?

—Puedo —repliqué— pero no debo.

—Pues a mí me ocurre al revés —dijo el swami—. Y me da miedo estar solo. Por eso he salido.

Tenía razón en lo concerniente a la soledad: el Juli y la Moski se habían ido hacía una hora aproximadamente. Sin otra compañía que la mutua, el swami y yo nos habíamos tumbado en los rincones menos cenagosos de la peluquería y nos habíamos dado las buenas noches y deseado felices sueños. Yo habría conciliado el mío con gusto de no haber sido por las preocupaciones y responsabilidades ya descritas. Transcurridos unos minutos y creyendo dormido a mi huésped, me levanté y salí de puntillas al paisaje exterior. Ahora tenía compañía.

—No me crea un cobarde —prosiguió el swami—. Por regla general soy templado y animoso. Pero no estoy preparado para sustos de esta envergadura. Tengo los nervios deshechos. Para apaciguarlos he estado haciendo ejercicios de relajación corporal: por poco me cago, pero de dormir, nada. Violencia, peligro, misterio, emociones sin cuento. ¿Acaso lo busco o lo merezco? No, señor. He consagrado mi vida a llevar la tranquilidad a las atribuladas vidas ajenas. Cobrando, claro. La vida no está para filigranas. Empecé a trabajar de muy joven en una fábrica de lavadoras, hasta que cerró en la crisis de los ochenta. No sé dónde le pillaría a usted. A mí me dejó en la puta calle. Como a mi edad ya no me iban a contratar en ninguna parte, decidí establecerme por mi cuenta. Hice un curso acelerado de ayurveda, me aprendí los seis chakras o centros de energía inmensurables y con eso y un morro aún más inmensurable, abrí el centro de yoga. Un charlatán no soy: predico reglas de sentido común. Ya sabe: procura ver el lado bueno de las cosas, tómate lo inevitable con paciencia y, sobre todo, no te olvides de respirar. Son simplezas que no hacen mal a nadie. Ni bien, pero ayudan si uno las cree y las practica y eso sucede cuando las dice alguien con autoridad moral. Por eso me hice swami. Para empezar me cambié el nombre. En realidad me llamo Lilo Moña. Me puse Pashmarote Pancha porque suena mejor. Lo inventé yo mismo, sin consultar ningún libro. En la India hay tanta gente que alguien se llamará así, digo yo. Por esta razón o por otra, vaya usted a saber, el negocio me ha ido bien hasta ahora y, lo crea o no, he llevado la felicidad a bastante gente, sobre todo a bastantes mujeres. Las mujeres son más sensibles y le sacan más partido a mi metodología. Los hombres son más obtusos: el dinero y el fútbol les tienen bloqueado el hipotálamo y no les circulan los fluidos vitales. En cambio las mujeres, en cuanto desconectan el móvil, liberan los poderes de la mente y a la que te descuidas ya han alcanzado la percepción extrasensorial. De la expresión de su rostro infiero cierta actitud dubitativa por su parte. No me sorprende ni me enoja: muchas personas dudan de los beneficios de la gimnasia espiritual, pero están equivocadas. Los seres humanos están necesitados de guía y no es difícil guiarlos, porque en rigor no van a ninguna parte. La filosofía y la religión están muy bien, claro, pero son para los ricos, y si uno es rico, ¿para qué necesita la filosofía y la religión? En cambio los pobres no tienen tiempo para la metafísica y la religión hace tiempo que perdió el tren. Ahora bien, alguien ha de responder a las preguntas fundamentales de la existencia. Piense en lo que le acabo de decir y responda a mi pregunta: ¿todavía le parezco un necio?

—Sí —dije.

Suspiró, levantó los ojos como si buscara ayuda en el cosmos para combatir mi cerrazón y a continuación, sin mirarme ni alterar su tono apesadumbrado, añadió:

—Tal vez lo sea. Yo, sin embargo, no me enjuicio con tanta severidad. A nivel personal, es posible que haya cometido algún error, no lo niego… Mire, como no le conozco ni sé qué pie calza, pero el azar nos ha llevado a dormir juntos, le haré una confidencia. Aunque con tanto incienso y tanta postura del loto tengo pinta de sarasa, a mí me van las tías. Son, si me permite que cambie de mitología, mi talón de Aquiles. En mi vida anterior estuve casado. No me refiero a una reencarnación anterior, sino a la época de la fábrica de neveras. Yo era bastante feliz y creía que mi mujer también lo era, pero un buen día me plantó. Cuando le pregunté la causa, me acusó de frialdad. Como me pasaba el día entre neveras, me lo tomé a broma, pero ella ya tenía las maletas hechas. Las mías: me puso en la calle sin contemplaciones. Luego supe que desde hacía tiempo tenía un lío con otra mujer: eran aquellos años, ¿se acuerda? Al principio me quedé helado. Luego se me pasó y, ya de swami, tuve varias aventuras pasajeras con mis alumnas. Hasta que conocí a Lavinia Torrada. Ella ni siquiera lo sospecha, pero estoy colado… Por favor, no se lo diga: hacerlo público nos perjudicaría a los dos y no beneficiaría a nadie. Lavinia ha sufrido mucho y necesita compañía, consuelo y comprensión. Yo le proporciono las tres cosas a cambio de estar a su lado. No es mucho pedir.

—Usted sabrá —dije yo. No tenía ganas de seguir escuchando a aquel baboso y si no me podía concentrar en lo mío, más me valía aprovechar las pocas horas restantes de la noche para reponer fuerzas.

Como lo primero era cerciorarse de si Angela Merkel vendría a Barcelona en los próximos días, a la mañana siguiente llamé por teléfono a *La Vanguardia*. Al principio trataron de colocarme una suscripción, pero al cabo de un rato se avinieron a pasarme con la sección de noticias locales. Allí me dijeron, muy amablemente, que no tenían noticia de que la señora Merkel fuera a venir a Barcelona en un futuro próximo. Sin embargo, el lunes de la semana siguiente se iba a celebrar en Barcelona una importante reunión internacional de economistas y empresarios y no era imposible que la canciller de la República Federal hiciera un viaje relámpago para dar realce al evento con su presencia, para influir en las decisiones que allí se tomaran y para pedir consejo a nuestras autoridades sobre la mejor manera de resolver la crisis mundial.

Como la precedente conversación tenía lugar en domingo, disponíamos de poco tiempo para evitar que el lunes, es decir, al día siguiente, se cometiera un atentado contra la señora Merkel, si ésta se decidía a aportar por la ciudad condal. Fui a buscar al Pollo Morgan, le puse al corriente de lo sucedido desde su retirada de la víspera hasta el momento y le comuniqué el cambio de planes en la medida en que le afectaba: ya no era necesario seguir vigilando la casa de Lavinia; en cambio, necesitaba un hombre de su experiencia en otro punto estratégico. En breve le vendría a buscar un coche para conducirle a su nuevo destino. Al Juli lo volví a enviar a su puesto de observación frente al centro de yoga, aunque daba por seguro que el falso swami habría cambiado de escondrijo a raíz del incidente nocturno.

De vuelta en la peluquería, encontré al swami durmiendo a pierna suelta. Lo desperté. De entrada le costó recordar dónde se encontraba y los sucesos que lo habían llevado a tal lugar, pero cuando se hizo la luz en su cerebro se echó a llorar por la pérdida de la serenidad, la seguridad y el negocio. Dejé que buscara por sí mismo remedio a su desconsuelo. Ya repuesto, preguntó si había algo para desayunar. Lo dirigí al bar de la esquina y le sugerí que, de camino, llamara a su secretaria y le dijera que no fuera el lunes al centro de yoga, por si el intruso aún seguía allí.

—Cuando vuelva del desayuno, hablaremos del futuro. No tarde.

Mientras esperaba el regreso del swami, llamé desde la cabina al restaurante *Se vende perro*. El señor Armengol me dijo que Juan Nepomuceno, el cinéfilo andino, no había comparecido. Le dije que si lo hacía, lo enviara de inmediato a la peluquería. Quesito, a la que llamé a continuación, no había recibido ninguna llamada relacionada con el caso. Le insistí mucho en la conveniencia de tener el móvil libre y a mano. Respondió con dejadez: los acontecimientos se precipitaban pero ella, antojadiza como todos los adolescentes, parecía haber perdido el interés inicial. Cuando volvió el swami, algo más animado, le entregué las llaves de su coche, le dije que fuera a recoger al Pollo Morgan, al que reconocería sin dificultad, y lo llevara al aeropuerto. Luego debía regresar sin tardanza. Partió y me fui a cumplir la parte más delicada de mi plan. De resultas de las lluvias había remitido un poco el calor y aquel continuo ir y venir no resultaba tan extenuante.

Encontré a mi hermana entregada a los quehaceres del hogar: la lavadora rugía, borboteaba el puchero, ardían unos pantalones bajo la plancha olvidada y una tertulia radiofónica entonaba el rutinario coro de vehementes vituperios mientras ella pasaba una bayeta sucia por los muebles berreando una vieja canción desafinada. Con diplomacia me abstuve de interrumpir aquel despliegue de glamour, sabedor de que pronto un colapso pondría fin a tanta diligencia si antes no se producía un cortocircuito por sobrecarga en la red. Cuando sucedieron ambas cosas simultáneamente, apagué el gas, abrí la ventana para dejar salir el humo y los efluvios y dije:

—Cándida, he venido a hacerte una proposición altamente ventajosa.

Como era de esperar, Cándida se negó en redondo, incluso antes de escuchar lo que pensaba proponerle. Alertado por mi voz mi cuñado salió del dormitorio. Ahuyentó con un eructo la nube de moscas que ocultaba sus agraciadas facciones y reclamó la cena dando puñetazos en el aparador. Atacada por ambos flancos a la vez, Cándida se aturdía.

—Es por la mañana, pichoncito.

—¡En mi casa mando yo! —bramó Viriato. Y dirigiéndose a mí, aclaró—: Como hasta ahora no me he despertado de la siesta de ayer, para mí es de noche, pero esta inútil me condena a la desnutrición. Y tú, ¿a qué has venido?

—Buenos días, Viriato —dije yo—. He venido a hacer una propuesta a Cándida, pero ella se muestra intransigente al respecto.

—¿Intransigente? Pues vas a ver como le hago cambiar de actitud en un periquete. Porque yo a las buenas, soy muy bueno, pero ¡ay del que se cruce en mi camino!

Al cabo de media hora salí con el compromiso formal de colaborar en mi plan.

En la peluquería encontré al swami, regresado de su misión, en animada charla con el abuelo Siau. Aquél ponderaba las enseñanzas de Confucio y el entrometido anciano le llevaba la contraria.

—Desengáñese, honorable swami, donde esté Ortega y Gasset que se quite ese petimetre amarillo. Para entender éxito de bazares orientales hay que leer *Rebelión de masas*.

Como no me hacían ni caso, impuse silencio sin miramientos y pregunté al swami cómo le había ido al Pollo Morgan en el aeropuerto. Respondió que bien. Al principio la guardia civil había puesto pegas a la presencia de una estatua viviente en mitad de la Terminal 1, pero el Pollo Morgan había mostrado un permiso de la Conselleria de Cultura que le autorizaba a ejercer su pasividad en cualquier punto del principado, incluidos equipamientos y zonas verdes, y la fotocopia de un diploma de la UNESCO que declaraba Patrimonio de la Humanidad las estatuas vivientes de Barcelona. El permiso y el diploma eran burdas falsificaciones, pero habían surtido efecto y en aquel momento el Pollo Morgan obstaculizaba la salida de viajeros con su imponente presencia.

Concluido el parte, el abuelo Siau reveló el verdadero propósito de su presencia en la peluquería: advertida de que el swami tenía coche, la familia Siau había decidido aprovechar el día festivo para ir a la playa con nosotros o, cuando menos, con el propietario del vehículo. A cambio del transporte, la familia suministraría bañadores, toallas, sombrilla, salvavidas, gorras, gafas de sol, pelota, cubo, pala y moldes, tiburón inflable, crema bronceadora, protector solar y dos neveras portátiles rebosantes de comida la una y de bebidas la otra. Y un disolvente para eliminar las adherencias de alquitrán de la piel y el cabello. El swami se mostró encantado de la propuesta. Éste era el tipo de esparcimientos que convenían a una persona abrumada por las preocupaciones.

Decliné la invitación aduciendo soriasis y erisipelas contraídas en mi reciente excursión a la Costa Brava, pero les incité a marchar sin demora y disfrutar de un merecido asueto. A decir verdad, me venía bien librarme por unas horas de la tabarra del swami y el comadreo de mis vecinos. Hice prometer a aquél que estaría de vuelta a las siete, se avino a ello y al cabo de un rato vi el Peugeot 206 estacionado frente al bazar y a la familia Siau afanándose por embutir los bártulos primero y luego a sí misma en el vehículo. Conseguidos ambos propósitos, partió el animado grupo. Al pasar frente a la peluquería el swami hizo sonar repetidas veces el claxon y los demás ocupantes me saludaron agitando banderolas de colorines por las ventanillas. Miré al cielo con la esperanza de atisbar el rápido avance de una perturbación que les echara a perder el día, pero como el clima parecía dispuesto a desatender una vez más mis ruegos, me metí en la peluquería con intención de aprovechar la tranquilidad haciendo cábalas.

Poco duró la tregua, pues transcurrido un breve intervalo entró en la peluquería, aparatosa, expeditiva y pendenciera, la subinspectora Victoria Arrozales. Su presencia era un incordio y podía constituir un grave obstáculo a mis planes, pero también confirmaba lo acertado de mis previsiones respecto al desarrollo de los acontecimientos. Como en las visitas anteriores, colocó la pistola sobre la repisa a modo de credencial y se despatarró en el sillón con las piernas estiradas y los brazos colgando a los costados para escenificar el abandono de quien se sabe dueño de la situación. Así estuvo un rato, paseando con menosprecio la mirada por el local.

—¿Conoces —dijo finalmente— a un fulano de nombre Juan Nepomuceno, actualmente empleado en un hotel de la Costa Brava bien que usurpando la identidad de un compatriota llamado Jesusero?

Hice como que repasaba mentalmente la extensa agenda de mis contactos y dije:

—Así, de pronto, con tan pocos datos, no acierto...

—Lo suponía, sobre todo porque sé que ayer te entrevistaste con él.

—¿Quien lo afirma sustancia la aseveración en pruebas concluyentes?

—Eso no importa. Yo he venido por otro motivo. Dime qué estás tramando y, si me gusta la copla, quizá no salgas tan malparado del trance.

—No tramo nada —repuse—. Y todo acusado tiene derecho a conocer el delito que se le imputa. Lo dice la Constitución.

—No lo dice, pero lo puedes saber: Juan Nepomuceno ha desaparecido.

—Persisto en mi desconocimiento de los hechos, pero me consta que hoy el susodicho tenía fiesta.

—Todas sus pertenencias han desaparecido con él, y la caja con las propinas de los camareros del hotel. Si lo pillan, lo descuartizan. Se sospecha que huyó por haber cometido violación de secreto con abuso de confianza. Los hoteles de lujo son muy celosos de la privacidad de sus clientes. Y más si los frecuenta un importante productor cinematográfico de Hollywood como el que estuvo ayer dando la brasa.

Hizo una larga pausa, como si de repente hubiera olvidado el motivo de su visita y estuviera pensando en otra cosa; luego se levantó de sopetón y se guardó el arma donde solía.

—Si todavía no te han detenido —dijo—, no es por negligencia ni por falta de ganas, sino porque yo he pedido un aplazamiento. Me interesa más tenerte suelto que entre rejas. Por supuesto, puedo cambiar de parecer en cualquier momento y, si eso ocurre, te encerrarán para siempre, nadie lo lamentará, nadie te irá a ver, te pudrirás y te morirás y te echarán de cabeza a una fosa común. Tienes tiempo hasta mañana por la mañana. Si recuerdas algo relacionado con tu amigo Juan Nepomuceno, llámame y hablaremos.

Con esta admonición se fue. Una vez más estuve tentado de salir corriendo en su pos y contarle lo que sabía. Una vez más me contuve a sabiendas de que el tiempo se agotaba y de que, si mi plan no resultaba tan bueno en la práctica como a mí me lo parecía en su fase actual, es decir, en el aire, nada podría salvar a Rómulo el Guapo de ir a prisión, ni a mí con él al mismo sitio. Pensando en esto dejé que se alejara la subinspectora y yo volví a concentrarme en los preparativos para la operación del día siguiente. Me faltaba un elemento importante cuya obtención requería dinero. Se me hacía cuesta arriba recurrir al señor Siau, pero las circunstancias no estaban para melindres, por lo que decidí abordarle en cuanto regresara de la playa.

Declinaba el sol cuando el coche del swami se detuvo frente a la peluquería, salió de éste aquél muy alterado y empezó a desgranar un relato tanto más confuso cuanto que iba salpimentado de blasfemias contra dioses cuyos nombres yo no había oído nunca. Al final logró hilvanar un discurso inteligible del que inferí lo siguiente: la familia Siau en pleno y el propio swami llevaban un par de horas en la playa practicando baños de mar y solazándose con los demás alicientes propios del lugar cuando advirtieron que el abuelo Siau, a quien habían instalado en una tumbona con un Calippo para ver si se entretenía mirando a las bañistas y los dejaba en paz, presentaba síntomas de deshidratación. Para contrarrestarlos lo lanzaron con fuerza al agua; se hundió y al reflotar, cubierto de medusas, los presentaba de ahogo. Un vigoroso masaje en el costillar le hizo expulsar el agua ingerida, pero le provocó un corte de digestión. Camino de la caseta de la Cruz Roja, se cayó y se rompió el fémur. Ahora agonizaba en el Hospital Clínico rodeado del cariño de los suyos.

—En su delirio, el pobre anciano preguntaba por usted —dijo el swami—. Creo que debe acudir a su lado a escuchar sus últimas idioteces. Por principios humanitarios, yo le acompaño en mi coche sin cobrarle la carrera.

Me avine a ello con la condición de que me dejara en la puerta del hospital y se fuera sin perder un minuto al aeropuerto a recoger al Pollo Morgan. Luego los dos debían ir al restaurante *Se vende perro*, cuyas señas conocía aquél, y esperarme allí con el resto del grupo. Yo me reuniría con ellos al término de mi buena acción.

* * *

El turista que visita Barcelona en verano y no lo necesita, hará bien en no incluir en su recorrido la sección de urgencias del Hospital Clínico. En agosto no sólo la mayoría del personal sanitario titular estaba de vacaciones, sino que también lo estaban los enfermos y accidentados de clase media y alta que el resto del año elevan el nivel estético de la institución con una forma más refinada de sobrellevar su infortunio. Ahora, en cambio, se agolpaban de cualquier manera en salas de espera, corredores y escaleras personas de tan humilde condición que ya parecían enfermas y tullidas cuando estaban sanas, con lo que, alcanzadas por la dolencia o el percance, su aspecto, actitud y conducta resultaban francamente deleznables.

En una oscura y perdida revuelta del laberinto de pasillos por donde circulaban pacientes, bien enteros, bien a trozos, localicé a la familia Siau reunida en torno a un catre vacío. Supuse que el abuelo había sido incinerado sin más trámite, pero me dijeron que había sido llevado al quirófano y que en aquellos momentos lo estaban interviniendo sin demasiadas esperanzas de éxito.

—Papito está en las últimas —dijo el señor Siau al estrecharme la mano.

—En tal caso —dije yo— no le importará prestarme un poco más de dinero para la comparsa.

El señor Siau arrugó el ceño, movió la cabeza y dijo:

—Hum. El bazar está cerrado y la caja fuerte cuenta con un dispositivo de seguridad que sólo yo puedo desactivar. Si quiere ir de picos pardos, se tendrá que esperar a mañana.

—No se trata de eso, señor Siau —dije yo—, sino de algo más importante.

—Hum —repitió el señor Siau. Y tras otra pausa reflexiva añadió—: Mire, yo no sé lo que se trae usted entre manos, pero a pesar de mi origen étnico, a mí no se me engaña fácilmente. Usted anda metido en algo. Algo grave. Y si en un futuro lejano vamos a ser socios, de grado o por fuerza, tal vez convendría que me pusiera al corriente de la situación, la propia de usted y la de su local, hoy humilde peluquería, en breve gran restaurante. No lo digo con la prepotencia de quien participa mayoritariamente en una empresa, sino guiado por un sano sentido del compañerismo. Salta a la vista que usted es un pelagatos con pretensiones, pero yo, aunque lo disimulo mejor, tampoco vengo de una estirpe de mandarines. Los dos nos hemos criado en calles muy parecidas, bien que en distintos continentes, y sería absurdo que a estas alturas nos separara una gran muralla.

Tenía razón y para cuando una hora más tarde vino un cirujano a todas luces bisoño a decirnos que al abuelo Siau le habían extirpado la vesícula biliar sin ninguna necesidad, de resultas de lo cual el estado general del paciente había empeorado mucho, y que mantenía estables las constantes vitales a la espera de un fatal desenlace, el señor Siau y yo habíamos llegado a un acuerdo de cooperación. Me despedí de la acongojada familia, con el ruego de que llamaran al móvil de Quesito si se producía algún cambio en la salud del enfermo, tomé el autobús y llegué al filo de las diez al restaurante *Se vende perro*, donde me esperaban el swami, el Pollo Morgan, el Juli, la Moski, Quesito y el señor Armengol, muy satisfecho de ver tan concurrido su local, aun a sabiendas de que ninguno de los presentes haría gasto. Sin perder tiempo, pues, en comer y en beber, el Pollo Morgan rindió informe de lo averiguado durante la jornada en el aeropuerto.

A lo largo del día, dijo, la terminal había experimentado un incremento gradual de la vigilancia de todo punto injustificado en una época de mucha afluencia de vuelos de bajo coste y de turistas remisos al consumo. Con la invisibilidad de quien permanece inmóvil durante horas en el mismo punto, el Pollo Morgan había captado fragmentos de conversación, órdenes, consignas y comentarios hechos a la carrera o en fugaces encuentros entre agentes de la policía secreta, cuya discreta ropa de paisano los hacía fácilmente identificables entre el atuendo mendicante de los genuinos viajeros. De estas frases sueltas, el Pollo Morgan había deducido con certeza que se esperaba la llegada de una personalidad para las nueve de la mañana del día siguiente y que, por razones de seguridad, dicha personalidad y su séquito efectuarían su salida por una puerta especial que, obviando el control de pasaportes y las cintas de recogida de equipaje, las lujosas tiendas y los elegantes baretos de la terminal, los conduciría directamente a los vehículos estacionados frente a aquélla para dirigirse de allí en caravana a la plaza Sant Jaume, donde la esperaría nuestra primera autoridad municipal para darle la bienvenida oficial.

Me satisfizo comprobar que todo discurría por los cauces previstos y, tras asegurarme de que nadie nos escuchaba, cosa por lo demás fácil en un restaurante libre de la injerencia de clientes, puse a todos al día de las últimas novedades, repetí minuciosamente las fases de nuestro plan de acción, hice especial hincapié en la labor encomendada a cada uno en particular y tomé juramento a todos los presentes de fidelidad y silencio.

Instruidos, confiados y enardecidos se fueron ellos a sus respectivos hogares y yo al mío. Me acosté y traté de dormir para estar lúcido y entonado en la vorágine prevista para el día siguiente, pero una vez metido entre sábanas pegajosas, en un estrecho y frágil plegatín, en la lóbrega mezquindad de la alcoba, sala de estar, cocina y recibidor en una sola y misma pieza, me asaltaron las dudas y los temores. En la soledad de la noche, trasunto de la mía, el plan concebido por mí ya no me parecía tan bueno y los cabos sueltos se agrandaban hasta convertirse en auténticos festones, por no decir gualdrapas. Varias veces estuve tentado de saltar del lecho, reptar por el suelo en busca de la ropa esparcida, que no suele guardar miramientos quien consigo mismo vive, vestirme, bajar a la calle, buscar una cabina y llamar a la subinspectora Arrozales. Contárselo todo aliviaría mi conciencia, me pondría a salvo de sus iras y me libraría de recibir el peso de la ley en plena cocorota; de rebote exoneraría de responsabilidad a mis colaboradores, y supondría la frustración de un atentado incalificable y la captura de un peligroso terrorista. Pero obrar de este modo supondría igualmente entregar a Rómulo el Guapo. Bien mirado, nada me iba a mí en ello; si acaso, considerables ventajas: tal vez abandonada de nuevo y de un modo perpetuo, Lavinia Torrada se decidiera a apartar definitivamente de sí a su inconstante marido y rehacer su vida sentimental. Todavía era una mujer estupenda, pero no podía seguir desperdiciando impunemente los años; y en esta tesitura, la elección de una nueva pareja bien podía recaer en alguien próximo, un hombre cabal, comprensivo, con la cabeza en su sitio; por ejemplo, el flamante maître de un reputado restaurante chino de inminente apertura. Y luego estaba Quesito. Era evidente que en su maleable capacidad afectiva la figura paterna de Rómulo el Guapo iba perdiendo presencia, eclipsada por otra más resplandeciente y de mayor firmeza. A mi edad uno no se hace muchas ilusiones, pero tampoco renuncia a las cosas buenas de la vida, especialmente si nunca las ha tenido.

Y así, sumido en esta intricada disyuntiva existencial, me quedé roque.

13

AVENTURA EN EL AIRE

El amanecer me alumbró en la acera, delante de mi casa. Contemplé con alivio el cielo sereno, con vientos moderados, sin obstáculos aparentes para la navegación aérea. Tras una breve espera llegó el swami en su coche. Venía del aeropuerto y justificó el pequeño retraso diciendo que había ido a llenar el depósito y, una vez en la estación de servicio, se le ocurrió meter el coche en el túnel de lavado para tenerlo reluciente, como requería la ocasión. Antes había dejado en el aeropuerto al Juli y a Quesito; a aquél, como estatua viviente, avizorando en su pedestal cuanto ocurría en la terminal, y a Quesito, estratégicamente sentada en un bar, fingiendo desayunar y hojear una revista, pero en realidad dispuesta a dar aviso de cualquier eventualidad si el Juli se lo indicaba mediante un código de señales previamente convenido.

Pasamos a recoger al Pollo Morgan, que ya estaba en el lugar de la cita vestido de paisano y cargado con un abultado fardo que metió en el maletero del Peugeot 206. Por el contrario, fue preciso llamar varias veces al interfono para que bajara Cándida, y cuando finalmente compareció, estaba muy conturbada. Para serenar los nervios se había bebido varios litros de poleo y no paraba de hacer lo que modestamente calificó de menores. Ya en el coche, sentada en el asiento trasero junto al Pollo Morgan, manifestó el temor de sentir de nuevo una necesidad perentoria en el momento más comprometido de su actuación.

—Por eso no te preocupes —dije procurando disimular la irritación que me producía su necedad congénita para no empeorar su ya alterada disposición—, piensa que vas a sustituir a una mujer muy importante, cuyas órdenes no se discuten. Estés donde estés, si te sobrevienen ganas de hacer menores, o incluso mayores, te vas a un rincón y haces lo que tengas que hacer con toda parsimonia. Luego acuérdate de lavarte las manos. La persona a la que sustituyes tiene autoridad, pero también clase.

El distingo ofendió a Cándida. En vez de contestarme se dirigió a su compañero de asiento y dijo:

—No le haga caso. Si algo me sobra, además de los años y los kilos, es precisamente clase. No fui a un colegio fino, pero haciendo la calle me he codeado con la flor y la nata. ¡Con decirle que en una ocasión tuve el honor de cascársela al arzobispo de Tudela! Él iba de paisano, como es lógico, pero al despedirnos me reveló su identidad y en vez de vil metal me pagó con un escapulario que siempre llevo prendido en el refajo. No se lo cuento para fardar, sino para que se haga una idea, señor Morgan.

—Puedes llamarme Pollo, preciosa —dijo su interlocutor, a quien ni los achaques de la edad ni los reveses de la fortuna habían hecho olvidar sus viejas mañas de estafador profesional.

Entretenidos en la conversación y como el tráfico era fluido, llegamos al aeropuerto a la hora prevista y con los ánimos más calmados.

Ante una de las grandes puertas giratorias de la terminal nos apeamos el Pollo Morgan, Cándida y yo, sacamos el fardo del portamaletas y el swami continuó en coche hacia el parking. Al entrar en el vestíbulo de la terminal los relojes señalaban las ocho y cuatro minutos. El Juli seguía en su peana y Quesito, al advertir nuestra llegada, se llevó la mano derecha a la oreja izquierda en ademán indicativo de no haber ocurrido por el momento nada inusual ni disconforme con el plan. Con paso tranquilo nos dirigimos a la sección de excusados más próxima a las puertas de salida de viajeros, eligiendo para nuestros fines el de minusválidos, mayor y menos frecuentado que los otros. Eché el cierre y el Pollo Morgan desenvolvió el fardo y desplegó sus regias prendas. Al verlas, Cándida lanzó un fuerte silbido de admiración acompañado de copiosas aspersiones salivares. Atajé las manifestaciones frívolas con una severa admonición.

—Déjate de tonterías y vístete. Los alemanes son maniáticos de la exactitud. Si la señora Merkel ha dicho que llega a las nueve, llegará a las nueve así se hunda el mundo. Para entonces hemos de estar preparados.

Directamente sobre el chándal, por temor a extraviarlo si lo confiaba a mi cuidado, se puso el suntuoso ropaje. Luego el Pollo Morgan le colocó la peluca de tirabuzones, la aparatosa bisutería y la corona de cartón.

—¿Me harán fotos? —preguntó Cándida tras contemplar reflejado en el espejo del lavabo el figurón resultante.

—¿Fotos? —dije—. ¡Cándida, vas a salir en todos los medios! A partir de hoy se te romperá la mano firmando autógrafos por la calle. Pero tú recuerda bien lo que te he dicho: discreción y compostura.

—Confía en mí: he nacido para artista. ¿Cómo dices que se llama la señora de la que voy?

—Angela Merkel.

—Vaya palo. ¿No podría ser Sissi Emperatriz? Es más conocida.

—Bueno. Tú piensa que eres Sissi, pero no se lo digas a nadie. Limítate a sonreír y a saludar con la mano, sin muecas ni posturas. Y no abras la boca. La frialdad se condice con la realeza.

—¿Y si me hacen pronunciar un discurso?

—Pues les cuentas lo del arzobispo de Tudela. Y basta de cháchara. Voy a asomarme a ver cómo está el patio.

A decir verdad, me importaba muy poco lo que Cándida dijera o dejara de decir, porque era obvio que el engaño había de durar poco. Yo sólo pretendía ganar el tiempo que pudiera transcurrir hasta que se descubriera la impostura, detuvieran a Cándida y le impusieran la pena con que la ley sanciona la suplantación de dignatarios extranjeros, para poner a salvo a Angela Merkel. Más grave era el delito que yo mismo me disponía a perpetrar, a saber, secuestrar, siquiera temporalmente y a cambio de nada, a una personalidad tan destacada; pero confiaba en obtener clemencia por consideración a la rectitud de mis intenciones y al enorme beneficio que para el mundo en general y el prestigio de nuestra ciudad en particular se derivaría de mis actos. Por el momento, lo único que me preocupaba no era tanto la dificultad de dar el cambiazo sin que los acompañantes de la ilustre dama se dieran cuenta, sino cómo convencerla a ella de las ventajas de coadyuvar al secuestro, en parte porque no contaba con argumentos de peso y en parte porque, aun cuando hubiera dispuesto de ellos, mal podía exponerlos con rapidez y claridad en un idioma por mí desconocido. Y trataba de superar esta inquietud pensando que hasta los planes mejor trazados adolecen de algún pasaje que requiere improvisar sobre la marcha.

Me asomé con prudencia a la puerta del váter de minusválidos y comprobé que, si bien en el recinto del vestíbulo de llegadas la actividad habitual parecía proseguir sin alteraciones visibles para quien no estuviera al corriente de nuestros designios, había indicios de que se aproximaba el gran momento. El Juli había ido girando imperceptiblemente en su peana hasta quedar encarado hacia una puerta lateral situada en ángulo izquierdo del vestíbulo, entre una tienda de ropa deportiva y un quiosco de revistas y periódicos, y en la cual se leía: PROHIBIDO EL PASO SALVO PERSONAL ACREDITADO. Por las inmediaciones de la portezuela, disimulando del peor modo posible, pululaban varios agentes de paisano y unos jovenzuelos que fingían no advertir las miradas reprobatorias de aquéllos. Supuse que serían periodistas que, informados por algún contacto o filtración del lugar por donde el séquito había de hacer su entrada en breve, merodeaban a la espera de obtener una entrevista en exclusiva o, en su defecto, una instantánea. Quesito había abandonado su mesa en el bar y se dirigía al lugar donde yo estaba. Al pasar por mi lado susurró sin detenerse algo relativo a un mensaje recibido en su móvil y deslizó un papel doblado en mi mano. Sin abrirlo volví a entrar en el váter de minusválidos. El Pollo Morgan y Cándida me miraron ansiosos.

—¿Ya?

—No.

Desdoblé el papel y leí el mensaje copiado por Quesito: «Papá sigue vivo stop en vez de 500 sólo pude reunir 116 stop suerte Siau.» Volví a escrutar el vestíbulo. Frente a la puerta lateral la agitación iba en aumento. Los agentes inclinaban la cerviz, se tapaban la boca con la mano y hablaban quedamente con las solapas de sus chaquetas mientras entre los pliegues de éstas con la otra mano acariciaban las culatas de las pistolas. Uno de los periodistas sacó una cámara fotográfica. De inmediato fue aprehendido, conducido a la tienda de ropa deportiva y sometido a torturas y trato vejatorio. El reloj señalaba las ocho y cincuenta y ocho. Entré por última vez en el váter de minusválidos e hice una señal. El Pollo Morgan se había colocado una gardenia en el ojal, un monóculo en la cuenca del ojo derecho y un bombín. Cogió del brazo a Cándida y se pusieron en marcha. Los dos estaban pálidos, pero este detalle, lejos de delatarlos, les daba un aire nórdico muy convincente.

Abandonamos nuestro refugio y caminamos hacia la puerta lateral procurando pasar inadvertidos al amparo de la nutrida concurrencia del vestíbulo y el enredo de los periodistas y los guardias. El cálculo se cumplió a la perfección: cuando estábamos a pocos metros de nuestro objetivo, se abrió la puerta y la comitiva hizo su entrada. Primero salieron cuatro agentes muy bien trajeados, con camisa blanca, corbata y gafas oscuras. Probablemente pertenecían a la escolta personal de la señora Merkel y eran muy peligrosos. Por fortuna los neutralizaba una nube de secretarios, amanuenses y correveidiles de escasa relevancia a la hora de ofrecer resistencia con las manos y los pies. Luego salió un individuo que debía de pertenecer al departamento de protocolo del aeropuerto, porque caminaba con la espalda arqueada hacia delante, el cuello curvado hacia arriba, los ojos vueltos hacia abajo y la boca partida por una sonrisa rayana en la risotada. Y a pocos centímetros de este rodrigón, con paso seguro y mirada displicente, desembocó en el vestíbulo Angela Merkel, con un discreto traje chaqueta de color beige y un peinado que, francamente, no estaba a la altura de su cargo. Con el corazón encogido miré en dirección contraria y respiré hondo. Por el vestíbulo avanzaba, en estrecha formación, dando voces y entonando cantos, una manifestación encabezada por una pancarta de siete metros donde se leía:

WILKOMMEN

Y debajo:

COLONIA ALEMANA DE CATALUNYA
¡VISCA ANGELA MERKEL I VISCA GENERAL TAT!

Eran los ciento dieciséis chinos reclutados, instruidos y enviados por el señor Siau. Como no había dispuesto de mucho tiempo para organizar a su gente, sólo los de las primeras filas iban vestidos de tiroleses. Los demás llevaban los disfraces que habían podido encontrar en sus respectivos bazares: Batman, Ferran Adrià, Magneto y otros ídolos. Aun así, el conjunto producía buen efecto y, en definitiva, causaba la confusión necesaria para coronar con éxito la parte más delicada del plan. Como es lógico, las fuerzas de seguridad trataron de frenar el avance de la manifestación con órdenes terminantes y amenazas, pero como los chinos no entendían lo que se les decía y los guardias no se atrevían a recurrir a la violencia y mucho menos a hacer uso de las armas contra la colonia alemana pronto se vieron desbordados por el número y reinó el caos. Aprovechando el cual, Cándida, el Pollo Morgan y quien este singular suceso relata llegamos a donde estaba Angela Merkel. Cándida y el Pollo Morgan se colocaron en su lugar y yo, a falta de mejor idea, le agarré la mano y tiré de ella al tiempo que le indicaba que me siguiese. La aludida me miró fijamente, parpadeó con desconcierto, dudó una fracción de segundo y me siguió con inesperada mansedumbre.

Antes de que la policía hubiese empezado a controlar la situación con ayuda del restante personal del aeropuerto y de algunos viajeros que, atraídos por el alboroto habían acudido a prestar ayuda a aquélla, Angela Merkel y yo habíamos entrado en el parking donde nos esperaba el swami con el coche en marcha. Subimos al asiento trasero del Peugeot 206 y partimos a toda velocidad. Al llegar a la barrera, el swami introdujo el ticket en la ranura y salimos sin contratiempo. A poco circulábamos por la autovía de Castelldefels. En total, la operación había durado un minuto y medio mal contado. De acuerdo con mis previsiones, en aquel mismo instante la manifestación ya debía de haberse disuelto y la policía, la escolta de la canciller y el personal del aeropuerto debían de estar moliendo a palos a la pobre Cándida.

Emboscados en el flujo continuo del tráfico rodado, el swami aminoró la velocidad al entrar en la Ronda y aprovechó la relativa calma para señalar cortésmente a la ilustre ocupante del vehículo los puntos más interesantes del recorrido.

—Voilà Pronovias. Voilà El Corte Inglés de Cornellà. Y allí lejos, in der ferne, el nuevo estadio del Espanyol. Hier alles Barça-Barça, aber ich, periquito de toda la vida.

Sus esfuerzos, sin embargo, no obtenían resultado. Angela Merkel seguía con la mirada clavada en mi plebeyo perfil, sin dar muestras de sorpresa ni de temor ni de indignación.

Así llegamos a la puerta del restaurante *Se vende perro*.

14

EL PLAN FRACASA

El señor Armengol nos esperaba a la puerta del restaurante, ataviado con un mandil sucio y zurcido y agitando en la mano un banderín del Bayern München AG. Nos apeamos Angela y yo y el swami se fue a guardar el Peugeot 206 en un parking de pago como medida de precaución excepcional: tal vez había sido tomada una foto del vehículo o registrada su matrícula y si lo estacionábamos en la calle la policía podía localizarlo a partir de estos datos, bien desde un helicóptero bien desde un satélite artificial. Por supuesto si las autoridades se proponían dar con nosotros, toda precaución sería inútil a largo, medio e incluso corto plazo; pero, como ya he dicho, sólo se trataba de dejar transcurrir el tiempo suficiente para frustrar el atentado y convencer a Alí Aarón Pilila de que debía salir huyendo y no dar más la lata. Entonces podríamos llevar a Angela a donde se la esperaba, referir lo sucedido y esperar el premio o el castigo que, conforme al imprevisible juicio de los de arriba, hubiese merecido nuestra actuación.

Entramos, pues, en el restaurante y el señor Armengol se metió corriendo en la cocina, de donde salía una hedionda humareda. Para obsequiar a una clienta tan excepcional había empezado a cocinar unas salchichas; luego, esperando nuestra llegada a la puerta del local, se había olvidado de apagar el fuego y una tras otra las salchichas se habían dilatado primero y finalmente explosionado con la consiguiente proyección de gases y de un relleno supuestamente cárnico que se integró sin dificultad en la capa de residuos, grasa y hollín que tapizaba las paredes y el techo de la cocina y el comedor.

—Ach! —exclamó Angela cuando nos quedamos solos y nos hubimos sentado a una mesa, después de exhalar un hondo suspiro—. Tú mucho loco, Manolito. Ya te dije que lo nuestro no posible. Pero tú, terco como un jumento, Manolito.

Obviamente me confundía con otra persona y esta confusión había sido la causa de que en el aeropuerto hubiese consentido en fugarse conmigo. Ahora, sin embargo, no tenía sentido mantenerla en el error, y me disponía a sacarla de él cuando reapareció el señor Armengol con la cara tiznada.

—Ha llamado el Juli desde el aeropuerto —dijo—. Al parecer algo ha salido mal. No me ha querido explicar el qué sin haber hablado antes contigo. Dice que le llames a la farmacia de la terminal. Me ha dado el número.

Me levanté y fui hacia la cocina.

—Vuelvo en seguida, Angelines —dije prolongando el engaño en contra de mi voluntad, pero apremiado por las circunstancias.

Cerré la puerta para no ser oído y a tientas di con un teléfono de pared. El auricular estaba tan aceitoso que se me escurrió varias veces de las manos hasta que se me ocurrió envolverlo en una servilleta. Marqué el número y contestó una voz femenina. A mi vehemente ruego de que me pasara al Juli respondió temblorosa que se lo acababa de llevar esposado una pareja de la Guardia Civil. No me supo decir el motivo de la detención: ni se lo habían dicho ni ella había querido hacer indagaciones. En su opinión, el detenido hacía de estatua viviente en zona de alta seguridad sin obtener el permiso reglamentario. Colgué y salí. El señor Armengol hacía profesión de su deontología gastronómica.

—Aquí nada de mocos y mariconadas por el estilo. Aquí cerdazo puro y duro. En mi restaurante kein Schwule, qué cojones.

—Du Doktor Schwule? Jawohl!

Como ninguno de los dos entendía lo que decía el otro, cada uno iba a su bola y así se cimentaba una buena amistad que no pudo pasar de la fase embrionaria por la brusca entrada en el restaurante del swami en un estado de gran excitación.

—¿Habéis oído la radio? —dijo casi sin aliento.

—No, ¿qué sucede? —respondimos los presentes simultáneamente.

—Algo terrible —dijo el swami—. Terrible y confuso. La radio del coche no se oye muy bien. Creo que lo están dando por TV3.

El restaurante disponía de un viejo aparato que había dejado de funcionar seis años atrás a raíz de una retransmisión deportiva, cuando en la discusión ocasionada por una decisión arbitral, uno de los dos clientes que en aquel momento se encontraban allí había golpeado la pantalla con la cabeza del otro. Y a la radio le faltaban pilas. Angela Merkel se mostró encantada: el reencuentro con quien creía ser Manolito y la tecnología de la RDA la devolvían a su juventud. Siempre llevaba consigo un iPad, un iPhone y una Blackberry, dijo, pero todos estos adminículos habían quedado en poder de sus asistentes cuando ella decidió abandonarlos en el aeropuerto para fugarse conmigo. En vista de lo cual salimos a buscar un bar. Encontrado éste no lejos del restaurante, pudimos presenciar la crónica en directo de la enviada especial de TV3 en el lugar de autos.

Dolor e indignación había causado en toda la ciudad el horrible atentado perpetrado por un terrorista internacional el cual, en el momento de ser detenido, dijo llamarse Alí Aarón Pilila, reivindicó la autoría del magnicidio y lanzó proclamas contra el capitalismo y contra Mahoma. El hecho se había producido un rato antes, cuando Angela Merkel, acompañada del Excelentísimo Señor Alcalde de Barcelona se disponía a pronunciar un discurso desde el balcón de la casa consistorial ante una nutrida representación de la colonia alemana en Cataluña que con anterioridad había acudido al aeropuerto a recibirla y luego, en varios autocares, la había acompañado hasta la puerta del ayuntamiento sin dejar de cantar y de vitorear a la honorable canciller y gran timonel de la República Federal de Alemania. Fue en aquel preciso momento cuando, desde la terraza elevada de un hotel cercano, un criminal, haciendo caso omiso de la indignación que había de causar su acto, disparó un proyectil con un bazooka, impactando en el ya citado balcón y provocando el desprendimiento del mismo, que cayó en la plaza con todos sus ocupantes, ante el horror y la indignación de la ya mencionada multitud allí congregada, la cual se disolvió de inmediato. En el momento de producirse el atentado, la señora

Merkel hacía referencia a su vinculación afectiva con la ciudad condal y a su amistad personal con el arzobispo de Tudela. Los cuerpos de las víctimas habían sido trasladados al Hospital Clínico, a donde en aquel preciso instante se dirigía otra unidad móvil de TV3 para seguir informando en directo del ulterior desarrollo de los acontecimientos.

La pausa publicitaria me encontró anonadado. El descalabro había sido completo. Y si bien desde un punto de vista estrictamente moral no se me podía culpar de lo ocurrido, pues mal podía yo haber previsto que nuestras primeras autoridades, de suyo tan perspicaces, fueran a tomar al fantoche de mi hermana por la ilustre dama que, dicho sea de paso estaba a mi lado, sana y salva, del todo ajena a la tragedia y zampándose una ensaimada en la barra del bar, en la práctica mi plan había conducido a Cándida a un fin triste y prematuro y no había exonerado a Rómulo el Guapo de sus responsabilidades.

Ya era, sin embargo, tarde para lamentaciones. Pedí al swami que fuera a recuperar el coche para trasladarnos sin tardanza al Hospital Clínico y así lo hizo con prontitud y sin protestar en vista de lo penoso de mi estado. Dejamos al señor Armengol liquidando el monto de la consumición y partimos. Camino del hospital hice parar el coche delante de una floristería, le pedí prestados seis euros al swami, entré y compré un ramo de flores con la intención de depositarlos sobre los restos de Cándida o del recipiente que los contuviera. Pero al volver a entrar en el coche, Angela Merkel me lo arrebató y exclamó:

—¡Manolito, tú mucho romántico!

Tampoco entonces la quise desengañar, y el resto del

trayecto fui pensando que Cándida se iría de este mundo tan desapañada como había venido a y transitado por él.

* * *

Fue preciso aparcar lejos del hospital, frente al cual la guardia urbana pugnaba por contener una avalancha de equipos de televisión, periodistas, ciudadanos conscientes y turistas desocupados, así como de los pertinaces manifestantes, que se habían trasladado a la puerta del Hospital Clínico y seguían coreando frases de bienvenida tras una nueva pancarta en la que se leía:

VISCA SERVICIOS ASISTENCIALES DE GENERAL TAT

A fuerza de empellones y codazos conseguimos abrirnos paso hasta el pie de la escalera central del augusto edificio, donde montaban guardia aguerridos mossos d'esquadra. Seguido de mis dos acompañantes, me dirigí al que, conforme a la nueva nomenclatura, ostentaba el cargo, a mi parecer algo grandilocuente, de Petit Caporal y le pedí permiso para entrar a ver a las víctimas del atentado.

—Somos allegados —le aclaré para justificar el ruego—. De hecho, soy hermano de la interfecta.

Al oír esto, se quitó la gorra. No como prueba de respeto y condolencia, como pensé al principio, sino para rascarse la cabeza. Luego dijo que tenía que consultar con su superior y fue en su busca. Al cabo de poco regresó con un oficial que ostentaba el título de Imperator.

—¿Tú eres el hermano de la señora Merkel? —me preguntó en tono de poca condolencia.

—Jawohl! —dijo la aludida, que había entendido

parte de la pregunta—. Yo soy Frau Merkel. Él es Manolito. Mucho romántico. Ich Merkel. No puedo acreditar-
lo porque me he dejado el bolso con la documentación.

—Vaya. ¿Y este averiado, quién es? —preguntó el
oficial señalando al swami, que había puesto los ojos en
blanco y emitía por la nariz un ruido como de tubo de
escape. Respondió que era discípulo de Ramakrishna y
que a aquella hora le tocaba un ejercicio de purificación.
Fue una suerte que estuviéramos al pie de la escalera y
no en la parte superior.

En este punto quedó interrumpido el intercambio
por un repentino revuelo entre los periodistas, motiva-
do por la aparición en la puerta del Hospital de un caballero de frente ancha, tez bronceada y sienes plateadas,
a quien una bata de impecable blancura confería apariencia de arcángel. Corrió la voz de que era el doctor
Sugrañes hijo, de la ilustre estirpe de médicos del mismo
nombre, a la sazón portavoz del Hospital, y hacia él se
orientaron las cámaras y los micrófonos y la atención
de los presentes. Impuso el facultativo silencio con un
gesto, se caló las gafas, sacó una hoja del bolsillo y leyó
lo que sigue:

—En nombre de la Dirección y del personal del Hospital, debo informarles de que el excelentísimo señor alcalde, habiendo ingresado con múltiples traumatismos y
tras haberle sido practicado el protocolo correspondiente, ha experimentado una notable mejoría en el plano
físico, por lo que ha sido dado de alta. Y para corroborar
esta afirmación, aquí sale, con el termómetro todavía en
la boca, ¡y andando hacia atrás! Claro síntoma de recuperación. Señor alcalde, acérquese a los micrófonos. Estamos en el aire. No, en globo no, señor alcalde. Estamos
saliendo por la televisión. Local, sí, no hace falta que se

esfuerce. Pero tal vez debería dirigirse a nuestra cuota de audiencia para disipar la preocupación de la ciudadanía por lo sucedido. No, no por lo del globo, señor alcalde. Por el atentado, ya sabe a lo que me refiero.

Con gesto seguro, apartó el señor alcalde al portavoz del centro y se dirigió a los medios de difusión:

—Queridos conciudadanos —empezó diciendo—, ¿sabéis el chiste del cagarro y la jirafa? Va una jirafa y tropieza... Mecachis, he empezado contando el final y ya no tiene gracia. Bueno, cambiemos de tema. Hoy se ha producido un hecho gravísimo que no vacilo en calificar de grave e incluso de gravísimo. De resultas de un atentado sin precedentes, salvo la bomba del Liceo, la del Corpus y muchas otras lanzadas cuando Barcelona era una ciudad de verdad y no la ridiculez que es ahora... Un atentado, como os decía, horripilante, cometido por un individuo al que me atrevo a tachar de granujilla, de resultas del cual, me refiero al atentado y perdonad si a veces me encallo... es la maldita afasia... de resultas digo del cual, nuestra ciudad ha recibido un golpe terrible: el balcón del ayuntamiento ha sufrido serios desperfectos. Y la pregunta que yo me hago es ésta: ¿a dónde me asomaré para ver si llueve? Porque el hombre del tiempo no da una... Pero no quiero sembrar el pánico ni la alarma. Ni patatas. Porque ya he tomado las medidas oportunas. Y aún os diré más: mientras estaba hace unos minutos en manos de los facultativos, qué digo, mientras me estaban practicando un tacto rectal, yo hablaba por teléfono con Madrid para pedir una subvención. Por supuesto, me han hecho un corte de mangas, pero me han autorizado a emitir bonos. De modo que si todo sale bien, dentro de un año o dos volveremos a tener un balcón idéntico al que había. Hasta entonces y en consideración a la gravedad de los hechos, se suspenden las elecciones municipales y se anulan los resultados de los sondeos de opinión. Eso es todo por ahora. Si tenéis alguna duda o queréis hacer una consulta o sugerencia, ya lo sabéis: doble ve doble ve doble ve catapún-chin-pum punto cat. Gracias por vuestro apoyo y felices pascuas.

Durante toda la alocución, como nos separaba una distancia corta, yo daba saltos y agitaba los brazos para ver si me reconocía, porque unos años atrás el señor alcalde y yo habíamos participado en una agitada aventura, de la que salimos indemnes aunque no amigos. Pero no me vio o no recordó mi cara o ambas cosas cumulativamente. Algo urgente, sin embargo, había que hacer para acceder al interior del hospital y, como mal menor, sacar a Cándida viva o muerta y dejar en su lugar a Angela Merkel. Una vez hecha la segunda sustitución, Angela Merkel podría alegar una repentina o incluso milagrosa recuperación, salir del hospital por su propio pie y dedicar sus esfuerzos a lo que hubiese venido a hacer a Barcelona.

Dimos varias vueltas al edificio y sólo conseguimos acalorarnos y cansarnos, pero no descubrir una brecha en el inexpugnable cerco policial. En una de las vueltas se abrió éste brevemente para dejar entrar un coche funerario. Aun sabiendo que un hospital alberga enfermos y que muchos de ellos no salen dando zapatetas, el presentimiento de estar asistiendo a las exequias de la pobre Cándida me entristeció de tal modo que, abandonando todo esfuerzo, me senté en el bordillo de la acera y rompí a llorar ruidosamente. En vano trataban de consolarme mis dos acompañantes, uno con citas de los *Upanishad* y la otra con citas de la *Cuádruple raíz del principio de razón suficiente*, sin conseguir con su común empeño el

225

deseado efecto euforizante. Así transcurrió un cuarto de hora, poco más o menos, hasta que una tercera persona vino a unirse al coloquio con intenciones bien distintas, pues inició su intervención dirigiéndose a mí en los siguientes términos:

—¡Puerco con tifus, cuando acabe contigo, lo peor estará por empezar!

A contraluz, la melena de la subinspectora Victoria Arrozales, agitada por la indignación, habría amedrentado a cualquiera, mas no a Angela Merkel, la cual repuso con los brazos en jarras:

—¡Con mi Manolito no se mete nadie, so bruja! Y menos en este momento tan congojoso. ¿Acaso eres seine Frau?

Restañando con el faldón de la camisa las copiosas lágrimas que seguían fluyendo incontenibles, me levanté, me interpuse entre las dos rivales y pronuncié la frase que a lo largo de mi accidentada existencia he pronunciado más veces, siempre con resultado pernicioso.

—Puedo explicarlo todo.

Hice una pequeña pausa y acto seguido, viendo con asombro una cierta disposición a escuchar lo que de mi boca saliera, procedí a referir a la subinspectora lo que el lector ya sabe, omitiendo sólo la probable intervención de Rómulo el Guapo en el atentado, lo cual, por otra parte, era bastante inútil, ya que, si el malvado terrorista Alí Aarón Pilila había sido detenido, como había anunciado la televisión, no tardaría aquél en denunciar a su cómplice. Pero yo más no podía hacer.

La subinspectora escuchó cuanto le referí sin interrumpir ni reaccionar de palabra o de obra y al concluir el relato preguntó si la mujer que me acompañaba era realmente quien decía ser. Lo afirmé, la interesada lo corroboró y la subinspectora se quedó un rato pensativa, transcurrido el cual dijo:

—Ah.

Volvió a quedarse pensativa y luego, recuperando el hilo del discurso, añadió:

—Lo que acabas de contarme es verosímil y factible. Lo único que no entiendo es por qué esta lagartona se empeña en llamarte Manolito.

—Bitte schön —dijo Angela Merkel—, permita que sea yo quien le aclare este extremo. Manolito y yo nos conocimos hace muchos años, viele Jahre, en Lloret de Mar. Los dos éramos jóvenes, impulsivos e inocentes. Frecuentábamos una discoteca kutre donde bailábamos toda la noche a los acordes del Doktor Arcusa y el Doktor de la Calva, Der Dinamische Duo. Después íbamos a la playa, nos sentábamos en la arena y veíamos salir el sol, cogidos de la mano, desplumando un ganso, como dicen ustedes. La historia acabó pronto: yo era de vuelta a mi país. Auf Wiedersehen, Manolito. Aber Manolito quería venir conmigo, conseguir trabajo en Alemania y ganar viele pasta. Me costó disuadirle. Yo vivía en Alemania, pero en la República Democrática. La idea no buena: Manolito mucho loco y la Stasi poca broma. Le escribí varias cartas; no respuesta; pensé: quizá la censura franquista o quizá me ha olvidado. Me hace feliz ver que no me ha olvidado, que ha organizado este bullicio sólo por mí, pero ahora lo nuestro no posible —concluyó dirigiéndome una mirada cargada de afecto y melancolía—. Ya no somos jóvenes, Manolito. Yo estoy casada, soy canciller de la República Federal y he de solucionar la crisis del euro.

Al concluir esta no por errónea menos enternecedora historia, suspiró la subinspectora y dijo:

—Ahora ya lo tengo todo claro. Todos vosotros habéis cometido incontables delitos, incluida la señora Merkel, pero también habéis impedido el asesinato de una persona muy importante y habéis contribuido a estrechar los lazos de amistad que unen nuestros dos países. Por mi parte, doy carpetazo al asunto. Otras jurisdicciones actuarán según sus criterios. Hasta entonces, acabemos lo iniciado. Venid conmigo y procedamos a sustituir a la señora Merkel por los despojos de tu hermana.

Seguida de nosotros, se dirigió a un oficial de los mossos, le mostró la chapa y le ordenó que nos dejaran pasar. De este modo accedimos los cuatro al interior del hospital por una puerta lateral para no ser vistos por los periodistas, y tras deambular por corredores, escaleras, patios, aulas, morgues y otros aposentos, llegamos al vestíbulo y allí fuimos atendidos por el prestigioso doctor Sugrañes hijo, a quien habíamos tenido ocasión de escuchar un rato antes como telonero del señor alcalde. Era un hombre jovial, de modales exquisitos. Ya de niño, tuvo a bien explicarnos, sintió la llamada de la medicina. No queriendo seguir los pasos de su famoso padre en el campo de la psiquiatría, se especializó en cirugía, pero como, según él mismo reconoció, la práctica no se le daba demasiado bien, la Dirección del Hospital le confió el delicado trabajo de dar la cara ante los medios de información, ora cuando ingresaba una celebridad en el centro, ora ante los familiares de los enfermos si en el curso de una intervención o un tratamiento se había producido algún imprevisto o desliz. En el ejercicio de esta especialidad, relató entre grandes carcajadas, había recibido más de un bofetón.

Al término de este divertido entremés, el jovial fa-

cultativo nos condujo al velatorio, donde estaba colocado un féretro. Al verlo volví a prorrumpir en llanto. El
jovial facultativo, sin abandonar la jovialidad, me ofreció
un pañuelo de papel y dijo:

—Le acompaño en el sentimiento. Ya sé que estaban
ustedes unidos por un fuerte vínculo.

Estas sentidas frases ahondaron mi congoja y redo-
blaron el volumen de mis berridos, que se prolongaron
hasta que una persona en cuya presencia yo no había
reparado me tomó del brazo con simpatía y murmuró:

—Le agradezco mucho su asistencia y sus muestras
de dolor, a mi modo de ver algo excesivas. Pero a él le
habría encantado comprobar cuánto le apreciaba.

Entre la penumbra reinante y la visión empañada
por las lágrimas, me costó reconocer al señor Siau y, a
cierta distancia, en actitud recogida, a la señora Siau y
al pequeño Quim. Comprendí que el sepelio en el que
estábamos no era el de Cándida, sino el del abuelo Siau,
que aquella misma mañana había adquirido la condición de honorable antepasado, abandonando la de viejo
trasto inútil que ostentaba con anterioridad, y lloré un
poco más para no defraudar a la familia del difunto, tras
lo cual pregunté si Cándida seguía con vida.

—No sé quién es Cándida —repuso Sugrañes Jr.—.
Esta mañana sólo se nos ha muerto este vejestorio. Y
sólo han ingresado el señor alcalde, de cuyo restable-
cimiento hemos sido testigos, y la señora Merkel, su
acompañante y el jefe de protocolo del Ayuntamiento.
Por fortuna, no se encontraba nadie más en el balcón
cuando se produjo el atentado. A la señora Merkel le
alcanzó la onda expansiva del disparo y a continuación
se cayó de morros en mitad de la plaza, pero su apara-
toso vestido ceremonial y el chándal que llevaba debajo

amortiguaron los dos golpes. Sufre fracturas en huesos cuyos nombres no llegué a aprender nunca y probablemente lesiones cerebrales, porque al entrar iba jurando que le partiría los dientes a su hermano. Se recuperará pronto. Y antes se recuperará su acompañante: sólo sufrió contusiones leves. Mientras recibía los primeros auxilios se lamentaba de la pérdida del vestido de reina de Portugal. Los seres humanos reaccionan de formas extrañas ante los traumatismos, como diría Marañón. Anteayer, sin ir más lejos, ingresó un joven que había sufrido un accidente de moto y que estaba empeñado en llevarse al quirófano una caja vacía de pizza. Tuve que arrancársela por la fuerza. Y me comí los restos de pizza que había en la caja: no soporto tirar comida a la basura.

Mucho nos alegró saber vivos y casi ilesos a Cándida, al Pollo Morgan y a Mahnelik, un giro inesperado de los acontecimientos que ponía fin a la parte sustancial de nuestra empresa. Había llegado, pues, el momento de despedirnos de Angela Merkel. Ella comprendió la necesidad de la separación y dio pruebas de la firmeza de carácter que le permitía meter en cintura al Bundestag.

—De nuevo auf Wiedersehen, Manolito —dijo sin poder ocultar un trémolo de nostalgia por lo que pudo haber sido y no fue—. No vuelvas a secuestrarme. Aquí tienes tu vida mucho resuelta.

Sin esperar mi reacción, estrechó la mano del swami, que no pudo contener unos pucheros, dio el pésame a la familia Siau, tomó del brazo al jovial facultativo y ambos hicieron mutis por la puerta del velatorio. Sería hipócrita por mi parte ocultar que su marcha me produjo más alivio que pesadumbre.

No nos quedaba más por hacer sino salir del hospital tan discretamente como habíamos entrado y para ello el sepelio del abuelo Siau nos deparaba una ocasión idónea. Agarramos por las asas el ataúd y en compungida procesión desanduvimos lo andado hasta desembocar en el vestíbulo y de éste a la calle, donde fuimos vitoreados por los manifestantes, que hacían ondear un estandarte donde se leía:

VISCA SERVEIS FUNERARIS

Cuando hubimos depositado el féretro en el coche, me despedí de la familia del difunto e indiqué al señor Siau la conveniencia de disolver la manifestación, por cuanto su necesidad había dejado de existir, a lo que repuso que los había contratado por 24 horas y que si alguno no cumplía hasta el último minuto, no le pensaba pagar el cuenco de arroz estipulado.

15

LOS CAMINOS CONFLUYEN

Sólo era la hora de comer cuando me encontré por fin solo en la peluquería, si bien lo apretado e intenso de las horas precedentes me hizo sentir el cansancio propio de una jornada ardua y dilatada. Como seguía haciendo calor, me quité la ropa y me senté en el sillón con el propósito de descabezar un sueño reparador. Al cabo de unos segundos me levanté y me puse la bata, porque estaba seguro de que no tardaría en recibir una visita y era mejor estar presentable. Me volví a sentar y recliné la cabeza, pero no pude dormir. En parte, porque me embargaba la tristeza por la muerte del abuelo Siau, a cuya impertinente e intempestiva compañía había empezado a acostumbrarme y de cuya desaparición sólo después de haber dejado atrás la vorágine adquiría yo plena conciencia. Y en parte por otra inquietud más imprecisa.

Al caer la tarde entró la Moski en la peluquería, dejó el acordeón en el suelo y estuvo un rato resoplando hasta regularizar su alterada respiración.

—Joder —dijo a modo de introducción—, esto

de montar guardia no es lo mío. Por el aburrimiento, quiero decir. Espiar me va: en mi país delataba a todo quisque y me divertía de lo lindo. Pero ver pasar las horas escondida detrás de un árbol me da palo. Yo soy de natural montaraz, como quien dice. Artista ambulante. Cuando estuve en Cuba me dijo Fidel: ¡Chica, a ti no se te cuece el bollo!

De su verbosidad deduje que me traía noticias desagradables. Hablamos un rato, le di las gracias y le dije que ya se podía ir.

—¿No quieres que te acompañe? —preguntó mientras recogía el acordeón.

—No hace falta, de veras. Ya has hecho mucho por mí. Todos habéis hecho mucho por mí y nunca podré pagaros lo que os debo. Ni siquiera podré daros una explicación de lo ocurrido y contaros el final de la historia.

Nos despedimos brevemente para evitar cualquier muestra de sentimentalismo, se fue la Moski y al cabo de un rato salí para hacer personalmente las últimas comprobaciones.

* * *

Las repentinas lluvias torrenciales, tan frecuentes a finales de agosto en Barcelona, son muy adecuadas, por su propia naturaleza, para pillar desprevenido al peatón y dejarlo empapado. Así me ocurrió aquella noche y para no agravar el estado ya precario de mi ropa y mi calzado, corrí a refugiarme en *El Rincón del Gordo Soplagaitas*. Pedí un vaso de agua del grifo en la barra y me senté en un taburete desde el que podía seguir viendo el exterior mientras fingía examinar la reducida carta. El camarero llevaba la cara pintada de negro de resultas del continuo restañarse el sudor con el trapo de secar la cristalería. Parecía absorto en la televisión.

—A que no sabe usted cómo llamo yo a la televisión —me preguntó de improviso. Y sin darme tiempo a resolver el acertijo ni esperar una pregunta aclaratoria por mi parte, añadió—: La caja tonta.

—Caramba, es difícil superar tanto ingenio —dije.

—En efecto. El nombre lo inventé yo solo, sin ayuda de nadie. No lo patento porque creo que el pensamiento debe circular sin trabas, como en la red. En cuanto a la televisión, mire lo que le digo, la podrían suprimir sin menoscabo de la cultura universal. ¿Sabe cómo la llamo yo, a la tele?

—La caja tonta.

—¿Quién se lo ha dicho?

—Usted.

—Vaya, veo que tiene buena memoria. Y mucha razón. Le pondré un ejemplo a modo de ejemplo. Hace una hora, en el telediario, ha salido la señora Merkel. El alcalde la ha recibido en el Ayuntamiento por segunda vez, ahora a puerta cerrada, no le fueran a dar otro chupinazo. Menudo notición. Y mientras veía el reportaje iba yo pensando y diciendo como para mí: ¿no te jode? Y al decir esto sin decirlo, sólo con pensarlo en la sesera, usted ya me entiende, me doy cuenta de que el jefe de protocolo que acompaña al alcalde es igual, pero igual, igual, que un majadero que hacía de estatua viviente justo delante del bar, aquí en la plaza. Y me digo yo: ¿no te jode?

—Sí —dije—, es un fenómeno insólito. Y demuestra su teoría de un modo irrefutable.

—Yo a esto lo llamo pura parapsicología —añadió señalando la plazoleta con el dedo—. Mire, allí enfrente se estaba el tío, día sí día también, sin mover una pestaña. Y de tanto verlo, se me quedó grabada la figura y ahora es como si la viera en el telediario. ¿No te jode?

Me limité a asentir y a mirar hacia el lugar señalado por el camarero. Como la lluvia seguía cayendo a raudales, me costó distinguir, en el lugar donde el Pollo Morgan había instalado su puesto de observación, una figura encogida y deslavada por la violencia del chaparrón.

Me dio pena. Como los manteles de las cuatro mesas destinadas a servir cenas eran de hule, cogí uno, me cubrí con él y salí diciendo al camarero:

—¡Se lo devuelvo al instante! ¡Y limpio!

Saltando entre charcos y torrentes alcancé la plazoleta y grité:

—¿Quieres pillar una pulmonía? ¡Métete aquí debajo y vamos al bar!

Obedeció sin chistar y unos segundos más tarde estábamos los dos a cubierto. Quesito tiritaba. Le sugerí ir al servicio a secarse. Por si en el servicio no había con qué hacer tal cosa, le pedí un trapo al camarero. Era un buen hombre y nos prestó una toalla. Me quedé esperando en la barra. Al volver Quesito le pregunté si había cenado y dijo que no con la cabeza. Le dije que si quería podía pedir un Magnum y volvió a decir que no. Al cabo de un rato preguntó:

—¿Cómo sabía que estaría aquí?

—No lo sabía —respondí—. En realidad he venido buscando lo mismo que tú. Por eso nos hemos encontrado. Pero sospechaba que andarías merodeando. Antes de irnos todos al aeropuerto mandé a la Moski a montar guardia. Quería saber qué pasaba cuando ya no estuviera vigilando el Pollo Morgan. Hace un rato vino la Moski a darme su informe.

Hubo un silencio durante el cual Quesito miró en todas direcciones excepto en la mía. Luego dijo:

—Todo lo ocurrido ha sido culpa mía, ¿verdad?

—Ahora no es el momento de hablar de estas cosas. Estás mojada y puedes pillar un catarro. Vete a casa, te das una ducha, te pones el pijama y te metes en la cama. Y mañana, a eso de la una del mediodía, pásate por la peluquería y cambiaremos impresiones. Hasta entonces, no le cuentes nada a nadie y yo tampoco lo haré.

Miré hacia fuera: por suerte había escampado, porque no habríamos sabido qué decirnos.

Me ofrecí a acompañarla. Se negó rotundamente, casi con irritación. Sin decir una palabra, recogió el bolsito y se dirigió a la puerta.

Aún me quedé un par de horas más en el bar, no porque fuese a pasar algo, sino para no volver a mi casa tan temprano. No hice gasto, pero como no había nadie más, el camarero me dejó estar para tener a alguien ante quien desplegar sus ideas acerca de la televisión, la política, las carreras de motos GP, las mujeres y otros temas parecidos. Como no se le ocurrió apagar la televisión durante el soliloquio, me distraje mirando lo que echaban hasta llegar al último telediario. Volvieron a mostrar las imágenes de Angela Merkel en el Ayuntamiento y comprobé con alegría que, tal como había dicho el camarero, el Pollo Morgan había suplantado al jefe de protocolo del Ayuntamiento, probablemente muerto de resultas del atentado de aquella mañana. Supuse que en el hospital, en un momento de descuido, el Pollo Morgan se había hecho con la documentación y la ropa del difunto. Como su vestimenta estatuaria había quedado inutilizada, era lógico que se buscara otro modus vivendi y aquél, por su paciencia y su experiencia como engatusador, le venía como anillo al dedo.

16

SORPRESA

Por la mañana temprano acudí al Hospital Clínico para interesarme por el estado de salud de Cándida. Una vez acreditado el grado de parentesco, un médico me dijo que la paciente en cuestión estaba fuera de peligro a ratos, que las intervenciones que se le habían practicado no daban lugar a demanda y que las alteraciones y metamorfosis resultantes de aquéllas, tanto de carácter fisiológico como fisionómico, no podían calificarse de secuelas sino de auténticas reformas. Me dejaron verla y la encontré muy animada, con ganas de comer y de hablar, dos cosas que le tenían prohibidas. Las enfermeras me dijeron que la víspera había pasado por el hospital el marido de la paciente, el cual mostró de buen principio un gran interés por ceder el cuerpo de aquélla a la ciencia, bien para trasplantes, bien para fines pedagógicos, pero que perdió el interés cuando le dijeron que allí sólo aceptaban los cuerpos después del fallecimiento del donante y que la donación no llevaba aparejada retribución en metálico.

Tranquilizado al saber a mi hermana en buenas manos, abandoné el hospital tras prometer que volvería en breve, y acudí al tanatorio donde, según me habían dicho las comadres del barrio, se iba a celebrar el funeral del abuelo Siau. Me decepcionó la sobriedad de la ceremonia y lo reducido de los asistentes, donde yo esperaba gentío y pasacalle con dragones, petardos y sombrillas. Al despedirse el duelo, con profusión de reverencias por mi parte, las agujas del reloj del tanatorio señalaban poco más del mediodía.

Un autobús, un metro y una caminata me dejaron ante el número 12 de la calle del Flabiol. El deterioro del edificio daba testimonio de su reciente construcción. En los balcones de la casa y de las colindantes, hombres en camiseta fumaban alelados. Por las ventanas abiertas se oían gritos de niños y ruido de cacharros. Pulsé un timbre del interfono y una mujer preguntó que qué quería.

—Soy un compañero de su hija, señora —dije impostando la lánguida y aflautada entonación de los adolescentes—. Vengo a devolverle unos libros.

—¿Y esa voz de mamarracho?

—Las hormonas, señora.

La puerta se abrió y entré. El ascensor tenía un espejo y al mirarme en él advertí que a causa de las mojaduras del día anterior, la ropa se había encogido entre un treinta y un cincuenta por ciento de su tamaño original. Si hubiera estado gordo, no me la habría podido abrochar, especialmente el pantalón, pero como soy esmirriado de natural, había atribuido las presiones y tiranteces en ciertas partes de la anatomía a la edad y otros trastornos. Ahora la visión poco halagüeña de mi porte me restaba el poco ánimo que había conseguido insuflarme a mí mismo para poder llegar al final de esta historia.

El rellano estaba en penumbra y de la mujer que me abrió sólo pude distinguir la silueta a contraluz. Ella, al verme y advertir el ardid de que había sido víctima, suspiró con más resignación que enfado y dijo en tono tranquilo:

—Sabía que acabarías encontrándome más tarde o más temprano. Pasa.

En el minúsculo recibidor, una lámpara de aplique me permitió ver sus facciones. Tardé menos de un segundo en reconocerla.

—¿Emilia? —acerté a balbucear, entre incrédulo y conmocionado. Sin embargo, reaccioné de inmediato y añadí con vehemencia—: ¡Estás igual que siempre!

—En ciertos aspectos, tú también —dijo ella con sorna tras pasar revista a mi indumentaria—. ¿Cómo has averiguado nuestra dirección?

—Anoche, en un bar y de resultas de la lluvia, Quesito fue al servicio y cometió el error de dejar el bolso en mi poder. El DNI me reveló su nombre verdadero, domicilio y fecha de nacimiento. No reparé en el nombre de la madre.

—¿La has llamado Quesito?

—Así me dijo que la llamaban en familia. ¿No es verdad?

—Por el amor de Dios… —dijo Emilia ofendida por la pregunta. Luego esbozó una sonrisa y agregó—: Le gusta inventarse nombres; es embustera y se mete en líos sin saber cómo ni por qué. No sé a quién ha salido.

—¿Emilia, qué estás insinuando?

Durante esta confusa y precipitada plática habíamos pasado del minúsculo recibidor a una reducida salita rectangular ocupada por un tresillo viejo y roído, una estantería y un televisor. Un balconcito dejaba entrar el aire caliente que luego un ventilador distribuía con parsimoniosa alternancia. Nos sentamos y yo me vi obligado a interrumpir el ordenado recuento de los hechos para hacer una breve digresión en beneficio del lector.

A lo largo de mi agitada vida, no tanto con inteligencia cuanto con osadía, tenacidad y, valga la inmodestia, una habilidad poco frecuente para adoptar disfraces y fingir un estatus social bien distinto del mío, he desentrañado misterios, he resuelto casos y he salido de aprietos. Pero la naturaleza, que me ha dado este talento, me ha negado otro, sin duda más importante, y por este motivo nunca he sabido desenvolverme bien en el terreno sentimental. Ni siquiera mal, como hace el resto de la especie humana. En el páramo que ha sido mi vida en este sentido, muy pocas veces un destello ha roto una monótona oscuridad, al amparo de la cual confieso haberme procurado tristes sucedáneos. De estos escasos destellos, ninguno arrojó tanta luz sobre mi espíritu ni me escalfó, conforme a la definición de este vocablo por la RAE, como mi relación con Emilia Corrales, a la que ahora reencontraba tras una larga separación.

Para quien no haya leído la novela que en su día escribí sobre el particular, diré que Emilia y yo nos conocimos en Madrid, adonde me había llevado una misión secreta y donde ella trató de robarme y lo consiguió. Como era de esperar, los dos salimos malparados de la peripecia que se siguió de este encuentro, pero en el decurso de aquellas aventuras hubo un episodio cuyo recuerdo ha permanecido vivamente impreso en mi memoria a pesar del implacable transcurrir del tiempo.

—Nada —repuso. Y adoptando un aire de sincera preocupación añadió—: La niña está a punto de llegar. Si haces un comentario inapropiado te mato.

—Seré circunspecto, pero Quesito no llegará hasta dentro de una hora o más. Anoche la cité en la peluquería y allá estará, esperando. Quería mantenerla alejada mientras averiguaba quién había movido los hilos de la trama. Naturalmente, si hubiera sabido que eras tú...

—¿Cómo podías saberlo? A mi hija nunca le hablé de ti y ella no podía adivinar que nos conocíamos desde antes de su nacimiento. Rómulo el Guapo le llenó la cabeza con tus andanzas. Él te tenía un aprecio sincero.

—Y yo le admiraba.

—No es lo mismo —replicó Emilia con aspereza—. Por guapo y por botarate, Rómulo siempre ha despertado sentimientos insustanciales entre personas que a la hora de la verdad le han dejado en la estacada.

—¿Y cuál es la hora de la verdad en el asunto que ahora nos ocupa? —pregunté.

—Creí que ya habías resuelto el misterio —dijo ella.

Había preparado varias estrategias, a cuál más hábil, pero ante Emilia estaba desarmado, así que opté por decir la verdad.

—Sólo a medias. Con tu ayuda podría acabar de resolverlo. Pero en el fondo, me trae sin cuidado: sólo me preocupa Quesito. Quiero saber hasta qué punto ha obrado por propia iniciativa o ha sido un instrumento de tus maquinaciones.

Emilia dio muestras de irritación.

—Nunca entenderás a las mujeres —exclamó—. No somos tan complicadas.

Reclinó la espalda en el sofá, juntó las manos, cerró los ojos y guardó silencio. Yo la miraba y callaba, perdido en los recuerdos. Sin desdoro de su condición al día de la fecha, Emilia Corrales había sido una chica guapa, risueña, bien conformada, simpática, vivaz e inteligente. No le faltaba ambición ni le sobraban escrúpulos. A muy temprana edad vino a Barcelona atraída por el trillado sueño de triunfar en el cine. Y quizá las cualidades recién enumeradas la habrían llevado lejos si hubiera comenzado la carrera una década antes, cuando el fenómeno cultural denominado destape animó el desmayado panorama del cine español. Pero cuando Emilia quiso hacer valer su palmito, su talento y su buena disposición, hasta el nuncio de su santidad nos había enseñado el pompis y la saturación había devuelto la industria cinematográfica nacional a su lugar de origen. El atolondramiento propio de la juventud, las costumbres licenciosas de la época y una de las cíclicas crisis de nuestra economía la impelieron a buscarse la vida en la turbia periferia del dinero y de la fama. Se unió sentimentalmente a un actor fracasado y hampón de cuarta fila al que pronto dieron mulé, no sin que antes la hubiera utilizado como cómplice y cebo de sus trapisondas. Como es lógico, acabó metida en un buen lío y esto propició nuestro encuentro, ya que, de haber sido un poco más formal, nuestros pasos jamás se habrían cruzado. De este modo vivimos juntos momentos de riesgo y emoción y, llevados del acaloramiento que suelen provocar las situaciones trepidantes, hicimos trepidar al unísono los muelles de un desvencijado jergón. Luego el azar, tal como nos había unido, nos separó, y no volví a saber de ella hasta el momento en que el reencuentro me permitió ponerme al día, aunque poco había que contar. La participación de Emilia en un oscuro embrollo dio al traste con el proyecto cinematográfico. Hizo minúsculas apariciones en infames programas de televisión y hasta eso hubo de dejar al descubrir que estaba embarazada. Sobrevivió como pudo sin ayuda de nadie.

—A mi hija no le faltó de nada, a mí de todo —apostilló con ínfulas de melodrama.

Su situación económica se estabilizó al entrar en la plantilla de una empresa de mantenimiento de inmuebles y oficinas. Precisamente en el desempeño de esta tarea conoció a Rómulo el Guapo, a la sazón conserje del edificio cuya limpieza le había sido confiada. Emilia nunca fue melindrosa pero ni la apostura ni el donaire la volvían loca, como ya habrá adivinado quien sepa que anduvimos juntos. La atracción que sin duda ejerció sobre ella Rómulo el Guapo no le nubló el entendimiento ni le debilitó la voluntad. Los dos parecían predestinados a triunfar y los dos habían cosechado sendos fracasos. El haber compartido idéntico destino forjó entre ellos un vínculo más fuerte del que habrían podido forjar las erráticas convulsiones de la incontinencia.

—Además, ya no estábamos para esos trotes —añadió con un deje de amargura.

Con gusto habría desmentido aquel diagnóstico, pero estimé preferible volver al tema que me había llevado hasta allí.

—¿Has leído la carta que Rómulo el Guapo envió a Quesito?

—La leí, pero demasiado tarde. En la carta, Rómulo le pedía que no me la dejara ver ni me dijera nada al respecto y ella le obedeció. Cuando la leí, a escondidas, sin decirle nada a Quesito, ella ya te había metido en el asunto sin darse cuenta de que estaba haciendo lo que él pretendía.

—¿Rómulo el Guapo pretendía involucrarme en el atentado contra Angela Merkel?

Ante mi estupor, la satisfacción reemplazó al enojo en el rostro de Emilia.

—No te quepa duda. Rómulo había pedido tu cooperación en un golpe hace unos meses, el día de vuestro reencuentro en un acto académico de la universidad. Como rechazaste la proposición, siguió adelante con su plan en solitario. Luego, cuando las cosas se torcieron, volvió a pensar en ti. En la infancia de Quesito, él le había contado tus andanzas. Como algo cómico, por supuesto, pero la niña, con mentalidad infantil, se formó una imagen heroica de tu persona. Llegado el momento, Rómulo calculó que si le enviaba aquella carta tan dramática, Quesito iría a buscarte.

—¿Para qué? —pregunté desconcertado—. ¿Cómo podía yo actuar de acuerdo con los planes de Rómulo el Guapo sin saber cuál era mi papel en este enredo?

—Justamente, tu ignorancia formaba parte de la idea.

Me quedé un rato pensando en lo que acababa de decir Emilia y finalmente dije:

—Ahora lo entiendo todo. Y puedo dar una explicación lógica y secuencial de lo ocurrido, salvo dos o tres minucias.

—Que tal vez yo pueda aclarar —dijo una voz a mis espaldas.

Y del menguado recibidor emergió la gallarda figura de Rómulo el Guapo, causándonos a Emilia y a mí el natural sobresalto. Del que me repuse de inmediato para correr a abrazarle al tiempo que exclamaba:

—¡Chico, qué alegría verte sano y salvo! ¡Estás igual que siempre!

Rechazó mi efusividad con muestras de embarazo y me indicó por señas que volviera al sofá y permaneciera allí, quieto y silente. Para entonces Emilia había recobrado el dominio de sí y dijo:

—No te he oído entrar.

Había un nerviosismo apenas perceptible en la modulación de aquel comentario en apariencia doméstico.

—Bah, no hay cerradura que se me resista —se jactó el recién llegado—. Y no quise llamar para pillaros desprevenidos.

—Sólo estoy de visita —aclaré para despejar posibles malentendidos.

—Ja, ja, el forense sacará sus propias conclusiones al respecto —dijo Rómulo el Guapo acompañando la frase de siniestra risa—. De nada os valdrá resistiros, ni gritar, ni pedir clemencia, ni urdir tretas. Esta vez lo he planeado todo a la perfección. Admito que otras veces he dicho lo mismo y he acabado haciendo un pan como unas hostias, pero esta vez no habrá ningún fallo.

—¿Has venido a matarnos? —preguntó Emilia con un aplomo que no supe si atribuir a la incredulidad o al fatalismo.

Rómulo el Guapo se encogió de hombros.

—No me queda otro remedio —dijo—. Un buen criminal siempre elimina a los testigos de su fechoría.

Me inquietó percibir en su actitud más demencia que vesania.

—No digas bobadas, hombre —dije con fingida ligereza—, nadie va a testificar en tu contra: aquí se te quiere.

El rostro de Rómulo el Guapo se ensombreció.

—Bah —volvió a exclamar, esta vez con amargura en vez de jactancia—, a mí ya no me quiere nadie. Cuando me parecía más a Tony Curtis era distinto. Pero ahora estoy hecho una mierda. Mejor que el auténtico Tony Curtis, a decir verdad, pero eso no es consuelo. Además, a ti te tiene atrapado la subinspectora Arrozales y te hará cantar quieras o no. Y de ésta —añadió señalando a Emilia con el pulgar— no me puedo fiar: está como una chota.

Una mujer que en su día cayó en mis brazos quizá merezca este calificativo, pero debatirlo no me pareció oportuno ni delicado.

—Y Quesito —dije para cambiar de tema—, ¿también la piensas eliminar?

—Eso, tú dale ideas —masculló Emilia.

—Tranquilízate —dijo Rómulo el Guapo esbozando una sonrisa bobalicona—. A Quesito no le pasará nada. Pero he de darme prisa, porque si me coge in flagrante delicto me veré obligado a incluirla en la lista de bajas. Por suerte, tu estratagema nos libra de su presencia por un buen rato. Y ahora, si dejáis de interrumpirme con la vana intención de apartarme de mi letal propósito, despejaré dudas y aclararé detalles como prometí hacer en el momento de mi teatral irrupción, un poco aguada por las digresiones. Déjame sitio en el sofá —añadió. Me hice a un lado, se sentó y mirándome fijamente preguntó—: ¿Qué sabes?

—Mentiría si dijera que nada para salvar el pellejo —respondí—. En lo que a ti concierne, lo sé todo. Es decir, que una organización terrorista se puso en contacto contigo y obtuvo tu cooperación a cambio de dinero o de sacarte de este país y reubicarte en otro, como tú querías. Tú aceptaste…

—No de buenas a primeras —dijo Rómulo el Guapo—. Estaba cansado y abatido por el fracaso del asalto al banco por culpa de Johnny Pox. Por eso, cuando la casualidad nos reunió después de tantos años de no saber el uno del otro, se me ocurrió ofrecerte una participación en el negocio. Contigo habría sido distinto: los viejos camaradas unidos en una última aventura, hombro con hombro o codo con codo, que las dos formas admite el diccionario. Y a ti el dinero te habría caído como agua de mayo.

—¿Cuál era tu misión dentro de la trama terrorista? —pregunté.

—Apoyo logístico —explicó Rómulo el Guapo—. En el edificio donde trabajé como conserje unos años y donde, por cierto, conocí a Emilia, vive un empresario de campanillas. Yo sólo tenía que entrar en su piso y sustraer cierta documentación. Para alguien tan mañoso con las cerraduras, pan comido.

—Pero algo salió mal —apunté viendo que el recuerdo de lo sucedido le sumía en la meditación, con menoscabo de la continuidad narrativa.

Me miró fijamente, abrió los brazos y respondió:

—¡Ay, amigo mío, hasta en esto he tenido mala pata! Siempre me sale todo mal y cuando algo me debería haber salido mal, va y me sale bien. Yo no sabía que trabajaba para una organización terrorista. Sustraje los documentos que me pidieron pensando que se trataba de un chanchullo financiero. Algo, sin embargo, recelaba: ofrecían mucho a cambio de una faena muy sencilla. Y cuando tú te negaste a colaborar, estuve a un tris de renunciar. Pero esta loca me convenció.

—¿Emilia? —pregunté paseando la mirada del uno al otro—, ¿Emilia te convenció de que te hicieras terrorista? ¿A tu edad?

—Sí, lo reconozco —dijo la aludida—. Me daba grima verlo apoltronado en el sofá, esperando que dieran una película de monstruos en la tele.

—¿Qué pasa? —protestó Rómulo el Guapo—. Me cae bien Freddy Krueger. Me he pasado la vida delinquiendo y, llegado un momento, uno tiene derecho a descansar y a darse unos caprichos. ¿O no? —Me miró en busca de adhesión y yo hice un gesto ambiguo para no indisponerme con ninguno de los dos—. Pero ella es tozuda y no me dejaba en paz. Lo creas o no, me incitó a robar el banco. Todo aquello de que no hay vigilancia, ni alarmas y los empleados son unos caguetas... ¡ella me lo metió en la cabeza, machacando y machacando! Luego pasó lo que pasó, y, claro, el que irá a la trena será mi menda. ¡Así cualquiera! En fin, una cosa llevó a la otra y sin darme cuenta me vi convertido en terrorista internacional.

—¿Cuándo lo descubriste?

—En el hotel de la Costa Brava. Fuimos a entregar los documentos robados y a cobrar la primera parte de lo convenido. Esta vez obligué a Emilia a acompañarme. Fue peor. En el hotel nos esperaba Alí Aarón Pilila en persona. Yo ni siquiera había oído hablar de él, pero resultó ser un chulo y un mujeriego; para impresionar a Emilia estuvo contando sus proezas: que si una masacre aquí, que si una bomba allá... Y mientras ella escuchaba con la boca abierta, yo me iba dando cuenta de que me había metido en un lío de campeonato, y de que una vez conseguido lo que quería de mí, aquel tío tan flamenco no tendría el menor reparo en pegarme un tiro en la nuca. Por supuesto, no le dije nada a Emilia. A ella le habría encantado verme caer con una pistola en cada mano, como James Cagney. En las películas, claro, porque James Cagney se murió a los ochenta y siete años en su finca de Stanfordville.

—Entonces decidiste rajarte y desaparecer —dije yo.

—No tenía más remedio: a la poli no podía ir y tampoco quedarme en casa a esperar que pasara la tormenta. Busqué un piso franco. Parece fácil, pero todas las puertas se cierran cuando llama un ex presidiario condenado por asalto y sin un euro en el bolsillo.

—Pero no están cerradas para el rey de las cerraduras —dije yo para halagar su vanidad, porque a medida que hablaba se iba poniendo cada vez más pocho—. Y el disfraz también fue fácil de apañar: con una sábana, una barba de algodón en rama y un bronceador artificial cualquiera se puede convertir en un santón hindú.

—Y eso hice. Pero me descubristeis. ¿Cómo iba yo a saber que eso ya no se lleva? La caracterización la saqué de la foto de los Beatles con el Maharishi. Claro que desde entonces ha llovido lo suyo. ¿Te acuerdas de cuando nos ponían a Ravi Shankar en la celda de castigo?

Como tenía la mala costumbre de irse por las ramas, intervine de nuevo.

—Estabas al corriente de la relación de tu mujer con el swami —dije.

—Naturalmente, no soy ciego. Pero a Lavinia no le dije nada. Uno no puede esperar que una mujer así se quede haciendo calceta mientras su marido está entre rejas. Y ese tío parece un pardillo; juraría que pierde aceite. Al principio los seguí, para asegurarme de que no se metían en un burdel. Luego los dejé tranquilos. Pero conocía el centro de yoga. Llegado el caso, me pareció un sitio idóneo para esconderme, aprovechando las vacaciones de agosto. Todo habría salido bien si el swami, como buen catalán, no se hubiera presentado en el piso cada dos por tres. Por su culpa tuve que pasar el día fuera y no regresar hasta última hora de la tarde. Aun así, no me aburrí: en el centro cívico del barrio organizan muchas actividades y los jubilatas montan timbas. Una tarde me forré...

—Pero cometiste un error —dije para incentivarle.

—Sí —dijo—. A la hora de planificar soy frío y metódico, pero en el último momento me pierde el sentimentalismo. Si Lavinia y yo hubiéramos tenido hijos, seguramente me importarían un bledo. Pero a Quesito la quiero más que a una hija. Y sé que ella me corresponde. Si había de desaparecer por una larga temporada, quizá para siempre, quería que guardara un buen recuerdo de mí. También pensé que daría publicidad a la carta y eso convencería a todo el mundo de que había desaparecido de verdad. Lo único que no se me ocurrió es que fuera a pedirte ayuda. Por el exceso de celo de Quesito y tu entrometimiento me veo obligado a mataros a los dos.

—¿Mataste tú a Juan Nepomuceno? —pregunté sin perder la sangre fría ante su reiterada amenaza.

Intervino Emilia, que había permanecido callada hasta entonces.

—Eso fue cosa mía —dijo—. Quesito me contó lo de la foto. Como salía yo, decidí que esa foto no llegara a manos de nadie. Llamé al hotel y cuando conseguí hablar con Juan Nepomuceno le advertí de que Alí Aarón Pilila también sabía lo de la foto y en aquel mismo momento iba camino del hotel para matarle. El pobre hombre colgó y salió corriendo. Como era muy cumplidor, antes de darse a la fuga llamó al teléfono que le habías dado y pidió a Quesito que se disculpara ante ti por no presentarse a la cita.

—Pues con este detalle —dijo Rómulo el Guapo— queda todo aclarado. Sólo falta poner punto final a esta enmarañada historia con el doble asesinato que vine a realizar y cuya ejecución ha postergado nuestra agradable charla. No quisiera mataros sin pronunciar antes mis últimas palabras. Últimas para vosotros, claro está. Perdonad si a veces peco de imprecisión o cometo anfibologías: soy un hombre de acción, no de oratoria. Pero lo que os he de decir me sale del corazón.

Y uniendo el gesto a la palabra, se puso en pie y se llevó la mano abierta al pecho, a la altura del corazón y levantando la otra mano en dirección al techo, prosiguió diciendo:

—Si por ventura alguien os pregunta: ¿qué es lo más importante en la vida?, sin duda responderéis: el amor. Y es cierto. Pero hay varias clases de amor. No muchas, pero sí unas cuantas. Está el amor divino, el amor carnal, el amor al arte y otros. Pues bien, yo os digo que no hay amor más grande, limpio y desinteresado que el que fundamenta la verdadera amistad. Y este amor es el que yo os he profesado. Luego está la crisis del euro. Si no la arreglan pronto las vamos a pasar canutas. Pero eso a vosotros ya no debe importaros, porque morirse es la mejor forma de trampear la crisis. Y ya está. Los que asaltamos bancos somos lacónicos por naturaleza. Adiós, queridos amigos. Siento tener que hacer esto, pero estaréis de acuerdo en que no me queda otra salida. Os echaré mucho en falta.

—¡Espera un momento, Rómulo! —dije precipitadamente al advertir que se llevaba la mano al bolsillo—, el balcón está abierto y es la hora de comer. Si disparas, lo oirá todo el barrio y te verás envuelto en una situación comprometida, por enésima vez.

Mi advertencia le provocó tanta hilaridad que no conseguía articular una frase entera.

—Jo, jo, jo —dijo al fin sujetándose la cintura para no herniarse—. Ha sido un buen truco; digno de ti; pero inútil. Como he dicho al llegar, lo he previsto todo, incluso esta contingencia, y he traído una pistola con silenciador. Me ha costado un congo.

Se llevó de nuevo la mano al bolsillo interior de la chaqueta, rebuscó y la sacó vacía. La metió en otro bolsillo, luego en otro y así hasta recorrer todos los bolsillos de la chaqueta y los pantalones, y aún siguió palpando por si había un descosido y el arma homicida se había quedado entre la tela y el forro. Al final renunció y en voz alta, pero como si hablara para sí, exclamó:

—¡Me cago en la leche, me he dejado la pistola en casa!

Hubo un silencio denso, casi violento; ni a Emilia ni a mí se nos ocurría nada que hacer o que decir para evitarle la frustración que a todas luces le embargaba. Sus ojos negros, enmarcados en largas pestañas, se inundaron de lágrimas. Durante unos segundos no movió un músculo. Las lágrimas le rodaban por las mejillas y gotas salinas se quedaban suspendidas en la mandíbula inferior hasta ser empujadas por nuevas gotas que discurrían por el mismo cauce, y entonces caían sobre la solapa de la americana, formando un pequeño ruedo negruzco.

—Es el fin —balbució—, o, peor aún, el principio de un largo camino hacia el final. Podríamos llamarlo así: el ocaso de la vida.

Se me encogió el corazón al verlo tan derrotado, pero no podía hacer nada y a Emilia debía de sucederle otro tanto, a juzgar por su expresión y el leve temblor de sus facciones. Al final logró decir en un tono que quería ser amistoso pero resultó maternal:

—Debe de ser el estrés de estos últimos días.

Rómulo el Guapo la miró, entrecerró los párpados, como si estuviera haciendo un esfuerzo para reconocer a la persona que acababa de dirigirle la palabra, movió la cabeza de lado a lado, se limpió la cara con la manga, echó a andar con movimientos rígidos, como si fuera una máquina mal engrasada, y salió del piso sin dirigirnos siquiera la mirada.

17

VUELTA A EMPEZAR

No sé cuánto rato permanecimos sentados Emilia y yo en el mísero living de su piso, sin decir nada, tratando cada uno a su manera de reubicar en nuestras respectivas vidas la patética escena de la que acabábamos de ser testigos involuntarios. Una vez más fue ella la que rompió el silencio.

—¿Tú crees que está perdiendo la memoria? —dijo.

En la pregunta había una súplica implícita y no pude negarme a atenderla.

—Como todos —dije quitando importancia al hecho—. En esta ocasión, yo no atribuiría lo sucedido a insuficiencia neuronal, sino a lo que los psiquiatras y sus pacientes llamamos un acto fallido, en virtud del cual, cuando el superego le ordenó eliminar a los testigos del presunto delito, el subconsciente le puso trabas para no causarte ningún daño.

Con un suspiro de alivio, Emilia dio por buena la explicación científica y añadió:

—¿De verdad tengo la culpa de todo lo que ha pasado?

—No soy quién para juzgar la conducta ajena. Sin duda has obrado de buena fe. Pero en ciertos aspectos te has pasado, Emilia.

Asintió humildemente, pero de inmediato hizo un ademán como si espantara un insecto y exclamó:

—No quería ver cómo se volvía torpe, maniático, calvo y tripón. Y menos imaginarlo envejeciendo, en bata y zapatillas, en aquel piso tan cursi, en compañía de una mujer que va por el mundo con aires de sex-bomb cuando sólo es una vulgar ama de casa. Si no podía convertirse en el enemigo público número uno, al menos quería que tuviera un final glorioso, cuando todavía estaba de buen ver.

En sus palabras y actitud creí percibir el aroma de los celos y en su decisión, más pasión que rectas intenciones, pero nuevamente me abstuve de hablar: si lo que sentía por Rómulo el Guapo era algo más que el compañerismo de que ambos hacían gala, era mejor que ella misma no lo supiera, puesto que acababa de perderlo de un modo irremisible.

Lo cual, en última instancia, no era asunto mío, por lo que, en lugar de buscar frases de consuelo, me puse a buscar una fórmula para salir de allí sin parecer grosero.

No me hizo falta: del recibidor llegó un hondo sollozo indicativo de la presencia de un ser doliente en aquel piso que, pese a sus menguadas dimensiones, estaba de lo más concurrido. Emilia reconoció de inmediato la procedencia del sonido y se levantó como impulsada por uno de los muelles rotos de la cochambrosa butaca al tiempo que Quesito hacía su entrada en el living.

—¿Desde cuándo estás ahí? —preguntó la alarmada madre.

—Desde el principio —repuso Quesito—. Lo he oído todo. No desde el recibidor, donde habría sido descubierta fácilmente, sino desde la cocina.

—Yo te hacía en la peluquería —dije.

—Señor, a estas alturas me sé de memoria todos sus trucos. Salí de casa, di una vuelta a la manzana, volví a entrar sin hacer ruido y me escondí. Como usted me enseñó, para descubrir un secreto hay que echarle cara y paciencia.

—Me siento orgulloso —dije—, pero has aprendido demasiado deprisa. Por lo demás, mi intención no era engañarte sin causa, sino ahorrarte el penoso espectáculo al que acabas de asistir.

Quesito me miró con la expresión de quien descubre una tarántula viva en la ración de albóndigas que le acaban de servir o, si la metáfora no resulta del todo aclaratoria, con una mezcla de aversión y pasmo.

—Toda la culpa es tuya —dijo con los dientes apretados y por ende de forma apenas inteligible—. Le has humillado y ya no le volveremos a ver más. —Al decir esto se evaporó su rabia repentinamente y, como si al enunciar las consecuencias del suceso adquiriese conciencia cabal de su significado, la sustituyó una aflicción acompañada de copioso llanto. Se cubrió la cara con las manos y corrió a refugiarse en otra habitación. Antes de cerrar la puerta de golpe la oímos gritar—: ¡Os odio a los dos!

Desbordados por la rapidez e intensidad de los acontecimientos, Emilia y yo volvimos a quedarnos mudos.

—Es la primera vez que me tutea —dije yo transcurrido un rato—. ¿Puedo considerarlo una buena señal?

—Yo no me haría muchas ilusiones —dijo Emilia—. Quesito adoraba a Rómulo el Guapo y nunca te perdonará que lo hayas convertido en un pobre hombre que sólo quiere sobrellevar tranquilamente su decrepitud.

—Yo no le he convertido en nada —protesté—. Él actuó conforme a su criterio, sin consultarme siquiera.

—Primero te pidió ayuda y le dijiste que nones, y ahora lo has puesto en evidencia delante de las únicas personas que todavía creían en él. Rómulo no era un héroe, pero hizo lo que pudo para salvar su reputación. Si Quesito le hubiera dado por muerto, habría guardado de él un recuerdo novelesco, habría superado la pérdida en un par de semanas y habría buscado una figura paterna de sustitución; un honor dudoso para el que tú encabezabas las candidaturas. Ahora lo has echado todo a rodar, ¿y sabes por qué? Por envidia. Porque Rómulo el Guapo siempre fue guapo y por eso tenía una mujer que en su día estuvo como un tren. Y porque supo ganarse el cariño de Quesito. Y el mío. Y para colmo es un pobre hombre que vale menos que tú.

—No me eches tú también todas las culpas de lo ocurrido —dije batiéndome en retirada—. Entre tú y Rómulo el Guapo llenasteis la cabeza de Quesito de fabulaciones y quimeras. Yo sólo soy un peluquero de señoras con un crédito de la Caixa: no se puede ser menos dionisíaco.

—Nada mitifica tanto como la ausencia —replicó Emilia—. ¿Dónde estabas cuando te necesitábamos las dos?

—¡Emilia, no me digas eso! ¡Sabes muy bien que me volvieron a encerrar!

—Sí, claro: unos van presos, a otros los matan, otros vuelven con su mujer. Quizá haya una diferencia moral; desde el punto de vista práctico, es lo mismo. Me dejaste sola. ¿Le llenamos la cabeza de fantasías? Bueno, ¿y qué?

Él se parecía a Tony Curtis y yo no he hecho otra cosa que fregar suelos desde que te fuiste. Las cosas son como son. No vengas ahora a pedirnos cuentas.

Hube de reconocer que algo de razón tenía. Me levanté y me dirigí a la puerta. En el recibidor me detuve y volví sobre mis pasos. Emilia seguía sentada, con la mirada fija en la pantalla del televisor apagado.

—¿Me vas a dejar sumido en la incertidumbre? —le pregunté.

—Sí —respondió sin apartar la mirada del objeto de su escrutinio—. Es mi pequeña venganza; y tú tampoco sabrías qué hacer con la verdad. —Ya estaba en el rellano cuando añadió en un tono más amistoso—: El tiempo es cruel, pero también es terapéutico. Cuando empiece el curso y Quesito esté en el colegio, ven a hacerme una visita si tienes ganas. Después de todo, aquella vez no lo pasamos tan mal.

Ya en la calle busqué una alcantarilla y, asegurándome de no ser visto, arrojé la pistola que le había pispado a Rómulo el Guapo del bolsillo de la chaqueta cuando apareció de improviso y yo corrí a darle un abrazo de bienvenida. La había tenido a mano todo el rato, por lo que pudiera pasar, pero ahora ya no la necesitaba y era mejor hacerla desaparecer sin que nadie más que yo supiera de su existencia. Y porque no era cosa de que se me cayera en el autobús al sacar la tarjeta de anciano venerable.

Al llegar a la peluquería encontré en su interior a dos individuos de traje y corbata tomando medidas con un teodolito y un cartabón. Al advertir mi presencia me dijeron con buenos modos pero de forma tajante que no se podía acceder a la obra sin casco y mientras ellos estuvieran allí, ni siquiera con casco. El local estaba vacío; en la acera había un contenedor metálico en cuyo interior se amontonaban el sillón, el espejo, la palangana y su grifería, la bata, las tijeras, el peine, el champú, la loción y los demás útiles en diferente estado de herrumbre, enmohecimiento y descomposición, y por el bordillo, insectos, gusanos, roedores y bacilos iniciaban la amarga caravana del exilio. Volví a entrar y pregunté si en la remoción habían encontrado un billete de diez euros que yo había dejado en el local la noche anterior. Como quien no puede perder tiempo en discusiones fútiles, uno de los agrimensores sacó del bolsillo del pantalón un billete de cinco euros y me lo tendió sin apartar el ojo de su aparato.

De camino a casa entré en una cafetería con aire acondicionado y pedí una hamburguesa y una Pepsi-Cola light sin cafeína. Me preguntaron si también iba a tomar gazpacho, ensalada y postre del día y al rechazar yo amablemente la oferta, apagaron el aire acondicionado.

* * *

La languidez inherente al estío, los rigores del clima y una sensación generalizada de que las vacaciones de Navidad están a la vuelta de la esquina impiden que nada empiece, nada siga y nada acabe en Barcelona desde la Pascua Florida hasta mediados de febrero. No fue éste, sin embargo, el caso de mi difunta peluquería. El proyecto de transformación ya debía de estar hecho y visado mientras yo le hacía arrumacos a la señora Merkel, porque tras la fugaz y ya descrita aparición del equipo técnico, entró una brigada de veinte o treinta obreros contratados por el señor Siau, que, en tan poco espacio, trabajaban como hormigas de las ocho de la mañana a las ocho de la noche, hora en la que, tras una breve pausa, entraba otra brigada y continuaba trabajando con el mismo ahínco hasta las ocho de la mañana siguiente, y así sucesivamente en perpetua rotación. Como al principio la querencia me llevaba a merodear por el local todos los días, acabé descubriendo que los obreros del primer turno y los del segundo turno eran las mismas personas. Con semejante empeño, la obra estuvo terminada en un tiempo récord y el restaurante abrió al público a principios de septiembre para aprovechar el regreso de los barceloneses a sus hogares, sus trabajos y sus embrutecimientos habituales.

Durante aquella etapa de ocio forzoso, visité a diario a mi hermana en el hospital. Más hecha a las palizas que a los mimos, Cándida se recuperaba con celeridad, si bien es cierto que para volver al estado en que estaba antes del sartenazo no había de recorrer un largo trecho. También supe por una enfermera que Mahnelik había salido pronto del hospital y, alegando haberle quedado una pierna más corta que la otra por la parte de dentro, había solicitado la incapacidad permanente para realizar un trabajo del que, por lo demás, ya le habían despedido. Dudo de que prosperara su solicitud, porque nunca había cotizado en la seguridad social, pero tanto si consiguió la pensión como si no, no me preocupa el futuro del muchacho, pues le sobran cualidades para sobrevivir, siempre y cuando no se suba a una moto. El Juli, como de costumbre, tuvo menos suerte: fue puesto en libertad y consiguió que no lo repatriaran pero no le dieron permiso de residencia ni de trabajo y, para colmo, en su ausencia otra estatua viviente había ocupado su lugar, y con más éxito de público. Ahora no sé por dónde anda. En cambio, el Pollo Morgan sigue de jefe de protocolo en el Ayuntamiento y, según dicen, se ha convertido en la mano derecha del alcalde, que no suelta el timón ni a tiros y confía en ser reelegido ad nauseam, no por buen alcalde o buen gestor, sino por haberse ganado al electorado con una oratoria tan arrebatadora que la prensa local le llama «el nuevo Alcibíades». La Moski volvió a tocar el acordeón por los restaurantes, chiringuitos y bares de tapeo de las zonas marítima y terrestre de nuestra ciudad, hasta que un buen día se cansó de esperar la consigna del partido para salir a la calle, lió el acordeón y se fue a Corea del Norte; allí le fue mal, porque poco antes de su llegada el presidente Kim Jong Un sacó un disco de boleros y para evitar la competencia la hizo encarcelar a perpetuidad. El restaurante *Se vende perro* continúa abierto con el mismo dueño y la misma afluencia de clientes pero con otro nombre, según reza un cartel en letra gótica que dice así:

BIERSTUBE DEL DOKTOR SCHWULE
SALCHICHAS, ARENQUES, CHUCRUT
Y OTRAS ESPECIALIDADES BÁRBARAS

Nuestro restaurante, a diferencia del antedicho, va viento en popa desde que abrió con el nombre de *El Mejillón Dorado*. A mí, personalmente, el nombre me parece un poco tonto y tampoco la decoración es de mi gusto, más bien sobrio, pero nunca expresé esta opinión, porque nadie me la pidió, toda vez que el adjetivo «nuestro» que encabeza este parágrafo tiene carácter orientativo pero carece de valor jurídico. Al principio cocinaba la señora Siau tanto al mediodía como por la noche, y como se comía muy bien por un precio razonable, el establecimiento se ganó una buena clientela, que siguió llenándolo cuando la señora Siau volvió al bazar y el restaurante empezó a servir comida preparada que traía una vez al mes un camión con remolque y matrícula de Rumanía. La cocina original se convirtió en cámara frigorífica y en la parte exterior, donde estaban los servicios, pusieron un horno de microondas que funcionaba sin descanso. Este cambio me favoreció. Aunque en su día me habían prometido destinarme al servicio de mesas, con traje oscuro y corbata de lazo, en la práctica, y con la excusa de que debía conocer todos los entresijos del negocio, me vistieron de coolie y me pusieron a lavar ollas, cacerolas y woks. Ahora, como ya no se guisa, quito el polvo, hago cristales, paso el mocho y cuando viene el camión, descargo las cajas y las apilo en su sitio.

Como cabía esperar, no volví a ver a Rómulo el Guapo ni a su mujer. Ellos no hicieron nada para ponerse en comunicación conmigo y yo no estimé procedente presentarme en su casa por las buenas. Pero sí tuve cumplida noticia de su vida y circunstancias, porque un buen día, ya entrado el otoño, recibí en el restaurante la inesperada visita del swami Pashmarote Pancha. Tras las ineludibles cortesías que acompañan todo encuentro entre caballeros, le pregunté si venía a pedir dinero o algo parecido y respondió, con su habitual placidez rayana en la idiocia, que no, que sólo había venido a verme para interesarse por mi salud y mi situación y también, añadió con un deje de timidez, porque no obstante los sobresaltos experimentados por mi culpa, amén de algunos gastos, recordaba la aventura que habíamos vivido juntos con cariño, que no con nostalgia y menos aún con deseo de verse de nuevo en un trance similar. Le agradecí mucho su presencia, su buen propósito y sus amables palabras y lamenté no poder obsequiarle como me habría gustado, porque en el restaurante estaba sometido a vigilancia constante desde que me pillaron abriendo una caja del camión y comiéndome unos rollitos de primavera a bocados. Estuvimos hablando un rato y finalmente me contó, entre rubores y tartamudeos, que había reanudado la casta y sin embargo tan gratificante relación con Lavinia a espaldas de su marido. Este contacto, por lo demás incorpóreo, le había permitido enterarse de que el nombre de Rómulo el Guapo no había aparecido en los atestados policiales concernientes al atentado, bien porque la subinspectora Arrozales carecía de pruebas incriminatorias de su complicidad, bien porque sus superiores habían preferido no hacer pública la participación de un ciudadano español en hechos tan reprobables. De rebote, al estar Rómulo el Guapo bajo la jurisdicción de los cuerpos especiales de seguridad del Estado se había producido un conflicto de competencia con la justicia ordinaria, de resultas del cual la condena por asalto al banco impuesta por la Audiencia había sido revocada por el Tribunal Supremo u otro organismo igual de serio. Y para evitar que Rómulo el Guapo volviera a delinquir, le había sido concedida una pensión vitalicia exenta de impuestos. Era una buena noticia y tanto el swami como yo manifestamos ruidosamente nuestra alegría.

Todavía prolongó aquél su visita y estuvo cotilleando un buen rato. Al despedirse, en tono confidencial, me preguntó si yo tenía intención de acabar mis días de pinche en *El Mejillón Dorado*, a lo que respondí que tal como estaban las cosas no era cuestión de desaprovechar un trabajo fijo y pagado con tanta regularidad como cicatería. Con esto nos despedimos no sin antes quedar en volver a vernos pronto para ir al cine y luego a tomar algo. No ha vuelto. Quizá le defraudó mi respuesta a su última pregunta. Quizá de un modo inconsciente había venido a verme buscando que yo volviera a meterle en otro lío o que le propusiera un dislate, como emigrar juntos a Alaska, a buscar oro o a cazar osos, y así poder dejar de decir chorradas todos los días. Pero yo había decidido no hacer ningún tipo de mudanza, ni entonces ni nunca, por ningún concepto. Porque confiaba en que algún día, no hoy ni mañana, ni en un año, ni siquiera en dos, pero algún día, Quesito recapacitaría sobre lo ocurrido, vería las cosas con otros ojos y depondría su enfado, y si entonces quería venir a decírmelo o a decirme cualquier otra cosa, era importante que supiera dónde me podía encontrar.

ÍNDICE

Impreso en Dédalo Offset, S. L.
Ctra. de Fuenlabrada, s/n
28320 Pinto
(Madrid)